人民共和國文化與文學叢書

八　編

李　怡　主編

第 **4** 冊

新世紀知青紀實文學中的青春主題

吳　堯　著

花木蘭文化事業有限公司

國家圖書館出版品預行編目資料

新世紀知青紀實文學中的青春主題／吳堯 著 -- 初版 -- 新北
市：花木蘭文化事業有限公司，2020〔民 109〕
目 2+164 面；19×26 公分
（人民共和國文化與文學叢書 八編；第 4 冊）
ISBN 978-986-518-212-0（精裝）
1.報導文學　2.知識分子　3.青年　4.文學評論
820.8　　　　　　　　　　　　　　　　109010891

特邀編委（以姓氏筆畫為序）：

吳義勤　孟繁華　張　檸
張志忠　張清華　陳思和
陳曉明　程光煒　劉福春
（臺灣）宋如珊
（日本）岩佐昌暲
（新西蘭）王一燕
（澳大利亞）鄭　怡

人民共和國文化與文學叢書
八 編 第四冊　　　　　　ISBN：978-986-518-212-0

新世紀知青紀實文學中的青春主題

作　　者　吳堯
主　　編　李怡
企　　劃　四川大學中國詩歌研究院
總 編 輯　杜潔祥
副總編輯　楊嘉樂
編　　輯　許郁翎、張雅淋　美術編輯　陳逸婷
印　　刷　普羅文化出版廣告事業
出　　版　花木蘭文化事業有限公司
發 行 人　高小娟
聯絡地址　235 新北市中和區中安街七二號十三樓
　　　　　電話：02-2923-1455／傳真：02-2923-1452
網　　址　http://www.huamulan.tw 信箱 hml 810518@gmail.com
初　　版　2020 年 9 月
全書字數　149222 字
定　　價　八編 18 冊（精裝）台幣 55,000 元

新世紀知青紀實文學中的青春主題

吳堯 著

作者簡介

吳堯，1989 年生，內蒙古呼和浩特人，滿族，女。

教育經歷：廈門大學中文系文學學士，新加坡國立大學中國研究文學碩士，臺灣中央大學中國語言文學系文學博士。

提　　要

知青是「青春」的天選之子，從第一次被稱作「知識青年」起便終身被冠以「青年」之名，官方與民間的一致認可，歷史與文學的共同形塑，更使得「青春」固化成為知青一代無始無終、不可動搖的生命底色。知青的時代橫跨著一個文學的年代，回顧以近半個世紀歷史知青上山下鄉運動為主題的文學創作，隨著知青社會群體命運的起落沉浮，知青文學的書寫亦是幾經跌宕。長期以來文學敘事與研究賦予了知青群體過多的文化屬性，直至新世紀，隨著知青文化跌落主流輿論的風口浪尖，知青文學開始呈現出深入內向自我挖掘，與專注青春主題回溯的發展趨勢。

本文以新世紀知青紀實文學為具體研究對象，嘗試探討處於年輕時代、身在年輕國度、作為年輕個體的知青一代，其知識青年本質屬性的「青春」如何作用於新世紀知青紀實文學的書寫接受，並獲得廣泛認同。知青紀實文學可以說是知青文學中，牽涉人數最多、持續時間最長、波及範圍最廣、寫作目的也最為一致的分支之一。在新世紀不同往昔的嶄新語境下，知青紀實文學經歷了「小陽春」、「地火湧動」、「紅色浪潮」三個截然分明的發展階段，呈現出以「史料化」、「邊緣化」、「民間化」等特質為代表的整體樣貌。在新世紀知青紀實文學的書寫筆觸下，作為年輕個體、群體的知青，被與自我幾乎同齡的年輕國度所牽引，置身於在世界青年運動浪潮，「青春」於他們不僅是值得永恆定格的「生命高光」，是「知青共同體」持續想像的認同基礎，更是時代與歷史賦予知青命運共同體的、經典化的「青春」名義。

全球化時代如何討論當下的文學問題
——《人民共和國文化與文學》第八編引言

李　怡

　　我們常常說，這是一個「全球化的時代」，也就是說，對當下文學的討論，「全球化」是一個不可回避的語境。但是「全球化語境下的中國當代文學」這個題目所包含的意蘊以及它所昭示的學術立場本身就是意味深長的。我覺得，在我們積極地研究當下文學自身成就的同時，適當的反顧一下我們已經採取或者可能會採取的立場，也不失為一種新的推進方式。「全球化」是新世紀中國學術的一個重大課題，「中國當下的文學」雖然已經闡述了多年，但在今天的「新世紀」或者說「新時代」的時間段落中，無疑也具有了特殊的意義。只是，如果我們竭力將這些關鍵詞置放在一起，其相互的意義鏈接就變得有點曲曲折折了。

　　從表面上看，「全球化」與「中國當下」，這是一個普遍性的時間和一個特殊空間的問題。我們常常在說「全球化時代」如何如何，這也就是說我們正在經歷一個正在怎麼「化」的過程，這是一個時間的過程。「全球化語境中的中國文學」，似乎應當考慮的是一個局部空間的文學現象如何適應更有普遍意義的時代發展的要求，當然，關於這方面的話題我們可以談出許多。例如全球化時代的經濟一體化進程與民族文化矛盾對於不同民族文化交流與融合的影響，而這種文化的衝突與融合對於文學藝術的創造又取著怎樣的關係，接踵而來的另一個直接問題就是：中國當下的文學，這一目前可能民族性呼聲很高的區域文學如何在呼應「全球化」時代的主體精神的同時保持自己真正的有價值的個性？近40年來的學術史上，關於這樣的「時代要求」與民族

國家關係的討論曾經也熱烈地進行過，那就是上一個世紀 80 年代中期的「走向世界」，當時，人們通過重述歌德與恩格斯關於「世界文學」時代到來的論斷，力圖將中國文學納入到「世界文學」時代的統一進程當中，因為這樣一來，我們就可以有力地走出地域空間的封閉而更多地呼應世界性的時代思潮了。

那麼，「全球化」的提出與當年的「走向世界」有什麼不同，它又可能賦予我們文學研究什麼樣的新意呢？在我看來，當年的「走向世界」思潮與其說是關於文學的理性的分析，毋寧說是一種文學呼喚的激情，一種向所有的文學工作者吹響的進軍的號角，除了面對啟蒙目標的偉大衝動外，關於文學特別是文學研究的新的理性評判系統並沒有建立起來，而啟蒙本身的意義也常常被闡述得籠統而模糊。所謂「全球化語境」，其實是為我們的文學特別是文學的研究提供了一個比較完整的新的思考的框架。例如作為人類精神發展基礎的「經濟」的框架：當前全球經濟一體化的過程對於文化與文學究竟會產生怎樣的影響？一個民族國家（諸如中國）的精神創造是如何回應或如何反抗這樣的「同一」過程的？而經濟制度本身又如何對精神生產形成制約或推動？這些思路從宏觀上看將與目前熱烈進行的「現代性」問題的討論相互聯繫，與所謂世俗現代性／審美現代性的分合問題相互聯繫，從而在文學的「內」、「外」結合部位完成細節的展開。顯然，這比過去籠統的「經濟基礎決定上層建築」或者「文學發展與經濟發展的不平衡原則」要具體而充實。從微觀上看，今天我們所討論的「民族國家文學」問題本身就聯繫著「一帶一路」這樣經濟的事實，我們似乎沒有必要將民族國家文學的發展局限在知識分子書齋活動之中，這裡所產生的可能是一個更具有深遠意義的「文化審視」問題——不僅當下中國的人們有了重新自我審視的機會，而且其他地方的人也有了深入審視中國的可能，其實文學的繁榮不就是同時貢獻了多重的視線與眼光嗎？或許正是在這個意義上，我以為，新世紀的「全球化」思維具有了比 80 年代「走向世界」思維更多的優勢。

但是，「全球化」思維又並非就可以敞開我們今天可以感知到一切問題，我甚至發現，在關於文學發展的一個基本的困惑點上，它卻與「走向世界」時代所面對的爭論大同小異了，這個困惑就是我們究竟當如何在「或世界或民族」之間作出選擇，或者說全球化時代的文學普遍意義與民族文學、地區文學之間的矛盾是否還存在，如果存在，我們又當如何解決？無論我們目前

的議論如何竭力「消解」所謂二元對立的思維,其實在學術界討論「全球化」與「民族性」的複雜關係時,我們都彷彿見到了當年世界性與民族性爭論時的熱烈,甚至,其基本的思維出發點也大約相似:全球化時代與世界化時代都代表了更廣大的普遍的時代形象,而中國則是一個局部的空間範圍。這兩個概念的連接,顯然包含著一系列的空間開放與地域融合的問題,也就是說「中國」這個有限空間的韻律應該如何更好地匯入時代性的「合奏」,我們既需要「合奏」,又還要在「合奏」中聽見不同的聲部與樂器!這裡有一個十分重要的理論假定:即最終決定文化發展的是時間,是時間的流動推動了空間內部的變化——應當說,這是我們到目前為止的社會史與文學史都十分習慣的一種思維方式,即我們都是在時代思潮的流變中來探求具體的空間(地域)範圍的變化,首先是出現了時間意義的變革,然後才貫注到了不同的空間意義上,空間似乎就是時間的承載之物,而時間才是運動變化的根本源泉,我們的歷史就是時間不斷在空間上劃出的道道痕跡。例如我們已經讀過的文學史總先得有一章「五四新文化運動的發生」,然後才是「五四在北京」、「五四在上海」或者「五四新文化運動在詩歌領域裡引發的革命」、「在小說領域裡產生的推動」、「在戲劇中的反映」等等。這固然是合理的,但從另一方面來說,它所體現的也就是牛頓式的時空觀念:將時間與空間分割開來,並將其各自絕對化。在這一問題上,愛因斯坦的「相對論」是從打破時空絕對性的立場深化了我們對於時間、空間及其相互關係的認識。在這方面,被譽為繼愛因斯坦之後最偉大的科學家的史蒂芬·霍金有過一個深刻的論述:

> 相對論迫使我們從根本上改變了對時間和空間的觀念。我們必須接受的觀念是:時間不能完全脫離和獨立於空間,而必須和空間結合在一起形成所謂的時空的客體。〔註1〕

這是不是可以啟發我們,在所有「時代思潮」所推動的空間變革之中,其實都包含了空間自我變化的意義。在這個時候,時間的變革不僅不是與空間的變化相分離的,而且常常就是空間變化的某種表現。中國現當代文學決不僅僅是西方「現代性」思潮衝擊與裹挾的結果,它同時更是中國現代知識分子立足於本民族與本地域特定空間範圍的新選擇。只有充分認識到了這一事實,我們才有可能走出今天「質疑現代性」的困境,為中國現當代文學尋找到合法性的證明。

〔註1〕 史蒂芬·霍金:《時間簡史》第21頁,湖南科學技術出版社2002年版。

　　在時間變遷的大潮中發現空間的本源性意義，這對我們重新讀解中國當下的文學，重新展開「全球化語境中的中國文學」這一命題也很有啟發性。比如，當我們真正重視了空間生存的本源性地位，那麼我們就會發現，從表面上看，這是一個普遍性的時間和一個特殊空間的問題，但在實質上來說，其實所包含的卻是中國自身的「空間」與全球化的「時間」的問題，所謂「全球化」，與其說是一個普遍的時代思潮，還不如說西方人的生存感受。是中國的經濟方式與生活方式在某種意義上匯入了「全球性」的激流之中，於是，他們將這一感受作為「問題」對包括中國人在內的其他人提了出來，自然，中國人對此也並非全然是被動的對於外來「時間」的反應，他們同樣也在思考，同樣也在感受，但他們感受與思考的本質是什麼呢？僅僅是在「領會」外來的思潮麼？當經濟開發的洪流滾滾而來，當國際的經濟循環四處流淌，當外來的異鄉人紛至逕來，當接受和不能接受、理解和不能理解的文化方式與宗教方式，生活方式與語言方式都前所未有地洶湧撲來，中國的精神世界是怎樣的？中國的文學又是怎樣的？很明顯，在貫通東方與西方、全球與中國的「時代共同性」的底部，還是一個人類與民族「各自生存」的問題，是一個在各自具體的空間範圍內自我感知的問題。

　　理解中國當下的文學，歸根結底還是要理解中國人自己的感受。這裡的「全球化」與其說更具有普遍性還不如說更具有生存的具體性，與其說可能更具有跨地域認同性還不如說可能包含了更多的地域分歧與衝突的故事，當然，也有融合。既然今天的西方人都可以在連續不斷的抗議和攻擊中走向「全球化」，那麼，我們為什麼不是？所要指出的是，在文學創造的意義上，這裡的抗議與拒絕並非簡單的守舊與停滯，它本身就是一種「有意味」的姿態，或者，它本身也構成了「全球化」的一部分。

2019 年 12 月改於成都長灘

第一章　緒　論

一、研究背景與問題意識

（一）知青群體的重要歷史地位

轟轟烈烈的知識青年上山下鄉運動，似乎已隨著文革的結束而遁入了歷史的迷霧，就連這曾經深刻牽動整個國家社會運動所產生的歷史震盪，也如波尾的漣漪般緩緩地趨於沉寂。1968 年到 1980 年間，大約有 1700 萬城鎮中學（包括初高中）學生（包括畢業與未畢業）被下放到農村或邊疆地區。〔註1〕這場無論從形式、規模還是影響，都完全是史無前例的上山下鄉運動，對整整一代城鎮青年產生了深遠的影響，這一代以「上山下鄉」為標誌、受過一定教育的城鎮青年被簡稱作為「知識青年」，即「知青」。上山下鄉運動不僅涉及到約占當時青年人數一半的城鎮青年群體本身，同時毋庸置疑地影響到他們的原生家庭、後代、親友及各種社會關係，甚至深層地牽動著相應的國家機器乃至整個社會的運行——不僅是知青淨流出的原生城市地區，當時農村社會的相當一部分也迫不得已必須為這些外來者騰挪出生存空間，且分享生存資源，而邊疆的農墾兵團及農林場，更是以這些城鎮青年為基礎進行了大規模的改制與整編。〔註2〕作為出生於 1947～1960 年代左右的共和國同代人，知青群體跌宕起伏的命運不僅牽涉著當時乃至之後幾十年社會四面八

〔註 1〕潘鳴嘯：《失落的一代——中國的上山下鄉運動 1968～1980》，北京：中國大百科全書出版社，2013 年，頁 1。

〔註 2〕潘鳴嘯：《失落的一代——中國的上山下鄉運動 1968～1980》，北京：中國大百科全書出版社，2013 年，頁 1。

方、各行各業的神經動脈，其「是學生而非學生，是農民而非農民，是工人而非工人，是戰士而非戰士」〔註3〕的身份複雜性、命運戲劇性與歷史獨特性更鮮明體現出這一群體對中國當代史的重要意義。放眼當代中國，無論是政壇顯要，還是「異己」人士；無論是億萬富豪，還是下崗工人；無論是聲名顯赫的學者、聚光燈下的明星，還是默默無聞的百姓，只要年齡在六十到七十歲上下，不少人或深或淺地，終身攜帶著那一抹深深地、難以抹去亦不忍拭去的烙印——知青。

值得關注的是，知青群體無疑是歷史上屈指可數的、被廣泛且長期認同賦予「青年」名義的一代人，更難能可貴的是，「青春」作為其不可動搖的社會血型而終身定格。可以說，二十世紀是呼喚青春的世紀，中國社會的青春文化在二十世紀蔚為大觀，五四以來的中國文學與青春主題更有著不解之緣〔註4〕，而在文學不斷呼喚「青春」、塑造「青春」、闡釋「青春」的同時，「青春」的內涵也隨著時間不斷迭代與解構。在此背景下，知青群體由官方與民間一致認可、歷史與文學共同塑造的「青春」形象，無疑是矗立數十載、卻並未褪色的「青春」豐碑。

（二）新世紀以來知青文學創作的落潮

知青是中國當代歷史上的雙面神亞努斯，其面孔一邊朝向過去，一邊面向未來〔註5〕，所幸，知青的年代橫跨著一個文學的時代。回顧以近半個世紀歷史知青上山下鄉運動為主題的文學創作，隨著知青社會群體命運的起落沉浮，知青文學的書寫亦是幾經跌宕。

從五十年代中期鼓舞城鎮青年投身支邊、農墾的上山下鄉題材文學濫觴，到文革時期官方承認支持、公開發表宣傳、高度迎合主旋律的官方知青文學作品，早期知青文學的創作充斥著澎湃的革命激情與彩虹般絢爛的誘惑；七十年代末八十年代初期，知青文學揮舞起「傷痕與控訴」的年輕臂膀，

〔註3〕相江宇，楊韻：《知青掌握中國》，紐約：明鏡出版社，2012年，頁15。

〔註4〕劉廣濤：《二十世紀中國青春文學史研究——百年文學青春主題的文化闡釋》，濟南：齊魯書社，2007年，頁3。

〔註5〕「雅努斯」神是羅馬神話中最古老的神祇之一，具有前後兩個面孔。起初是起源神，象徵一切事物的開始，掌管天門的啟閉，執掌著開始和入門，也執掌著出口和結束。後來成為守衛一切門戶、通道的門神，象徵著世界上矛盾的萬事萬物。雅努斯神的肖像被塑造成前後各有一副面孔，一副看著過去，一副注視未來，故有「雙面神雅努斯」的說法。

用悲劇手法傾訴哀傷與悲情，書寫苦難與蹉跎；八十年代知青理想主義的大旗迎風招展，在很大程度上使得知青敘事被塗抹上了「英雄主義」的濃墨重彩，知青文學創作中充斥著英雄主義色彩的知青敘事被賦予屹立於天地之間的、大寫的「人」的視角，自覺或不自覺地與青春激情、理想主義直接聯結。知青英雄主義甚至被認為是知青作家們出於對自身知青身份的迷戀，走不出知青文學從苦難到青春無悔的默認主題，通過既定的先驗觀念來反覆證明自己「青春無悔」知青情結的情感底色〔註6〕；時至九十年代初，隨著新歷史主義與新寫實主義思潮湧現，知青理想主義的光輝有所黯淡，取而代之的是英雄主義的退場與愛情敘述的失效，革命時代的日常生活被推至前臺。以往以理想主義與英雄主義為底色的知青敘事，直面著新歷史主義由個體視角出發向集體話語發出的問詢，新寫實主義以日常生活對宏大敘事進行的分解，乃至對知青敘事另一面農民視角的關注，被更傾向個性化的敘述所削弱，被生活的瑣碎淹沒瓦解，被不同出發點的話語闡釋以其他角度打量，定格成知青書寫留給尋根年代的模糊背影。知青敘事的英雄主義色彩被個體的訴說、生活的瑣碎、人性的原欲所解構，淪陷於日常生活的雞零狗碎，隨著高舉知青英雄主義旗幟的作者紛紛轉型尋找新的心靈歸宿，九十年代以來的知青形象塑造將革命時期日常的個性化體驗推上了歷史舞臺，知青書寫開始從個性化經驗與日常化生活的描述入手。至此，尋根年代背負民族國家、一代人苦難與希望的大寫的「人」被縮小成關注個人生活、自我體驗的小寫的「人」，懷著集體理想主義共名的英雄主義被庸常生活無名的細碎繁瑣淹沒、覆蓋，「典型化」的知青敘事被冠以「失真」的印象而受到「個性化」知青經歷的重塑；上山下鄉運動三十週年紀念的關注熱潮之後，新世紀以來知青文學話語更是在傳統精英文學場域下大規模退場，再也難以樹立起公認程度高的知青話語體系。儘管2012年前後，官方意欲通過系列電視連續劇《知青》《返城年代》等再次掀起社會對於知青群體的重新關注，作為知青理想主義領軍人物的編劇梁曉聲關於知青英雄主義的經典敘事也在劇中反覆詠歎，在社會關注點相對難以聚焦的今天，其對知青經典敘事再現的嘗試也並未引起持續地廣泛共鳴。

　　關於知青上山下鄉運動三十週年紀念之前的知青文學創作概況，學界似

〔註6〕劉維：〈記憶的祛魅與重構——韓東知青小說的敘事策略〉，《哈爾濱學院學報》，2016年四期，頁53。

乎形成了一種認可度較高的脈絡：首先，它是被綁縛在「傷痕文學」的祭壇上，用悲劇的手法抒盡了一代知青的苦難和悲情；而後，它又被凌駕於「英雄主義」的戰車上，以悲壯的美學情調淨化和昇華了那一段「苦難的歷程」；九十年代，隨著矯情的理想主義和英雄主義的潰滅，「知青題材」作為一個過去時態的歷史而被封存起來。﹝註7﹞作為社會對知青文學乃至知青群體關注的一個重要分水嶺，上山下鄉運動三十週年紀念的1998年後，雖然三十週年的紀念浪潮餘波未了地將關於知青的史料整理潮流推及到了新世紀初期，以知青為主題的影視作品創作也未曾間斷，甚至在2012年後形成過一波官方提倡主推的短暫熱潮，卻不得不說，曾經汗牛充棟的知青文學已漸漸沉入忘川。與之相對應的知青文學研究，經歷過官方意識形態的包裝與炒作，曾經登上過社會頭腦風暴、思想再啟蒙的時代舞臺，也曾在人性與原欲的挖掘中獨佔過鰲頭，目前，卻在看遍風起雲湧、潮起潮落後偏安一隅，關於知青的文學書寫已從時代強音退守至眾多社會群體發聲的其中一個聲部。由此觀之，對於知青文學，尤其是新世紀以來知青文學的關注與研究，尚存在頗多亟待保存與挖掘的學術出發點。

（三）潛藏湧動的地火——紀實文學在民間的持續發展

新世紀以來的知青文學創作中，雖然依舊存在著對理想主義的不懈堅持與永恆傳唱，但是對於社會現實的具體關注已明顯相對淡化，不再極其鋒芒畢露地要求揭露、控訴，不再無限傷感地傾述苦難、悔恨，也不再那麼執著地追逐歷史欠缺給這一代人的解釋。這一時段的知青文學書寫明顯呈現出返璞歸真的特徵，傾向於採納一種更為平和，更為淡泊，更為積澱深厚的筆觸。

上山下鄉四十週年紀念活動就是新世紀以來知青文學發聲日益平和、單純的鮮明例證之一，顯然2008年知青上山下鄉四十週年紀念活動的熱烈程度難以媲美1998年三十週年時的規模與社會影響。而通過2008年前後的新聞紀錄，可以發現上山下鄉四十週年紀念其實並未被知青們遺忘，只是不同於往昔，他們的心態平和了許多，回憶與懷舊成為紀念活動的主體內容。知青們似乎不再熱衷於開大會、辦展覽、出書、搞群眾運動，而是有了波瀾不驚和塵埃落定的意味。他們的紀念活動，更多的安排是互相邀約同學朋友，開

﹝註7﹞丁帆：《中國鄉土小說史》，北京：北京大學出版社，2007年，頁366。

聯誼會、茶話會、紀念會、師團會、插隊會，排練知青時代的歌舞節目，搞自娛自樂的彙報演出。還有許多老知青，並不侷限於在城市裡回憶，乾脆攜妻帶子，回到當年插隊的生產隊或者邊疆農場尋根度假，看望老鄉。由知青上山下鄉四十週年紀念的活動方式，可以明顯感受到新世紀以來知青們思想層面發生的變化，也許老知青們開始從歷史運動的泥潭中超越出來，他們不再那麼沉重，不再為自己痛哭流涕，因此紀念活動也不再具有現實針對性。與切身利益無關的紀念活動呈現出一種形而上的意義，換言之，就是具有了某種文化的性質。〔註8〕引用知青作家鄧賢在《中國知青終結》一書結語中提到：「知青運動將來很可能演變成為一種類似民風民俗的節日，受到人民群眾的自發紀念或者以某種方式予以慶祝……就像我們今天以端午節紀念屈原，與當年楚國和秦國的恩怨無關一樣。」〔註9〕正是這種與立場無關的「民俗」特質及其背後的心態轉變，使得新世紀以來的知青文學創作不再強調苦難與淚水，不再執著於悔恨與無悔，甚至不再爭執於人性與啟蒙，整體呈現出強烈地對最真實、最常態、最平凡的知青生活本身的回溯，與對真實、質樸、熱烈的民間生活畫卷的追憶。

隨著知青文化跌落主流輿論的風口浪尖，以及其「民俗」特質的日益顯現，新世紀知青文學呈現出內向自我挖掘的發展趨勢。知青回憶錄、自傳、散文集、紀實小說等紀實性文本猶如潛藏湧動的地火，雖然很少再以不可阻擋之勢噴薄而出，引發劇烈的社會震動，卻一刻也不曾自我遺忘，日夜無間地燃燒、沸騰、流淌、積蓄，最終會於歷史地表創造出新的文化山脈。從二十世紀五六十年代知青話語出現至今，知青文化的話語走向長期受到主流社會的文化牽引。在某種程度上說，知青在登上歷史舞臺時，即被定位到社會弱勢群體的地位，從未對決定自身命運的這場運動，進行過獨立的判定和命名，在很多情況下知青話語都是主流社會製造出的「他者」。與此同時，貫穿上山下鄉歷史發展的過程，知青群體內部也並非鐵板一塊，同樣長期存在著思想衝突與話語分歧，鮮有達到完全的統一。許多受到主流社會承認和支持的知青群體發聲，實則來自知青內部相對強勢的小群體，而知青整體內部也一直存在著不同的聲音。新世紀以來，較之文化總量極劇膨脹，知青題材涵蓋範圍的文化佔有率開始萎縮，主流學術界對知青文化、知青歷史研究的相

〔註8〕鄧賢：《中國知青終結》，北京：人民文學出版社，2003年，頁329。
〔註9〕鄧賢：《中國知青終結》，北京：人民文學出版社，2003年，頁329。

對疏遠，知青作家的間歇性停筆易幟，都在客觀上造成知青文化的全面退潮。當知青文化進入主流話語體系的「空白」時段，民間的知青文化思潮開始自發、自覺地蓬勃發展起來。與上世紀知青文學試圖大面積融入社會主流話語文化走向不同，新世紀知青文化活動開始自覺地從民間視角入手挖掘，更多地側重於小團體敘事的私密性與邊緣化。在文學創作方面更加致力於創作、薈萃失散在民間卻不曾被遺忘，富有個體特質、生命血脈、精神容量和歷史價值，忠實於原生狀態，坦誠面對個人與集體生存及思想狀態的文本，試圖將歷史的本真過程及其隱秘角落還給歷史，進而呈現關於知青散落在民間記憶最本真的視覺、聽覺、知覺。這種由民間立場出發、裏挾著民間新鮮氣息的知青文學書寫，在著力保持民間記憶尊嚴、質樸、稟賦、自主、高貴、頑強和不可替代性的前提下，歷史性地更傾向於選擇紀實文體進行敘事。〔註10〕與此同時，新興的傳播方式也為知青文學民間書寫的延續、傳播、發展奠定了重要的媒介基礎，隨著各地的網上知青論壇、民辦（包括海外）的知青雜誌、民辦知青紀念館的蓬勃發展，在線討論與線下活動的廣泛展開，知青民間群體活動呈現出更加日常化、多元化、多樣化的總體趨勢，知青文化活動也更加以知青團體本身為中心。新世紀以來，依託互聯網媒介的物質基礎與聯絡功能，在民間書寫填補官方留白的敘事傳統下，包括回憶錄、自傳、散文集、紀實小說在內的紀實性文體，在很大程度上保持了知青文學民間書寫的真實、質樸、生動與完整，體現出堅持思考的知青們更為鮮明的獨立意志和自由精神。

除知青群體外，幾乎很難有一代人，被一如既往地冠以「青年」的名義，將「青春」終身定格。回顧百餘年來的中國文學史進程，自二十世紀初，中國社會發生現代轉型，「少年」、「青年」等具有「青春」屬性的概念就被作為社會現代性的特徵受到反覆地強調。「青春」主題除本質的青春、激情、求索、成長外，也被更廣泛地賦予了青春期的反抗、思辨的批評、對現實的不滿、內在的衝動、前瞻的樂觀等複雜內涵，同時更裏挾著由先鋒意識主導的偏激、破壞、狂熱、粗暴等激烈情緒。從五四文學到左翼文學，從延安時期的工農兵文藝到「文革」時期的紅衛兵文化〔註11〕，從知青文學的時代浪潮到八零

〔註10〕岳建一：〈編者的話‧希望在於民間文本〉，《中國知青民間備忘文本——羊油燈》，北京：中國工人出版社，2001年，前言頁13。

〔註11〕陳思和：〈從「少年情懷」到「中年危機」——20世紀中國文學研究的一個視角〉，《探索與爭鳴》，2009年五月，頁4。

九零後作家的「新概念」文學創作，都可以看作是「青春」主題在不同歷史環境下的書寫表現。需要注意的是，雖然「青春」書寫在極長時段內都是受到鼓勵的主題，其背後的推手卻經歷了由革命到獵奇的質變。無論是革命的劇烈激化，還是獵奇的變換莫測，都造成了「青春」書寫主體的極速迭代，從 1930 年代劉半農言「五四時期的白話詩人，一擠擠成了三代以上的古人」〔註12〕到「90 後中年作家」，可見「青春」主體在文學書寫領域的認同範圍始終處於不可逆轉的高速更迭狀態。值得特別關注的是，在「青春」主體認同高速迭代的書寫語境下，知青群體作為「知識青年」的「青春」屬性則經歷了半個多世紀依舊受到極其廣泛且根深蒂固的社會認同，無論年紀幾何，知青從第一次被稱作「知識青年」起，便終身被冠以「青年」之名。知青關於青春主題的文學書寫，也始終貫穿著對青春意識的回溯，這種對於知青個體、知青群體、知青社會、乃至知青時代青春主題有意無意的回溯，在新世紀知青文學的創作與接受中，依然佔據著絕對的地位，理應在研究中受到進一步的關注與探討。

　　本文將從新世紀知青紀實文學中的青春主題入手，運用文學社會學與「共同體」理論，通過文本細讀與文史結合的研究方法，探討貫穿新世紀以來知青文學創作的青春屬性如何通過紀實敘事進行深度與廣度上的進一步挖掘，進而探究這種時代青春在新世紀被廣泛喚醒、接受與認可的內在張力。以期撥開長期以來文學敘事與研究賦予知青群體的過多文化屬性，在落實到具體文本分析的基礎上，通過社會史視角考察處於年輕時代，身在年輕國度，作為年輕個體的知青一代，其知識青年本質的「青春」屬性如何作用於新世紀知青文學的書寫、接受與廣泛認同。

二、範疇界定

　　本文以新世紀知青紀實文學為研究對象，在展開討論前，有必要對文中涉及的「知青」及「紀實文學」等重要概念進行釐定，並對涉及具體探討的範疇進行一定劃分。

（一）「知青」範疇的界定

　　「知青」全稱為「知識青年」，更確切地描述可謂「上山下鄉知識青年」，

〔註12〕劉半農：《初期白話詩稿》，北京：北京出版社，2010 年，頁 4～5。

專指從上世紀五十年代初直到八十年代初這一時段中，曾在城鎮接受過中小學階段國民教育，後在「上山下鄉」政策推動下，由政府組織到農村或邊疆，從事農、林、牧、漁業生產的城市戶籍青少年。〔註13〕由於這些從城市被下放至農村、邊疆的年輕人，原則上必須在剩下的大半生中自我改造成農民，故而「上山下鄉」運動作為特定的、有嚴密規劃組織的重要人口遷徙從形式、規模、經過乃至影響層面，無疑都是史無前例的。〔註14〕這裡我們將通過對與知青密不可分的「上山下鄉」提法進行梳理，從「上山下鄉」政策的不同實施階段與響應方式分類知青整體中不同群體的具體類型。

20世紀50年代初期，「上山下鄉」以當時的說法被稱為「下鄉上山」，就作為由國家出面、以「就業」為導向、組織城市年輕人口向鄉村流動的宏觀調控手段，開始被納入共和國政策體系。〔註15〕第一次由中央喉舌的宣傳媒體提出「政府出面動員組織青年學生到農村務農」的觀點，是在1953年12月3日《人民日報》發表的社論《組織高小畢業生參加農業生產勞動》。隨著國內層面教育體制改革導致大規模在城鎮接受教育的中小學畢業生升學困難，逐年積壓的失學青年在工業社會主義改造階段就業問題難以得到解決，加之國際層面上受到蘇聯城市青年赴西伯利亞墾荒運動的正面推動與美國「和平演變」策略的側面影響，「廣闊天地，大有作為」的經典論述在1955年橫空出世。〔註16〕毛澤東通過《中國農村的社會主義高潮》一書的文章按語指出，「組織中學生和高小畢業生參加合作化的工作，值得特別注意。一切可以到農村中去工作的這樣的知識分子，應當高興地到那裡去。農村是一個廣闊的天地，在那裡是可以大有作為的」〔註17〕，這可謂是為影響深遠的「上山下鄉」運動奠定了金科玉律般的基調。1955年教育部在政策層面正式通過

〔註13〕王力堅：《回眸青春——中國知青文學〈增訂版〉》，新北市：華藝學術出版社，2013年，頁1。

〔註14〕潘鳴嘯：《失落的一代——中國的上山下鄉運動1968～1980》，北京：中國大百科全書出版社，2013年，頁1。

〔註15〕李秀芳：〈從「下鄉上山」到「上山下鄉」——知青運動轉變探析〉，《上海青年管理幹部學院學報》，2011年第三期，頁38。

〔註16〕《人民日報》社論《必須做好動員組織中、小學畢業生從事生產勞動的工作》，首次明確地向知識青年發出下鄉參加生產勞動的號召，1955年8月11日。

〔註17〕毛澤東：〈按語〉，《中國農村的社會主義高潮》，南開大學政治經濟學系社會主義政治經濟學教研室，1955年，頁3。

《關於初中和高小畢業生從事生產勞動的宣傳教育工作報告》提出，「除招考少部分人升學外，主要號召、組織一部分人去從事工業生產，大部分人去從事農業生產，參加農業生產互助合作運動」。值得注意的是，「大部分人去從事農業生產」中「大部分人」具體指代的群體，通過之後發表的媒體社論進行了進一步劃分，強調「目前農村的農業增產運動需要大量吸收有一定文化科學知識和政治覺悟的青年學生參加農村生產與互助合作運動，家在農村的中小學畢業生完全可以回到農村參加生產勞動」，即倡導來自農村，於城鎮接受中小學教育的學生，畢業後返回家鄉農村參加農業生產，這一部分青年被稱作「回鄉知青」。於此同時，團中央發出《關於組織青年參加邊疆建設問題的一些意見》，提出「動員一部分城市中未升學的初中、高小畢業生及其他失業青年參加墾荒工作」，這是在倡導農村藉學生回鄉務農的同時，開始動員城市藉青年赴邊疆從事墾荒生產的嘗試。時至 1956 年，中共中央政治局提議的《一九五六年到一九六七年全國農業發展綱要（草案）》中，關於「城市的中小學畢業的青年，除了能夠在城市升學就業的以外，應當積極響應國家的號召，下鄉上山去參加農業生產，參加社會主義農村建設的偉大事業」的敘述，第一次正式提出了「下鄉上山」的概念，並將其與在城市受過教育後參加農業生產的知識青年緊密聯結在一起。1965 年「向山區進軍」運動興起後，「下鄉上山」概念的論述方式被顛倒過來，並最終定格為語義上也顯得更為積極向上的「上山下鄉」這一經典說法。

如果說 1955 年開始的「上山下鄉」下放主體是「回鄉知青」，那麼 1962 年則是全國範圍內有組織地開展城鎮知識青年「上山下鄉」的起點。剛經歷過「困難時期」，城市蕭條、供應短缺、青年學生的升學與就業問題難以緩和，「上山下鄉」政策作為精簡城市人口、全面統籌兼顧的重要分流措施被再次提上國家議程。從城市精簡職工和青年學生安置領導小組到中央安置城市下鄉青年辦公室，範圍覆蓋全國的各級安置辦成為國家機器的重要組成部分，國家對城鎮知識青年上山下鄉的領導組織工作也逐步納入了制度化軌道。與此同時，在 1962 年中共八屆十中全會提出「社會主義階段仍然存在著階級、階級矛盾和階級鬥爭」的「階級路線」論調下，「成分論」乃至「血統論」成為這一階段動員城鎮青年上山下鄉重要標準。除一些在主客觀上為擁護上山下鄉路線主動申請插隊落戶的知青典型外，城市精簡出身不受主流接納社會青年的「甩包袱」傾向也格外明顯。需要注意的是，

這一時期城鎮青年參與上山下鄉的下放方向多呈現為地區間的「對口支持」，接收方式也以生產建設兵團或國營農場集體接收安置為主。如 1962 年農業部部長王震與上海市黨委書記柯慶施達成共識，計劃於三年內在上海動員 11 萬年齡在 16～35 週歲的青年，赴新疆參加兵團建設。這一計劃直接導致直至從 1961 年派遣「半工半讀生」開始，直到 1966 年上海地區共計派出十萬青年赴新疆生產建設兵團，「支持邊疆，建設邊疆」。〔註 18〕正是由於具體城市與特定地區的對口支持，兵團或農村集體安置與集中管理等特徵，「支邊青年」「支農青年」這些語彙也曾被用於描述這一時段上山下鄉的老知青，而「支邊青年」的稱呼也無意地在未來給這些老知青們的返城之路製造了更多的波折。

1966 年「文化大革命」爆發，運動初期各級行政機關受到巨大衝擊，國家機器幾乎全盤陷入癱瘓狀態，使得短期自上而下繼續落實上山下鄉政策的工作組織不力。加之文革前下鄉的知青們借機掀起「返城風」，要求「回城鬧革命」，造成中央對全國自下而上各級知青組織的控制、取消、清理。共同導致了 1966～1967 年間城鎮知識青年上山下鄉工作幾乎全面停頓。1967 年 7 月 9 日，《人民日報》發表題為《堅持知識青年上山下鄉的正確方向》的社論，表明了官方通過強調「上山下鄉」政策合法性，堅持繼續推進上山下鄉工作的決心。1967 年 10 月 9 日，北京九名高中生通過自願申請，在北京市革委會支持下，赴內蒙古錫林郭勒盟西烏珠穆沁旗插隊落戶，拉開了文革時期知識青年上山下鄉運動的序幕。隨著國家機關行政能力的恢復，為應對六六、六七、乃至六八屆城鎮中學畢業生（包括高中生與初中生）大批滯留學校造成的巨大社會壓力，在小規模城鎮學生下鄉插隊活動的催化下，波瀾壯闊的知青上山下鄉運動充分積蓄能量，在 1968 年全面爆發。1968 年 12 月 22 日，《人民日報》登載毛澤東「最高指示」，「知識青年到農村去，接受貧下中農的再教育，很有必要。要說服城裡幹部和其他人，把自己初中、高中、大學畢業的子女，送到鄉下去，來一個動員。各地農村的同志應當歡迎他們去」，大手一揮為知識青年上山下鄉運動發布了最為經典的「總動員令」。在「知識青年到農村去，接受貧下中農的再教育，很有必要」的指示和召喚之下，從 1968 年轟轟烈烈的開始，到 1980 年上山下鄉政策實際組織動員的幾乎完全終止，

〔註18〕謝敏干：〈十萬上海知識青年上山下鄉參加新疆建設始末〉，《青年學報》，2016 年第一期，頁 23。

再到 1981 年 11 月 25 日國務院知識青年上山下鄉工作辦公室撤銷，知識青年上山下鄉的歷史在實際上與形式上都正式結束，全國共計有約 1700 萬〔註 19〕城鎮知識青年上山下鄉。奔赴農村，奔赴邊疆，奔赴草原、漁村、山鄉、海島，在大山深處，在戈壁荒原，在兵團、北大荒和西雙版納〔註 20〕，開啟一個世代艱辛而又非凡的人生。

通過上文對始終與知青群體命運起伏密切糾葛的「上山下鄉」概念興起、發展的梳理，可以看出「知青」作為中國大陸特定歷史條件下產生的特殊世代，由於成長經歷、下放年代、乃至接收方式處於「上山下鄉」政策的不同階段，其內部也存在著更為細緻的群體劃分，如「回鄉知青」、「支邊青年」、「隨戶知青」、「兵團知青」、「插隊知青」等。〔註 21〕可以說在「知青」整體的巨大時代共名下，較小的不同知青群體也形成了以各自經驗為認同的文學書寫場域：出於為大規模上山下鄉運動開展造聲勢的官方視角，許多廣為人知的知青先行者都湧現自 1968 年大規模知青下放之前，其事蹟亦受到當時官方媒體的廣泛宣傳，且餘韻悠長，如董加耕、邢燕子等回鄉知青；被浩浩蕩蕩的知青返城運動推上時代風口浪尖的，也有如歐陽璉，楊清良等支邊知青；在知青民間書寫通過網絡媒介快速傳播的新世紀，劉漢太、鄧鵬等早期下鄉知青的紀實寫作也受到了更多關注……面對在不同歷史時段、以不同形式響應「上山下鄉」政策知青群體的複雜性，本文將著重以 1966 年及之後上山下鄉的知青群體為討論對象。

（二）「紀實文學」含義的界定

「紀實文學」作為已形成廣泛共識的術語，在大陸地區「通行」超過三十餘年。然而，縱然被認同為約定俗成的概念，且積累了豐厚的創作成果，「紀實文學」確切的理論定義仍舊面目模糊。可以說，「紀實文學」是非虛構敘事

〔註 19〕1700 萬這個數字仍然是有爭議的，國務院知青辦統計大中城市上山下鄉知青的數字，沒有統計千百萬的回鄉知青——上山下鄉知青的交通費、安置費、下鄉第一年的糧食和生活補貼等數據是國務院知青辦統計知青人數的重要依據，而回鄉知青是沒有安置費和交通費的，故難以被列入精確統計當中。

〔註 20〕葉辛：〈總序〉，《中國知青文庫：青春祭》，武漢：武漢大學出版社，2013 年，頁 5。

〔註 21〕王力堅：《回眸青春——中國知青文學〈增訂版〉》，新北市：華藝學術出版社，2013 年，頁 5～10。

文學種類的泛指，其涵蓋範圍相當廣泛，包括報告文學〔註 22〕、傳記文學、回憶錄、口述實錄、日記、遊記、田野調查、紀實小說、紀實散文、紀實敘事詩、乃至紀實影視作品等不同形式文體。〔註 23〕正是由於其與虛構文學的相對性，「紀實文學」本身便不能被認為是特定的文體模式，而是一種泛指的文類概念。故而，在界定時，鮮明的「非虛構性」特徵要素才是「紀實文學」概念構建的基本內核。

需要強調的是，作為「紀實文學」的核心特徵，「非虛構性」是相對於「虛構」手法存在的、有明確紀實來源的敘事風格，與近年來大陸地區流行的「非虛構寫作」存在著較為明顯的差異。二十世紀以來，「紀實文學開始另立門戶，與虛構文學分道揚鑣」，時至二十世紀六十年代以後，美國、前蘇聯乃至中國的紀實類文學創作發展尤為迅猛，與虛構文學共同「形成了雙峰並峙、雙美輝映的世界文學發展的新格局、新景觀」。〔註 24〕英文中，與「非虛構」一詞直接相對應的詞彙是 nonfiction，作為圖書分類中的一個類別，nonfiction 與 literature，artist 等其他書籍類別並列。八十年代美國「非虛構」寫作熱潮引入中國時，仲大軍在他翻譯的《非虛構小說的寫作》的譯者序中提到，「nonfiction 一詞在我國的語言裡譯成『紀實文學』比較好」。而與大陸地區新世紀開始流行的「非虛構寫作」關係更加密切的則是另一個詞彙 nonfiction-novel。英文的 fiction 和 novel 都可翻譯為「小說」，而其中 fiction 的含義更傾向於強調小說的虛構性，novel 則是更傾向於對小說篇幅及作品表現形式的衡量。nonfiction-novel 英文初始的含義既包含非虛構的紀實性質，同時也呈現出傳統長篇小說的表現形式。即近年來在各大文學期刊開闢專欄的「非虛構寫作」，可以被認為是一種作家群體調動創作自覺性、以紀實題材為藍本、採用傳統

〔註 22〕「報告文學」的文體概念源遠流長，現代以來社會反響較大的報告文學實踐可以追溯到 1920 年代，1930 年代是報告文學理論的完善期，臺灣地區也是在 1930 年代由楊逵的〈談報告文學〉〈何謂報告文學〉〈報告文學問答〉等文引入了「報告文學」概念。「報告文學」在大陸重新煥發生機的契機始於 1978 年《哥德巴赫猜想》，在臺灣地區則以「報導文學」的稱謂在 1960 年代重出江湖，真正在引發學界公眾「開始正視此以文類的價值，並熱情投入於創作與理論場域」，則是「70 年代中期高信疆的登高一呼」。雖然隨著後期的發展，兩岸關於「報告文學」「報導文學」的文體稱呼形成差異，然其始初同源，皆強調文學性與新聞性的文體本質也頗為相似。

〔註 23〕劉瀏：《「非虛構」寫作論》，蘇州大學博士論文，2015 年，頁 17。

〔註 24〕章羅生，石海輝：〈關於紀實文學研究的思考〉，《中國文學研究》，2008 年第二期，頁 24。

小說創作手法「介入」的新興文體。《人民文學》主編李敬澤針對《人民文學》開闢「非虛構」專欄解釋說：「藥櫃子抽屜不夠用了，我也想過臨時做個抽屜，比如就叫自傳，但我又沒打算發很多自傳，做個抽屜難道用一次就讓它閒著？最後，就叫『非虛構』吧，看上去是個乾坤袋，什麼都可以裝」。〔註25〕可見，「非虛構性」是「紀實文學」敘事的基礎原則與關鍵屬性，而近期流行「非虛構寫作」則屬於一類新興文體，在某種程度上，「非虛構寫作」甚至可以被納入「紀實文學」的範疇之內。

李敬澤「乾坤袋」的比喻用以形容「紀實文學」的屬性顯然相當貼切，秉承「非虛構」原則進行的各類紀實性文學創作，分別在不同時期、以不同形式紛至沓來地鑽進「紀實文學」的「乾坤袋」內。從八十年代報告文學全面興盛到九十年代紀實性散文登臨巔峰，再到新世紀「非虛構寫作」成為新的時代熱點，「紀實文學」作為一個整體，雖然內部的單一文體發展平衡在不斷調整，其整體的社會影響力依舊相當可觀。毋庸置疑，「非虛構」屬性是「紀實文學」的靈魂，而知青群體所植根的特殊歷史時段與社會背景更是無可替代，甚至可以說一切知青文學創作均具備了相當的「非虛構」屬性。故而，本文在對知青文學文本進行討論時，不僅關注其作為「紀實文學」「非虛構」的根本屬性，同樣也將格外關注紀實小說、紀實散文、回憶錄、書信、日記、口述史等相對固定的「紀實文學」文體形式特徵。

三、文獻回顧

本文題目為《新世紀知青紀實文學中的青春主題》，以下將首先從宏觀層面簡略回顧半個世紀以來知青文學研究的總趨勢，採取由整體關照到聚焦分支的觀察角度，進一步考察前人關於知青紀實文學文類的重要研究成果，從此兩個層面鋪陳相關主題的討論基礎。

（一）知青文學研究的總趨勢

如果將「上山下鄉」政策啟動之初湧現的「回鄉知青」「支邊知青」「下放知青」等群體納入考慮，大陸地區關於上山下鄉文學的研究始於二十世紀五十年代，文革前成果相對有限。大規模對知青文學進行的專門研究則始於

〔註25〕李敬澤：《關於非虛構答陳競》，2010 年 12 月 9 日發表於新浪微博，具體網址如下：http://blog.sina.com.cn/s/blog_474002d30100n70t.html 跡 tj=1，引於 2018 年 11 月。

1972 年前後，至今已有近乎半個世紀，相關的研究成果可以說是汗牛充棟。

　　文革時期出於相對嚴格的公共出版控制，公開發表的文學作品，尤其是敘事類文學作品，很大程度上都是經由官方授意、扶持、甚至是直接由官方組織培訓創作的。知青文學創作因其獨特的政治宣傳與教育意義而備受關注，在知青相對集中、嚴格編制整編的農場、林場、生產建設兵團等單位，更出現了以提高知青文學創作水平為目的，使之更充分配合主旋律進行知青文學寫作的創作培訓班。當時針對知青文學的研究，多是以對具體作品進行文學評論的形式出現，研究中不可磨滅的濃重意識形態色彩貫穿始終。如梅紹靜發表於 1976 年 5 月 21 日《西安日報》的文學評論類文章〈堅決走毛主席指引的路——敘事詩《蘭珍子》創作體會〉，就顯著地表現了當時知青文學研究偏重於以具體作品的創作過程、文本分析等為評論對象，且主旋律清晰高漲，意識形態色彩濃鬱等特徵。承接文革時期，七十年代末對傷痕類知青文本的文學批評，雖然已經展現出鮮明的反文革意識形態的色彩，也較多是針對作家作品的政治性評論。這種現象從 1978 年《文匯報》、《光明日報》等報刊登載的評論小說〈傷痕〉的系列文章中可見一斑，如〈評小說傷痕——來稿摘登十篇〉、〈可喜的新花〉、〈《傷痕》出了「格」嗎〉、〈一篇值得重視的好作品——談《傷痕》〉、〈《傷痕》也觸動了文藝創作的傷痕〉等文，都充分體現了傷痕文學時代，批評界對知青文學評論具體落實於文本的研究取向。

　　八十年代以來，伴隨著知青文學創作的繁榮，以知青文學為對象的研究也相應地走入了繁榮期，各種專著和評論性文章紛紛面世。〔註 26〕除傳統的作家作品分析研究外，相關研究角度更大大擴展，所涉及到相關研究問題也日益廣泛。無論是從文本藝術手法出發，對知青文學的審美風格、模式、主題、情感特徵、形象塑造等方面進行具體研究，還是從整體背景入手，對知青文學創作進行整體的審視與把握，研究其走向和發展前景，甚至將知青文學置於生態批評角度進行討論，都為知青文學研究提供了多種可能性與學術生長契機。〈「雯雯」的情緒天地——讀王安憶的短篇近作〉、〈越過「滿蓋荒原」後的沉思——評梁曉聲的短篇小說《這是一片神奇的土地》〉、〈藝術的節制——評孔捷生的「第二步」，兼論「意識流」〉、〈沉雄蒼涼的崇高感——論張承志小說的美學風格〉、〈知青題材的現代意蘊——評中篇小說《流浪漢的

〔註26〕劉可可：〈知青小說研究綜述〉，《長春師範學院學報（人文社會科學版）》，2011年第二期，頁 105。

神采》〉等文，較有代表性地呈現出知青文學研究漸漸走出政治模式後，轉向重視情感意蘊、哲理層面、文學形式、現代性等更加具有文學性問題的研究趨勢。不可否認，新時期的知青文學研究還在某種程度上殘留著些許相對明顯的意識形態色彩，話語體系也沒有完全擺脫單一的「政治或哲理、思想」疊加「藝術或情感、美學」的模式。〔註27〕由於新時期尚處於知青文學創作的高潮階段，當時針對知青文學進行相對系統、綜述性、整體性的研究成果相當有限。1988 年廣東高等教育出版社出版的《中國當代知青文學》是八十年代知青文學研究不可忽略的重要專著，同時具備知青作家身份的研究者郭小東，無疑與所研究的時代與領域極其貼近，個人經歷的高度重合使得其對知青作家的情感、思想、審美特質都有感同身受的貼切。

　　九十年代後，隨著社會話題日益豐富多元，知青文學創作在整個文學生產流程的占比量開始銳減，尤其是有一定虛構性質的小說類作品產出比例呈現出明顯下降趨勢。然而，在文學創作似乎並不似以往繁華的表象下，以知青文學為對象的學術研究卻被著力挖掘、日益精深、研究方法更加多元，一些大規模的跨時代整體性研究也開始漸漸大批浮出歷史地表。1997 年發表於《蘭州大學學報》的〈新時期「知青小說」主題的嬗變〉從主題的演變上對新時期知青小說進行了細緻的梳理，認為知青小說的主題經歷了「傷痕」、「反思」、「跨越」三個階段；2000 年《池州師專學報》發表的〈新時期「知青小說」模式管窺〉則從思想內容的角度，將新時期知青小說分為傷痕、懷念、青春無悔、自審、懺悔等五大模式，較好地探討了它們各自的特點及其相互間的區別和聯繫，並進而指出其間的區別反映了知青小說由淺到深的思想嬗變軌跡；〔註28〕1998 年刊發於《當代作家評論》的〈右派作家群與知青作家群的歷史侷限〉更是從社會歷史角度，深層討論了「歸來者」，即右派作家，與知青作家間長期並未受到充分關注的重要聯繫。而九十年代開始批量出現的關於知青文學的整體性研究成果，更是意義重大，其中 1991 年董之林所著的《走出歷史的霧靄》，1993 年趙園編寫的《地之子——鄉村小說與農民文化》

〔註27〕劉可可：《知青小說敘事的演變及其背後》，吉林大學博士論文，2006 年，頁 5。

〔註28〕劉可可：《知青小說敘事的演變及其背後》，吉林大學博士論文，2006 年，頁 6。

　　　　〈新時期「知青小說」模式管窺〉一文見刊時間為 2000 年 2 月，收稿時間注明為 1999 年 2 月 15 日，可被歸入二十世紀九十年代之研究成果範圍。

中相關知青文學的章節，都是該階段綜述性較強，影響較為深遠的學術成果。

進入新世紀後，知青文學研究雖不再居於學術舞臺的聚光燈中央，卻進一步偏安一隅地確定了其自我定位，並且隨著社會時事進度的發展而屢次成為熱點話題。乘著 1998 年紀念知青上山下鄉運動三十週年活動全國範圍內廣泛開展的東風，關於知青文學的研究也隨之掀起了新世紀以來的第一波浪潮。相對於文學創作理論研究存在一定程度上的時間滯後性，針對上山下鄉運動三十週年知青文學創作現象而發的理論討論，在新世紀之初集中登場。紀念活動「青春無悔」的主題，再度引發了關於知青理想主義問題的討論，2000 年朱維妙的〈知青小說中的英雄主義再解讀〉，2003 年康長福的〈論知青文學的英雄主義精神〉，2000 年金雪芬的〈感傷者的浪漫激情——論知青文學的理想主義潮流〉等文紛紛從知青文學史的角度討論了理想主義精神貫穿於知青文學創作的文學史現象，2003 年賀紹俊的〈繞不開理想情結的知青小說〉更對知青理想主義提出了一定反思；與此同時，對知青文學的研究也開始從鄉土中國的層面進行展開，2001 年康長福所作的〈苦澀的鄉土記憶與溫暖的靈魂家園——試論知青文學史的鄉村情結〉關注於探討知青文學中獨特的鄉土記憶和鄉土情感；〔註29〕討論知青文學自身缺憾的論述也同時展開，2002 年潘浩〈無法超越的自我——論知青文學的敘事策略及其不足〉就認為知青文學的敘事策略使其創作帶有獨特的知青群體的情感特徵，由此而來的侷限性制約了知青文學的自我突破的可能。

新世紀以來，關於知青文學研究的整體性概述成果倍出，姚新勇發表於 2000 年的《主體的塑造與變遷——中國知青文學新論（1977 年～1995 年）》，楊健發表於 2002 年的《中國知青文學史》，郭小東發表於 2001 年的《幽閉語境中的知青文學——新中國知青文學史綱‧序論》、2005 年的《中國敘事：中國知青文學》及 2012 年的《中國知青文學史稿》等都是對知青文學進行跨時代研究的重要成果。〔註30〕同時，臺灣地區 2008 年出版新加坡籍學者王力堅的《回眸青春——中國知青文學》、2010 年出版韓國學者曹惠英的《中國知識青年題材小說研究——從文革到 90 年代》等著也開創了海外學者以文學為落

〔註29〕劉可可：《知青小說敘事的演變及其背後》，吉林大學博士論文，2006 年，頁 6。

〔註30〕姚凱：《傳承與新變——論「尋根」視域下的知青鄉土小說》，南京師範大學碩士論文，2015 年，頁 7。

腳點討論中國知青現象的先河。姚新勇的《主體的塑造與變遷——中國知青文學新論（1977 年～1995 年）》試圖以豐厚的數據對知青主體的複雜轉變過程進行揭示，並在此基礎上思考知識分子在中國當代的命運，其充分著眼關注了從粉碎四人幫到傷痕文學興起這段時間的知青文學狀況，無疑是對知青文學研究時段分野上的重要拾遺；楊健的《中國知青文學史》將知青文學的發展分為文革前上山下鄉時期（1953～1966）、紅衛兵時期（1966～1968）、文革中上山下鄉時期（1969～1978）、新時期（1978～1989）、後新時期（1989～1998）等五個歷史階段，基本囊括了世紀年代到世紀末的時間段落，並通過歷史背景及社會情形的還原，對此間發生的地上和地下知青文學進行了歷史性的梳理；郭小東的《幽閉語境中的知青文學——新中國知青文學史綱》則認為知青運動的歷史分期是審視知青文學發展的一個重要環節，並將知青運動分為前知青時期（1952～1968 年）、知青時期（1968～1979 年）、後知青時期（1979 年之後）三個時期。這種依年代演進開列知青文學清單的研究範式在《中國敘事：中國知青文學》一書中繼續演進，知青時期文學、知青記憶文學、知青後文學三個知青文學時段間的聯繫、差異、對抗，及其背後的文學觀念逆轉、思想轉變、社會變革成為此書討論重點。而《中國知青文學史稿》更是近年來關於知青文學綜合性研究的重要成果，書中通過對知青文學在題材維度的強調，使得「知青文學」的邊界得以大規模拓展，並以擴大的「知青文學」範圍收納更為全面、系統的相關知青題材文本分析。

　　出乎意料的是，時至 2008 年知青上山下鄉運動四十週年紀念乃至 2018 年知青上山下鄉運動五十週年紀念，社會氣氛都遠不若 1998 年來得熱烈。新世紀以來第二波知青文學創作與研究的高潮，出現於 2012 年中共十八大換屆之後。日益加速的工作生活節奏與消費社會步伐使得落實於書面文本的文學創作愈發難以引發公眾興趣，故 2012 年以來的新一波知青文學創作載體歷史性地選擇了更為廣泛的大眾傳媒工具，這就使得相關的文學研究也隨之著眼於對知青題材電影電視劇的深入分析。2015 年武漢大學劉雲的博士論文《知青影視研究》，2016 年王利麗的〈新世紀中國知青題材電視劇的文化反思〉，2017 年楊劍龍的〈論新世紀知青電影的敘事視角與情感基調〉等作，都充分展現了新一輪知青文學熱潮中，研究載體向大眾傳媒方向靠攏的新常態。

　　綜上，半個世紀以來關於知青文學的研究成果斐然，知青文學研究當之無愧是當代文學研究中的亮點之一。從意識形態分析到審美風格、模式、主

題、情感特徵、形象塑造，再到主體話語權，以及總體上的小說的史的流動，幾乎所有的研究角度和方法知青文學研究都已囊括其中。然而已有的研究成果依舊存在有待補充的內容，體裁層面，現有研究主要關注點多聚焦於知青小說，或是由名家執筆創作或收錄的知青散文系列作品，對於出自民間的紀實類文學作品討論有限；時段層面，跨時期總體性研究成果有限，且多集中於新時期階段，對於文革時期及新世紀以來的知青文學研究也相對不足。

（二）知青紀實文學的相關研究

通過對知青文學研究成果的梳理，可以發現知青文學研究的總趨勢與知青小說的發展起伏頗為一致、密切相關，而與知青小說並行的知青紀實文學，作為知青文學的另一個重要分支，在持續掀起社會知青文化討論熱潮的同時，受到學術界的關注卻相對有限。

八十年代末九十年代初期文學迅速趨向多元化，日益呈現出為市場所「招安」的態勢，順應八十年代社會環境、以小說為主的知青文學思潮開始進入一種曠日持久的式微。在知青小說陷入題材被解構、作家紛紛轉向的式微之際，知青文學的另一個重要分支——知青紀實文學異軍突起、遍地開花。知青紀實文學包含回憶錄、報告文學、書信、口述、日記等形式〔註31〕，其由專業知青作家與業餘知青作者共同組建的作者隊伍、複雜又立體的民間呼聲、超乎想像的巨大面世出版量，都無疑全方位地呈現出了知青文學的另一種立場、姿態和聲音。

自八十年代末《血色黃昏》（工人出版社，1987 年）、《啊，老三屆》（人民日報出版社，1988 年）吹響了知青紀實文學異軍突起的號角，九十年代初期知青紀實文學迅速迎來了聲勢浩大、影響深遠的文化熱潮，《北大荒風雲錄》（中國青年出版社，1990 年）、《草原啟示錄》（中國工人出版社，1991 年）、《回首黃土地：北京知青延安插隊紀實》（瀋陽出版社，1992 年）、《中國知青夢》（人民文學出版社，1993 年）、《苦難與風流：老三屆的人生道路》（上海人民出版社，1994 年）、《青春方程序：五十個北京女知青的自述》（北京大學出版社，1995 年）、《中國知青回憶錄》（吉林人民出版社，1996 年）等頗具代表性的紀實類作品使得知青話題一時紙貴，為知青上山下鄉三十週年紀念

〔註31〕丁媛：〈知青紀實文學的歷史品格〉，《牡丹江大學學報》，2018 年第六期，頁19。

充分積蓄民間能量、醞釀濃厚的社會情緒。這波文化浪潮與 1998 年應運盛大紀念而生的《老三屆著名作家回憶錄》（吉林出版社，1998 年）、《中國知青情戀報告》（光明日報出版社，1998 年）、《絕唱老三屆》（東方出版社，1999 年）等作匯合，共同將九十年代知青文化熱潮推向了全面鼎盛。進入新世紀，知青紀實文學書寫也並未出現熙熙攘攘之後的劇烈落潮，工人出版社岳建一編輯組稿的《中國知青民間備忘文本》叢書自 2001 年起再度連續掀起知青紀實文學又一波集團式的衝鋒，《中國知青終結》（人民文學出版社，2003 年）、《中國知青口述史》（中國社會科學出版社，2004 年）、《無聲的群落：大巴山老知青回憶錄（1964～1965）》（重慶出版社，2006 年）、《烈火中的青春》（中國社會科學出版社，2009 年）等紀實類佳作更是在新的歷史情境下，如潛藏的地火噴發出地表，堅持以民間立場持續不絕地續寫著知青紀實文學真實、粗糲、質樸的輝煌。

　　較之知青紀實文學在創作、出版、接受、乃至社會影響層面的大放異彩，以其為對象進行的學術探討還有顯著的加強空間。關於知青紀實文學的學術討論，相對較多筆墨著落於傳統意義上的名家名作，從 1988 年曾鎮南的〈《血色黃昏》與文學的轟動效應〉到 2014 年俞世芬的〈青春戰歌——評長篇報告文學《烈火中的青春》〉，從 1993 年梁曉聲的〈關於知青文學的斷想——兼評《中國知青夢》〉到 2003 年孔慶的〈《中國知青終結》反思剛過去的歷史〉，老鬼、鄧賢、肖復興等著名知青作家不僅以卓著聲望強烈吸引著學界追逐的目光，其個人得以充分自述創作發表經歷的平臺效應，加之圈內知青作家的群體支持，都為針對其紀實文學作品展開的深入研究奠定了豐厚基礎；以區域為界定討論知青紀實文學也是一種重要的研究視角，尤以 2008 年王華為的〈北大荒知青紀實文學論〉、2010 年車紅梅的〈歲月留痕——北大荒知青紀實文學〉等北大荒知青紀實文學研究最具代表性；此外，關於知青紀實文學的綜述類研究成果還包括 1994 年趙全發的〈後知青文學的新寫實趨向〉，2008 年梁麗芳的〈記憶上山下鄉——論知青回憶錄的分類、貢獻及其他〉，2015 年臺灣淡江大學詹孟蓉的博士論文《「上山下鄉」報告文學之研究》，丁媛發表於 2017 年的〈20 世紀 90 年代知青紀實文學的發生研究〉與 2018 年的〈知青紀實文學的歷史品格〉等文；除以報告文學的形式被納入 2002 年王吉鵬、何蕊所編撰的《中國新時期報告文學史稿》及 2005 年張璦的《二十世紀紀實文學導論》外，知青紀實文學作為知青文學的重要分支，在《中國知青民間備

忘文本》系列中 2002 年楊建的《中國知青文學史》、2008 年王力堅的《回眸青春——中國知青文學》、2014 年郭小東的《中國知青文學史稿》等知青文學研究的專門著作中也佔據著重要論述章節地位。

可以看出知青紀實文學在延續時間、創作隊伍、發行體量、影響範圍等層面，都當之無愧是知青文學不可或缺的重要分支。然而，以知青紀實文學為對象的學術研究卻與其造成的社會反響不成比例，相對於知青小說，知青紀實文學的研究成果長期處於極度缺乏的狀態，且存在研究偏重名家作品、囿於地域範圍等研究特點。

四、研究方法與章節安排

（一）研究方法

長期以來的文學敘事與研究賦予了知青群體太多文化屬性，無論是「傷痕」、「反思」還是「無悔」、「懺悔」，任何一種論調都難以全面囊括知青的複雜性，從而由衷得到廣泛的內外認同。此時，「知識青年」與生俱來並伴隨終身的「青春」屬性，就成為了知青群體深入骨髓的自我認同及深入人心的社會共識。本文將採用社會史的研究視角，運用文學社會學、「共同體」、生命週期——人格發展階段理論，通過文本細讀與文史結合的研究方法，從知青紀實文學入手，聚焦觀察知青文學書寫中貫穿始終的、對「青春」屬性的執著回溯。

首先，作為文學領域的探討，文本細讀始終是本文將運用的基礎研究方法之一。知青紀實文學的生產主體並不僅囿於專業作家，還包括大量目前正從事其他行業的當年知青〔註 32〕，他們來自社會的不同階層、不同地域，以差異性的個體回憶拼湊出共同經歷的過往。正是這樣豐富立體的文學生產主體，在主流敘事之外，造就了知青紀實文學濃厚的、「聚蘊著中國知青最真實最原生狀態和靈魂處境的精神文物」的民間特質。〔註 33〕所謂「民間特質」，在很大程度上放鬆了作品對文學性的追求，但求真實、粗糙、樸素、甚至是血腥。以文本細讀的方法研究知青紀實文學，不僅是解讀其文學違規的另類

〔註32〕 丁媛：〈知青紀實文學的歷史品格〉，《牡丹江大學學報》，2018 年第六期，頁 19。

〔註33〕 岳建一：〈編者的話·希望在於民間文本〉，《中國知青民間備忘文本——羊油燈》，北京：中國工人出版社，2001 年，前言頁 15。

書寫背後所蘊含的生命真實，在某種意義上也是重拾其被長期忽視文學性的一次嘗試；其次，知青紀實文學不僅是知青文學的重要分支，也無疑是重要的史料，是知青學寶貴的第一手基礎數據與文獻資料，所以在以其為研究對象進行討論時，文史結合的研究方法從某種意義上是非常適用的。文史結合的研究方法不僅是對文學演變發展史的梳理，同時也可運用於討論文學作為整個社會系統不可分割的一部分，在其所處的特定歷史時期，與社會政治、經濟、文化相互交織糾結的複雜關係。將關注的重點轉移到作為社會象徵表意系統的文學，在特定歷史時期裏生產機制的形成與演變，以及這一象徵表意系統與其他社會子系統的關係上來。以文史結合方法考察知青紀實文學，不僅是試圖還原其在文學端理應獲得的重視，更是在史學敘述語焉不詳、面目模糊之際，發揮文學敘事對歷史細節補充功用的嘗試；由於知青紀實文學的散文化、碎片化、個性化屬性，注定了其並非具備系統勾勒歷史形態的企圖心，而是以細節的形式對宏大歷史敘事起到填充、豐滿的作用。針對知青紀實文學由底層建設參與歷史細節補充的特質，本文將選取社會史研究視角的切入討論。當社會結構和社會狀況的敘述因由某種原因被簡化或固化時，必須以各種可能的方式還原有關這個社會結構的敘述多應對的具體內容和感知經驗，啟動重新進入歷史的有效途徑。強調「社會史視野」，關注點在將對知青文學的理解從相對狹窄的抽象的文學、政治的解釋框架中解放出來，進入到複雜的社會結構中，還原政治、社會改造在具體實踐過程中鮮活有效的感知經驗。在閱讀作品時，能尋找到一些在歷史檔案材料中並不容易發現的鮮活的感知經驗和精神狀態。文學史書寫的間隙與經驗的承繼，怎樣突破深入社會歷史現實時的籠統與抽象摸索現代歷史進程的內在肌理是引入社會史視角的初衷，同時亦須兼顧還原社會歷史脈絡時重構結構視野和再認識各部分、各層次相關性。〔註 34〕這種社會史視角的引入不是單純做加法，而是做減法，是對構成知青文學研究的理論預設、歷史敘事等加以更多關注其青春屬性的單純澄清。

具體言之，在社會史視野下，通過文史結合的研究方法探討知青紀實文學創作，考察處於年輕時代，身在年輕國度，以年輕個體形式存在的知青一代，其知識青年本質的「青春」屬性如何作用於新世紀知青文學的書寫、接

〔註34〕薛冰潔：〈2015 年中國現代文學研究綜述〉，《現代中國文化與文學》，2016 年第二期，頁 349。

受與廣泛認同。將不僅是通過在文本的、審美的分析之外，加上社會的、歷史的背景、或是借由心理分析的、或者意識形態分析方法，來指出其潛在的敘事結構或者政治潛文本。而是從以文學形式書寫的歷史細節出發，仰視知青上山下鄉運動半個世紀以來的相對歷史高度，進行體驗式、填充式的基礎建設。出於此視角，不同知青來源地造成知青個體不同際遇，制度建設呈現出知青文學中兵團與鄉村的記憶差異、認同區別、乃至返城工齡計算與申訴等話題，將得以以個體的、有代表性的、真實的細節形態被納入文學與歷史的共同關照。

（二）章節安排

新世紀以來的知青紀實文學的創作，不再用力頗多地強調苦難與淚水，不再耿耿於懷地執著於悔恨與無悔，甚至不再高深莫測地爭執人性與啟蒙，對於青春主題的回溯，成為新世紀知青紀實文學創作與接受的突出特點。新世紀知青紀實文學創作體現出的，對於知青個體、群體，知青社會，乃至知青時代的青春主題有意識與無意識的回溯，理應在研究中受到進一步的關注與探討。本文將以新世紀以來的知青紀實文學創作為研究對象，通過文本細讀與文史結合的研究方法，重點討論貫穿於新世紀以來知青紀實文學敘事中的青春主題。以期撥開長期以來文學敘事與研究賦予知青群體的過多文化屬性，在落實到具體文本分析的基礎上，通過社會史視角考察處於年輕時代、身在年輕國度、作為年輕個體的知青一代，其知識青年本質屬性的「青春」如何作用於新世紀知青紀實文學的書寫、接受與獲得廣泛認同。

本文題目為《新世紀知青紀實文學中的青春主題》，具體研究內容將通過五個章節進行探討。第一章為緒論，內容包括研究背景與問題意識、範疇界定、文獻回顧、研究方法與章節安排四個部分。研究背景與問題意識一節，將重提知青文學的重要性，在傳統知青小說逐漸衰落的背景下，分析新世紀語境中關注知青紀實文學的獨特意義；範疇界定一節，則會具體爬梳歷史複雜、含義豐厚的基礎概念「知青」，並以「非虛構性」本質定義「紀實文學」的文體概念；文獻回顧一節從回顧半個世紀以來知青文學研究的總趨勢入手，採取由整體關照到聚焦分支的觀察角度，考察歸納前人關於知青紀實文學文類的重要研究成果；除簡述研究步驟與架構安排外，研究方法與章節安排一節還列舉了本研究將引入社會史視角，並採取文本細讀、文史結合等具體研究方法。

　　第二章的討論重點是知青紀實文學的發展歷程與「青春」想像。本章將分為三節，第一節探討知青紀實文學熱潮的發生，從社會風向的新語境、知青群體的呼聲與物質基礎的儲備三個方面，綜述二十世紀八九十年代以來知青紀實文學屢掀熱潮的內在機制；第二節的關注點是新世紀以來知青紀實文學所展現出不同往昔的新特質，梳理了知青紀實文學在新世紀所呈現出「小陽春」「地火湧動」「紅色浪潮」三個截然分明的發展階段，從策略選擇、情感需求等方面探討了新世紀知青紀實文學形成「史料化」、「邊緣化」、「民間化」等特質的原因；第三節引入「共同體」想像理論，分析了知青年代後，知青紀實文學如何通過對「青春」主題這一基礎認同的書寫，在「知青共同體」的持續想像中發揮作用。

　　第三章至第五章將引入對具體文本的細讀分析，考察作為年輕個體、群體的知青，被與自我幾乎同齡的年輕國度所牽引，置身於在世界青年運動浪潮，其知識青年本質屬性的「青春」如何通過新世紀知青紀實文學敘事，完成對「知青共同體」的持續想像。在新世紀知青紀實文學創作中，「青春」主題已不再是評價層面的觀點或是審美層面的點綴與歌頌，而是自始至終滲透於知青文本敘事的時代旋律與歷史選擇。

　　此三章將以新世紀以來頗具代表性的知青紀實文學文本為文本細讀底本。這裡需要強調的是，新世紀知青紀實文學日益傾向「史料化」、「邊緣化」、「民間化」的發展特質，導致其書寫目的、發行機構、接受範圍等方面都具備極大的不確定性，即新世紀以來知青紀實文學的發表、發行情況是難以被詳盡、完備統計的。故而，在浩如煙海又尚未經典化的新世紀知青紀實文學作品中，本文選擇細讀底本的關注點，更多是集中於占比最大、且書寫意志最為堅定的民間著述層面。除以《中國知青口述史》（劉小萌）、《中國知青終結》（鄧賢）、《烈火中的青春》（老鬼）等為代表的，專業作家立足於民間資料、編纂創作的史料類紀實文學作品外，本文選取的主要文本類型是頗具代表性的、不同知青群體創作的知青紀實散文集——如插隊知青文集《苦樂年華——我的知青歲月》、《陝西知青紀實錄》，兵團知青文集《天蒼蒼野茫茫》、《知青回眸引龍河》，定居海外知青合著的《三色土》、《天涯憶舊時》，乃至知青網友文集《無華歲月——我們的 1966～1976》等。同時，也將引述分析《紅飛蛾》（王曦）、《一個上海知青的 223 封家書》等民間長篇紀實小說、書信集等不同文體的紀實文本。雖然遠不足以概括新世紀知青紀實文學全貌，

然以上文本對知識青年基本屬性「青春」的全方位闡釋，均在很大程度上獲得了民間與學界的雙重認可。第三章至第五章的具體架構安排如下：

第三章將從知青的主體角度出發，探討青春主題敘事如何作用於紀實文學中知青的「自我想像」。「青春」是知識青年獨一無二的歷史印記，在知青紀實文學的書寫中，「青春」不僅是彌漫全文的基調氣息，更是眼、耳、鼻、舌、身、意都充斥著的熱血與張力。本章將對知青網文集《無華歲月：我們的 1966～1976》，《知青：老知青網文集》中相關篇目進行文本分析，從青春之眼、青春之口、青春之心、青春之魂等角度，展示作為自然意義上的青春生命體，知青周身難以掩蓋的個體青春氣息，呈現青春主題敘事下知青的自我形象想像。

第四章會把視野推到整個國度的意識形態與國家機器層面。知青的時代，作為共和國同齡人的知青無疑是年輕的，而與知青同齡的共和國，也同樣是一個年輕的國度。其制度建設、國家機器組成、國家話語表達等方面，同樣被塗抹上了濃厚的青春色彩。本章將以插隊知青文集《苦樂年華——我的知青歲月》、《陝西知青紀實錄》，兵團知青文集《天蒼蒼野茫茫》、《知青回眸引龍河》，知青網文集《無華歲月——我們的 1966～1976》等著為底本，分析經歷著不斷地制度創新、建構、調整，年輕的知青與年輕的國度間交融、糾葛的相互作用。

第五章則進一步將整個命題推到時代的大背景之下，知青們風華正茂的青春年華不僅所處的國度是年輕的、新生的，所在的時代更是洋溢著青春的光與熱。本章將藉由《中國知青終結》（鄧賢）、《紅飛蛾》（王曦）等著，感受知青對於國境線外時代熱情感召的接受，挖掘知青一代與當時國際時代的諸多橫向互動；同時也將通過對定居海外知青的文集《三色土》、《天涯憶舊時》進行分析，探討知青紀實文學在海外的發展歷程與「老知青、洋插隊」的青春回眸。

第二章　知青紀實文學的發展歷程與「青春」想像

　　半個世紀以來，無論具體文學成就如何，知青文學在每一個文學時段中都佔據著不可動搖的地位。縱然近三十年來文學整體趨向於熱點快速切換的多元化形態，而知青紀實文學自八十年代末九十年代初期以不可抵擋之勢大舉湧入公眾視野至今，不僅經歷過萬人空巷的追捧與波瀾壯闊的輝煌，也在知青文化熱潮消退後，依舊保持著持續增量發展的態勢。由回憶錄、報告文學、書信、口述、日記等多種文學形式組合而成的知青紀實文學，踏實立足於其獨特蘊含的、向公眾展示「文學背後發生了什麼」〔註1〕的敘事真實性，充分發揮由專業與業餘知青作者共同組建的作者隊伍，占當時發行比例絕對規模的巨大出版量，真實、粗糙、複雜而又立體的民間呼聲等文類特質，全方位地呈現出知青文學組成中不可或缺的另一種立場、姿態與聲音。尤其是在二十世紀九十年代知青小說式微的社會語境下，知青紀實文學持續發力所牽引出話題的豐富性和影響力已經全面滲透至經濟、文學、文化等諸多社會話語領域。從知青群體的內部層面考慮，知青紀實文學獨特的組稿方式、發行面向乃至真實的回憶內容，無疑是在散落天涯、各奔前程之後，知青們不斷鞏固內在自我認同的重要黏合劑；從社會影響的外部層面觀察，對社會思想界造成巨大震撼的「青春無悔」、「劫後輝煌」、「蹉跎歲月」乃至「懺悔意識」等評價，其初始根源都是源自知青紀實文學勃興所引發的社會反響。

〔註1〕郭小東：〈中國敘事：知青文學流程的基本範式〉，《粵海風》，2003 年第五期，
　　　頁 63。

　　知青紀實文學的風起雲湧及其引發的重大社會震撼並非偶然現象，無論從社會歷史發展的角度，還是就文學自身的演變規律而言，亦或對知青主體內心世界進行分析，知青紀實文學所掀起並持續發力的文化熱潮都有迹可循。本章將著重討論知青紀實文學的發展歷程，考察其在新世紀所呈現的獨特時代特質，並運用「共同體」理論探討知青紀實文學在知青年代之後，如何在知青群體的自我想像及社會廣泛認同中持續發揮作用。

一、知青紀實文學熱潮的發生

　　如若將支邊青年和回鄉知青也納入考慮，有關知青題材的紀實文學創作，最早記載出現於 1964 年《熱風》刊載的文章〈年輕人，展開翅膀飛吧——介紹三篇知識青年下鄉務農的報告文學〉及同年《文藝報》刊載的〈農村的新血液，革命的生力軍——讀幾篇報導知識青年下鄉務農的報告文學〉。上山下鄉運動大規模開展以後，知青紀實文學創作的發生可以追溯到二十世紀七十年代，由於處於意識形態影響根深蒂固的話語體系下，此時期的知青紀實文學多呈現以通訊特寫、報告文學的形式，擔負著宣傳上山下鄉運動的社會價值引導作用。如 1972 年廣東人民出版社出版的報告文集《踏遍青山》，黑龍江人民出版社出版的報告文學集《北疆戰士》，1976 年黑龍江山河農場知青組稿的通訊特寫集《志在邊疆》，廣東人民出版社出版的散文集《春滿南疆》等作都頗具代表性。鑒於文革時期的知青紀實文學創作被界定在相對狹小的政治空間，且為著相同的宣傳目的被固定在相對單一的政治題材上，其創作語境處於一種幽閉狀態，此階段知青紀實文學雖已發生，卻並未引發由民間深處迸發的思想熱潮。當八十年代末九十年代初，拋開被附加的社會價值導向功用，書寫只單純以共同經歷的訴說和相似情感的緬懷為目的時，知青紀實文學掀起了牽涉人數最多、持續時間最長、波及範圍最廣、寫作目的最為一致的「知青紀實文學熱潮」。本節將從社會風向的新語境、知青群體的呼聲、物質基礎的儲備三個層面入手，著重討論二十世紀九十年代知青紀實文學熱潮這一罕見文學現象發生的獨特歷史契機。

（一）社會風向的新語境

　　社會風向的變動無疑是知青紀實文學熱潮興起不可或缺的時代背景。在當代中國的社會語境下，官方傾向對於文學風向轉變毋庸置疑起到了根本性的指導作用。而在討論知青文學的跌宕起伏時，這種出自官方傾向性的引導，

在八十年代末九十年代初的話語體系中卻是非常容易被遮蔽或忽視的。

　　在八十年代的中國社會，文學的意義顯然不僅僅是文學本身，以文學充當意識形態工具的慣性有意無意地延續到了這一時期。雖然經歷了石破天驚的變革，社會氛圍中依舊彌漫著種種似是而非的權利語境與各種難見分曉的觀念爭執，在這種迷亂中，八十年代的主流知青文學以其富含人道主義與人文精神的「啟蒙」形態，擔負起民族「精神稻草」的責任。〔註2〕即便是被冠以所謂「集體話語」或「宏大敘事」，烏托邦式的理想主義與波瀾壯闊的「再啟蒙」思潮依舊是時代賦予八十年代前半期燦爛輝煌知青文學的歷史使命。值得注意的是，以官方意志出面扭轉社會思潮在理想主義大旗下日益洶湧的契機，始於1986年末要求加快民主化進程的「爭民主」學潮。1987年初官方正式提出的「旗幟鮮明地反對資產階級自由化思潮」，發布《關於當前反對資產階級自由化若干問題的通知》，掀起「反資產階級自由化運動」。鑒於官方意識形態旗幟鮮明地介入，反應社會深度思考或受八十年代中期以來西方思潮大規模湧入影響深刻的多種文學創作，包括當時如日中天的知青小說都受到了一定程度的壓制。《人民文學》《十月》《當代》乃至《收穫》等重要文學刊物，皆有傾向地大幅度增加以報告文學〔註3〕為代表的紀實文學刊發比例。1987年9月中國青年報社、人民文學出版社等單位聯合舉辦的「改革大潮中的年輕人——火鳳凰杯」報告文學徵文評獎揭曉，11月《人民文學》、《解放軍文藝》與全國百家文學期刊聯名發起以「改革」為主題的「中國潮」報告文學徵文又接踵而至，全面掀起了報告文學創作、出版與接受的又一波浪潮。由頗具政治權威、社會影響力與軍事背景的重要單位出面，在全社會範圍內發起大規模報告文學徵文活動，官方意識形態藉此調節與規引當時文學創作狀態的意圖不言而喻。官方直接出手對當時文壇風向進行扭轉之效果立竿見影，報告文學被推上一個新的高峰，1988年即被定義為「中國報告文學年」。且1988年恰逢知青上山下鄉運動開展二十週年，至此知青題材與以報告文學為代表的紀實文學這兩大社會熱點合流，為知青紀實文學的蓬勃發展營造了得天獨厚的社會氛圍，當年極具代表性的《啊，老三屆》等作就是在這樣的文學語境下應運而生。可以說，發端自八十年代末的知青紀實文學熱潮，是

〔註2〕郭小東：〈中國敘事：知青文學流程的基本範式〉，《粵海風》，2003年第五期，頁63。

〔註3〕「報告文學」是在大陸地區影響廣泛的一種紀實文學文體，其強調新聞性、文學性、紀實性的體例，與臺灣地區普遍使用的「報導文學」概念頗為相似。

整個紀實類文學在當時發展狀態的微觀縮影，在政治風向引領的語境背景下，知青紀實文學的書寫、傳播與接受都深受影響。正是官方對文壇風向的引導逐步傾向於著眼真實、具體、粗糙回憶細節的紀實文學，直接成就了九十年代知青紀實文學的奪目輝煌。

如果說知青題材與政治傾向引導下形成的紀實文學風潮結合，是上層建築層面適應當時獨特文學生態的歷史選擇，那麼知青題材從八十年代的文學汪洋中順利突圍，並以知青紀實文學形態於九十年代接連引發社會軒然，則更符合經濟基礎層面的市場規律。在經歷過經濟改革、社會轉型、體制調整而形成的消費主義文學場域中，「市場」對文學的影響是強大且無形的，它不僅作為不可忽視的時代背景存在，同時也從體制與架構、書寫與想像方式、接受與傳播管道等角度決定了文學的實體內容乃至其自然選擇標準。

文學生產以「市場」為導向的新風向，是在建國以來的計劃經濟體制屢次遭到市場經濟衝擊的過程中逐步形成的。從 1982 年中共十二大提出「計劃經濟為主、市場調節為輔」原則，「市場」概念第一次被進入公眾視野；到 1984 年底《國務院關於對期刊出版實現自負盈虧的通知》明文規定除少數特定期刊外，其餘刊物均「要實現獨立核算，自負盈虧，一律不得給予補貼」，「市場」規則開始具體運用於文學出版領域；〔註4〕再到 1987 年中共十三大提及「社會主義有計劃商品經濟的體制，應該是計劃與市場內在統一的體制」，1989 年中共十一屆三中全會強調「計劃經濟與市場調節相結合」，「市場」在大陸經濟中的地位日益提高，逐漸與「計劃」並列；直到 1992 年鄧小平南巡、中共十四大等一系列重大舉動，在根本上解決了大陸市場經濟、計劃經濟與社會制度間糾纏不清的關係問題，明確提出建設「社會主義市場經濟體制」。伴隨著「市場化」大潮逐步掀起，在「走出新時期文學」的爭論聲中，純文學與通俗文學間的邊界開始模糊，官方文學與大眾文學兼容並蓄。文學活動進入了需要以嶄新標準重新定義的時代，開始秉承「市場」準則，亟待在商業生產與大眾文化之間尋找新定位。

值得注意的是，不同於在市場經濟地位逐步提升過程中，有意識迎合「市場」規則應運而生，雨後春筍般快速大量豐富文壇多樣性的新興文學題材，知青題材從八十年代思想浪潮的巔峰出發，階梯式地相繼躍上社會轉型時

〔註4〕李頻：〈1985 年中國期刊總量增長的成因問題〉，《出版史料》，2013 年第一期，頁4。

期、全面開放時期的時代舞臺，持續攀升、接連掀起熱潮。可以說，在八十年代已經被濃墨重彩表述、且引發重大社會反響的知青題材，是以一種持續、昂揚的姿態從八十年代文學中突圍，強勢、高調地融入商品經濟形勢下的消費主義話語語境。甚至在八十年代末九十年代初全面經濟改革尚未開啟，社會情緒仍處於焦灼徘徊、猶豫不決的階段，知青題材即受到「市場」原則的歷史性選擇，以紀實文學形態掀起了消費主義文學語境下的第一波熱潮。而知青題材勢頭強勁地穿越社會轉型時期，始終保持高社會關注度的根本原因，是知青話題背後涉及到分布於全國乃至世界不同區域、身處不同階層、跨越至少三個代際、人數超以億萬的，與知青群體密切相關的千家萬戶。如此具有千絲萬縷聯繫且基數龐大的群體成為可能的潛在讀者，無疑為知青文學領域構築了潛力巨大的市場背書。「媒體活動有其基本結構……讀者的需求常常是編輯行為最大的影響因素」〔註5〕，具備知青身份者已然數以千萬，加之他們的親屬、師長、同學、朋友，乃至上山下鄉當地農村的農民，直接受影響人數便堪以億計。當「市場」規則賦予這一群體閱讀傾向的選擇權時，他們顯然「急於知道文學背後發生了什麼」〔註6〕，發出了對強調現實意旨、以質樸方式呈現逼真粗糲生活本真的知青紀實文學的深切呼喚，並引發了社會範圍內影響深遠的廣泛共鳴。

可見，政治傾向引領的紀實文學興盛與市場經濟商品化選擇的新標準合力形成的社會風向，造就了二十世紀八十年代末九十年代初期知青紀實文學以亮眼的姿態躍上歷史舞臺，且掀起經久不息熱潮的嶄新語境與獨特時代背景。

（二）知青群體的呼聲

知青紀實文學熱潮的異軍突起是特定群體在特定歷史語境下的集體發聲，已然散落天涯的「前知青」們〔註7〕在同一時間節點不約而同地回顧過

〔註5〕李瑞騰：〈文學雜誌的困境及其可能的出路〉，《文學的出路》，臺北：九歌出版社，1994年，頁69。

〔註6〕郭小東：〈中國敘事：知青文學流程的基本範式〉，《粵海風》，2003年第五期，頁63。

〔註7〕這裡臨時使用「前知青」的概念，比較側重於表達直到返城政策落實之後，知青辦取消，知青大量回城並走上了不同的人生道路，知青群體的組織基礎已經不復存在。作為一個在特定歷史時段存在的特殊組織，「知青」的概念自動解體了。然而筆者不完全認同「前知青」這一說法的，原因有二：一是從歷史的

去，其群體的主觀意志無疑起到了決定性作用。正是被塵封在每個知青個體心底的知青情結在特殊歷史情境下被集體啟動，使得知青群體產生了內在的傾訴需要。知青情結是長期存在於每個知青個體心靈深處、貫穿始終的基本身份認同，不用入會，不用宣誓，不用額外繁文縟節的儀式鞏固，即賦予知青們伴隨終身的社會身份與集體歸屬。從上山下鄉的第一天開始，「知青」這個標籤就把他們緊緊地綁在了一起，在共同的身份和經歷基礎上形成群體的共名與精神的共鳴。「知青」是一個整體，無論在何時何地只要遇到了知青，或者談及對方有著做知青的經歷，立刻彼此就有了說不完的話題，人也顯得親近。只要互相交換姓名與下鄉地點，知青間就很容易產生心有靈犀的彼此認同。〔註 8〕知青情結在整個知青群體層面大規模復蘇，是知青紀實文學勃興的心理語境。

知青情結集體受到喚醒的重要外部驅動力是輿論的傾向引導與社會的重大變遷。八十年代末九十年代初期對於知青群體來說具備難以忽視的紀念意義，不僅是上山下鄉運動二十週年紀念，幾乎也是「勝利大逃亡」——知青集體返城十週年。相關紀念活動蓬勃發展，以此為契機，各自散落社會的知青們再度聚首，暫時擱置眼前生活的一地雞毛，回首過去，呈集群效應地內向挖掘心中深藏的知青情結。作為共和國同齡人的知青群體，顯然已經開始逐步步入中年，成為社會的中流砥柱，社會輿論也日益高度重視對這一群體的持續引領與情緒疏導工作。「青春無悔」「感謝生活」的口號響徹天際，而這些官方支持渲染的主旋律所引發的討論也進一步推動了知青群體更加深層的自我審視；與此同時，先前相對壓抑的政治氛圍出現了明顯的轉變，官方政策的調整修正乃至人事更替，都為經歷過話語管制的知青群體營造了相對寬鬆的發聲環境，提供了進行回顧、反思的可能性。而對知青情結集體喚醒起到決定性作用的因素，還是知青群體內部主觀上有意識地內在、強烈、一致的自我激活。根據記憶週期（memory cycle）的研究，一個社會每隔二十到

角度上說，雖然知青組織已經成為歷史概念，但是知青遺留問題依舊存在。如知青的工齡計算，知青本人退休後返回原籍養老，第二代乃至第三代返回知青原生城市落戶就讀等問題……在這些知青歷史遺留問題的處理上，國家層面的官方用語，也還是稱知青群體為「知青」；二是從身份認同的角度上說，知青群體的自我認同從來沒有被真正消解掉。

〔註 8〕梁麗芳：〈記憶上山下鄉——論知青回憶錄的分類、貢獻及其他〉，《當代文壇》，2008 年第一期，頁 25。

三十年左右，個人與社會就對過去作一次重構。對於知青一代來說，從六十年代末上山下鄉運動開始到七十年代末的大返城，再到八十年代末乃至九十年代，正好經歷了一個記憶循環週期。〔註9〕往日的知識青年漸漸步入中年行列，在中年階段回顧青春歲月，從邏輯上合乎年齡心理的發展規律；知青群體在這一時段開始遭遇所謂的「中年危機」，已經回城多年的知青們，有光鮮亮麗、一呼百應的成功者，就有生活困頓、一籌莫展的失落者，失落者佔據的比例顯然更大，且處於相對失語的狀態。特定時點的知青集會則賦予了經歷過苦難、且依舊掙扎於苦難的失落者們暫時忘卻眼前生活，集體回顧青春，並將平時疏於整理的相關思考相互交流甚至在更大範圍公開的機會。至此知青群體完成了大返城之後重要的重新聚合，其心底的知青情結被全面啟動，甚至進一步鞏固、加深。

如同知青情結烙印於每個知青個體的意識或潛意識中，回憶與講述知青經歷也是一種長期且廣泛存在的心理訴求。當知青以群體形式被再度被召集、喚醒時，對知青經歷傾訴的需求也迎來了呈幾何級數式的爆發。重新集結後，已然散落各地、從事不同行業、組分更為複雜的廣大知青主觀上懷著傾訴知青歲月獨特體驗的濃厚意願，客觀上則面對著千差萬別的個體知青經驗與廣為流傳的經典知青文學敘事間的日益擴大表達裂隙，不再滿足於由傳統知青小說為代表的專業作家書寫繼續全面代己發聲。這使得在經典知青文學之外，開闢更為多元的傾訴管道成為必要，知青紀實文學即是以要求多元的知青群體為受眾，專業與業餘知青作者共同選擇的傾訴模式。不繼續滿足於已固化成型的傳統知青文學書寫，嘗試以更加個性、多元、真實、粗糙的民間敘事，扭轉經典化知青話語的壟斷局面，為相對失落的廣大知青博取話語權一隅，是知青紀實文學突進的內在張力。

不可否認，經典知青小說所創造的獨特成就是無可替代的，作為知青先覺者的初次回顧，知青小說可以說是再啟蒙思潮中迎風獵獵的精神旗幟，這一載體上豐厚地依附著傷痕、啟蒙、乃至尋根等多重意義。然而，以不朽豐碑形態屹立文壇的經典知青小說，在二十世紀八十年代末九十年代初以來的社會新語境下，卻不再足以道盡廣大知青的衷曲。市場經濟語境下，社會話語關注點由「大我」聚焦到「小我」，個體生活開始受到前所未有的關注，個

〔註9〕梁麗芳：〈私人經歷與集體記憶：知青一代人的文化震驚和歷史反諷〉，《海南師範學院學報（社會科學版）》，2006年第四期，頁20。

體的知青又恰逢二三十年為週期的記憶循環，對自己上山下鄉時期的日常生活生出了無限的懷念與深切的回憶。而上山下鄉運動二十、三十週年紀念集會，更是將各自散落天涯的知青在相當規模上重新組織起來。再次找到具體組織的知青們作為有明確歸屬的「小團體」，除了廣泛意義上「知青」的整體身份認同以外，同時具備了以小團體為單位，不甘被滾滾歷史波濤掩埋遺忘的要求。當「知青」不再僅是一代人的泛指與代稱，而是作為個體被關注，作為小團體被整合，其對自我個性化經歷回溯的呼喚即更為熱切，此時已成經典的知青小說及其背後相符的精英邏輯便越來越無力涵蓋覺醒後知青民間呼聲的豐饒內涵。

民間意識被充分激活的知青群體不再滿足於被以經典知青小說為代表的專業知青作家書寫所代言，這種認同程度的急劇下降，主要呈現在對知青作家「精英」身份的排斥，與對「精英」書寫敘事內涵的質疑兩個層面。〔註10〕首先，知青作家具備「精英」性質的身份認同在一定程度上引發了知青群體內部的相對排斥——依舊掙扎於生活泥淖，相對失語的失落者顯然佔據著散落民間知青群體的絕大比例，生活的艱辛與話語的沉默使得他們日益難以接受通過文學書寫獲得諸多響應的「成功者」們，對知青整體進行高度概括式的代言。經典知青文學在延續宏大敘事、承擔歷史使命的同時，難免忽略相對不那麼契合主題的私人體驗，進而難以書盡廣大知青的情感殊異，同時也在知青「共通性」的表達上存在一定缺憾。這種忽略的緣由不僅是文學服務於時代的慣性使然，更與知青作家的「精英」身份書寫有關，專業知青作家擁有相對廣泛的社會影響力，這種一呼百應的話語權進一步鞏固了其建立在教育水平、職業工種乃至人生際遇層面上的「精英」地位。正是鑒於經典知青文學在思潮迭起的年代負載著太多社會功用，專業知青作家也被公眾期待賦予了更多精神旗幟般的「精英」屬性，在官方意識形態的督導與社會輿論的注目下，頗為高調地掀起影響深遠的「青春無悔」「感謝生活」話語浪潮。張承志在《初逢鋼嘎哈拉》中對知青經歷的回顧，極能代表這種「以筆為旗」的「精英」書寫情懷，他提到的：「因為命運……把我那麼深地送進了廣闊的

〔註10〕這裡「精英身份」與「精英書寫」的含義，僅指代專業知青作家文學表達中的獨特思維方式與言說話語。雖然知識分子的「精英」身份本意已經相對固化，然筆者認為由於知青普遍具備相當的教育程度與豐富閱歷，故難以從知青群體中完全劃分出區別於眾的「精英」，文中的「精英」表述僅強調文學領域的專業性。

草原和樸實的牧人之間，使我得到了兩種無價之寶：自由而酷烈的環境與人民的養育。我慶幸自己的青春期得到了這兩種東西，我一點也不感到什麼耽誤，半點也不覺得後悔」。〔註11〕然而，民間更為廣大的知青們卻顯然並不願背負專業知青作家表述中出現的「精英包袱」，也難以認同出於「精英」書寫得出的「一點也不感到什麼耽誤，半點也不覺得後悔」言論。非從事文學專業、又渴望傾訴的知青們在一定程度上並不認可專業知青作家的「精英」言論，認為所謂的「成功者」並不足以為「失落者」代言。不受「精英」這一文化身份束縛的民間知青們可以以個人或是小團體身份暢所欲言，其被強加的知青生涯可以「是吃虧、是耽誤、是後悔」，甚至就是當年無端的苦難，造就了現實中依舊在進行的生活困境。而九十年代以來專業知青作家們或封筆閉關、或皈依宗教、或將注意力偏向社會當下甚至是鑽研文學敘事技法，紛紛放棄知青題材書寫的集體轉向，更增添了散落民間、依舊渴望傾訴知青經歷的知青們擔心知青回憶驗無人言說、被後世遺忘的焦慮；與此同時，經典知青小說敘事內容所承載的繁複社會與思想主題，彌漫的濃厚烏托邦意味，苦苦求索的精神風範，亦引發了希求「少談些主義」、忠實記錄青春經歷的民間知青們的質疑。民間知青們對專業知青作家書寫敘事內涵的有所保留，也呈現在對具體講述內容期待的心理落差方面。由於專業知青作家各異的個人經歷與不同階段的社會狀況，經典知青小說所描寫的知青生活必然存在向某些內容側重的傾向——如生產建設兵團對知青寫作基礎的著意培養，造就了兵團知青們踏著知青文學的衝鋒號在文壇嶄露頭角，兵團題材一時間炙手可熱。或是與城市生活迥異、民俗大相徑庭的邊境異域知青書寫，不僅喚起了廣大知青們的青春追懷，也迎合了大眾嚮往遠方風情的獵奇心態，在公眾接受時大受歡迎……經典知青小說敘事內容的不同側重、生活細節豐富性的相對欠缺、情節上偶有發生的彼此重複或是自我重複等，都不同程度地影響了民間知青對經典知青文學閱讀期待的滿意度，故而，散落民間的廣大知青們希求通過追憶個性化的知青經歷，在聯結同代知青身份認同的同時，獲得後代人的珍視與理解。

在全面復蘇的知青情結感召下，「知青」以群體聚合的方式被進一步賦予意義，穿越了其所屬的歷史時段。脫離上山下鄉運動歷史背景的「知青」身

〔註11〕張承志：〈初逢鋼嘎哈拉〉，《張承志文集‧綠風土‧錯開的花》，上海：上海文藝出版社，2015 年，頁 90。

份認同基礎是共同的知青情結，知青經歷的反覆傾訴成為鞏固深化這一情感基礎的必要，此時穿越時空的文學記錄成為傾訴的最佳載體。記憶理論認為：發生在十二歲到二十五歲之間的事件，乃是一個人一生中，最能記憶持久和最具有意義的。當知青們的回憶以文學形態表述歷史時，他們的集體行動就有身份認同的憑據，情感基礎就有了不可動搖的根基。〔註12〕而民間知青們不再滿足於被以經典知青小說為代表的專業知青作家書寫所代言，在經典化的知青敘事之外自發地選擇了另一條傾訴自我青春體驗的途徑——知青紀實文學。從知青個體的自身角度而言，時隔多年，步入中年的他們終於可以以相對成熟、平和的心態，回眸與思考曾經可能「再也不願踏足」的知青經歷。應和紀念活動而生的知青集會，又將散落天涯的知青們以小團體的形式重新聚合起來，有共同具體上山下鄉經歷且聯繫密切的小團體集群效應，使得知青們以組稿寫作的方式傾訴青春成為可能，並在內部形成了最堅實擁躉的讀者群體。且進入中年階段的知青們，在社會發展中重要作用日益提升，具備了在當時可以影響市場導向的購買力。在市場經濟文學活動商品化的語境下，知青們開始充分運用其強大購買力對文化事業的影響，召喚乃至親自參與創作表現知青經歷千變萬化、極具個性的知青紀實文學。以自然形態鋪敘過往點滴，力求展示最真實知青歲月與本能感受的知青紀實文學，著墨於呈現個體性的瑣屑生活和散淡的生命體驗，其真實化、多元化、民間化的特徵，顯然迎合了更廣泛知青群體傾訴需要。

（三）物質基礎的儲備

上文闡釋了知青紀實文學被選定為表達廣泛民間知青傾訴知青歲月要求的社會背景與心理語境，這一歷史性的選擇，同樣需要客觀物質基礎的儲備。從微觀層面來看，知青紀實文學內部的文學生產方式，與民間知青群體可提供的物質基礎存在極大的契合。知青紀實文學的生產流程中，不可迴避的首要環節即是作者或作者群。以往經典知青文學，對專業知青作家的文學精英身份要求極其嚴格，而強調平凡、真實主題的知青紀實文學，其作者的身份就相對可以處於所謂「無名」的狀態。即由於知青紀實文學真實記錄回望生活本真形態的宗旨，使得對其作品在思想性與文學性層面的要求都得以在一

〔註12〕梁麗芳：〈私人經歷與集體記憶：知青一代人的文化震驚和歷史反諷〉，《海南師範學院學報（社會科學版）》，2006年第四期，頁20。

定程度上有所放寬，知青紀實文學的作者不再限於有一定文學功底及明確創作意識的專業作家，而是賦予了每一個具備知青經歷的知青個體知青紀實文學書寫的話語權。同時以共同知青經歷為基礎的知青小群體也可就共同主題進行集體書寫，組成小規模的作者群。知青紀實文學的作者隊伍由此擴展到並非從事文學行業、或並未接受過完整文學訓練的非文學專業作者，這極大寬容地包含從事各行各業的當年知青，這些知青作者既包括其各自所在行業中的佼佼者，也存在從事平凡工作需要面對生活各種紛繁壓力的普通人；其次，民間知青的小團體化也為知青紀實文學生產提供了相對高效的組稿方式。相較於文章內容與篇幅等方面均需要符合一定文學領域准入規範的傳統知青文學，以共同知青經歷為基礎的知青作者群體所創作的知青紀實文學，可將相對表意單純、篇幅簡短的多篇作品合輯，以相輔相成、互為補充的組稿形式，共同高效地勾勒多元化知青生活主題；此外，讀者群是知青紀實文學生產流程中必不可少的關鍵因素。不同於市場化的文學生產，知青紀實文學的發行與接受最特別之處，在於其自帶讀者群體，有相關具體經歷的知青群體，乃至作者群本身都是其指嚮明確的既定讀者範圍。以市場接受標準衡量，知青紀實文學的讀者面向，進可如《北大荒風雲錄》、《草原啟示錄》，引發洛陽紙貴、萬人空巷，退可劃定有共同經歷的特定讀者範圍進行有指向的分發與收藏，發行冊數五百至兩千的作品合輯在現有知青紀實文學出版物中占比相當可觀。

　　宏觀層面上，知青在各行業的人員儲備，出版發行與互聯網行業的日益繁榮，知青下鄉地區的相關政策支持等，也在物質上為知青紀實文學的蓬勃興盛提供了得天獨厚的發展平臺。散落天涯的知青們從事著不同行業的工作，並日益成為各自領域的中流砥柱，無疑是促使知青紀實文學持續發力非常寶貴的人力資源基礎。除了在中國文學史上雕鑄知青形象豐碑的專業知青作家外，同樣有不少知青就職於圖書發行與出版行業，擔任編輯骨幹，感同身受的知青情結使得其對知青題材的作品賦予了格外的關注與支持。從許多知青紀實文學的前言與結語中，都得以直觀感受到知青編輯們從征集文章到潤飾文字、再到出版發行，對知青紀實題材的深刻挖掘與鼎力扶持。知青企業家在資助知青紀實文學進入文學流通的同時，也為以知青創業為題材的紀實類文學寫作提供了素材；圖書市場的繁榮、出版發行業的蓬勃、互聯網的普及，則為知青紀實文學的面世營造了更豐富、穩定的市場環境，提供了更

加多元、優質的平臺選擇。尤其是互聯網在社會各領域的廣泛運用,為散居在各地的知青們搭建了不再受時空限制、穩固確定的溝通交流平臺。其中大量長期活躍、「非盈利性質」、「公益類」的知青網站、知青論壇則成為知青紀實文學在互聯網世界不斷生長的信息節點,使得互聯網成為知青紀實文學長盛不衰的堅實物質保障;同時,曾經接受知青下鄉的部分地區,出於促進知青與第二故鄉情感溝通與拉動當地經濟發展的考慮,加之一些有知青經歷、具備行政身份政府官員的有力支持,通過舉辦知青紀念活動、匯總整理知青生活記錄,提升地方對知青文化的關注程度與保護意識,為地方性知青紀實文學寫作彙編提供了力所能及的便利條件,更開啟了官方鼓勵、支持、推動地域知青紀實文學發展的先河。

可以說,知青紀實文學熱潮是在商品經濟的社會語境下,散落各地、從事各領域的知青以群體方式再度聚合後,其內在知青情結全面復蘇,進而對自我知青經歷產生強烈傾訴要求時,充分運用時代積累的物質基礎共同謀略的成果。

二、新世紀知青紀實文學的新特徵

知青紀實文學這一寫作題材相對高度統一的文學現象,從其作者隊伍、波及範圍、持續時間等維度衡量,在迄今為止的中國當代文學史上,無疑佔據著非常獨特的地位。知青紀實文學創作的作者群體,作為主觀上期待講述知青經歷的傾訴者,不再受到從事文學行業、傳統文化精英界限的嚴格限制,甚至可以說,經歷過「沉浸式知青經歷體驗」的個體,都具備成為知青紀實文學創作主體的可能性。所謂具備「沉浸式知青經歷體驗」的創作主體,不僅包括前文詳細討論過、相對常見於知青回憶錄彙編中、切身經歷知青生活的真實知青個體,同樣也涵蓋通過文獻記載、採訪轉述、田野調查等間接手段,相對全面、深入、沉浸式瞭解並書寫某一段特定知青經歷的其他知青轉述者。具備「沉浸式知青經歷體驗」的知青轉述者們,雖具備知青身份,然其個人經歷與所轉述的特定「沉浸式知青經歷體驗」關聯有限,如老鬼所著《烈火中的青春——69位兵團烈士尋訪紀實》一書,與老鬼本人在內蒙古生產建設兵團的插隊生活雖有勾連、卻並不完全重合,且紀實主體內容建立在對時隔三四十年的烈士親屬、戰友尋訪基礎上。正是這種「沉浸式知青經歷體驗」,使得知青紀實文學的作者隊伍被賦予了跨越時間、空間、國度、甚至

具體知青經驗的可能性；知青紀實文學影響波及的範圍，也不僅是組分複雜、不同青春經歷、被共同冠以「知青」之名的知青本體，「知青」作為節點所嵌入的各色社會網絡，從家庭、單位到城市、鄉村，從全國各地到海外他鄉，都在不同程度上對知青紀實文學投以了感同身受的關注；知青紀實文學生命力旺盛異常，持續活躍三十餘載長盛不衰，且發展歷程頗具戲劇性。自二十世紀八十年代末異軍突起，知青紀實文學於整個九十年代熱度不減，在上山下鄉三十週年紀念社會潮流裏挾下達到巔峰，餘韻一直波及到新世紀。

　　新世紀以來的知青紀實文學，承繼了一路高歌的勢頭，也經歷過戛然而止的靜默，既偏安一隅地堅守也引發過官方青眼有加的關注。值得注意的是，知青紀實文學在新世紀的語境下，依舊一如既往地保持著發端於內在知青情結，著眼於尋求知青身份認同，依附於知青為主體社會資源等原有基本特性，在此基礎上，更另闢蹊徑地開始自覺的邊緣化，自覺的在民間層面上發展，體現出了更為鮮明的獨立意志和自由精神。可以說，新世紀的知青紀實文學雖然不再具備長期、強勢牽引整個社會輿論的轟動影響，卻始終沒有中斷，內向地開闢了一種更加自我、更加日常、更加多元的存續方式。本節將簡單回顧新世紀以來近二十年知青紀實文學的發展概況，從外部社會化呈現與內在心理機制反饋層面，嘗試討論新世紀知青紀實文學的新特徵。

（一）新世紀知青紀實文學的發展概況

　　回顧知青紀實文學以文學潮流姿態在文壇亮相的三十餘載，其發展歷程極具戲劇性，掀起過數次轟轟烈烈的社會熱潮，也歸於過斷崖式的寂靜，從驚濤駭浪到地火湧動，依舊堅持著長時段義無反顧地持續書寫。知青紀實文學發端後十餘年，一直保持著勁頭十足、一路看漲的趨勢——從 1987 年《血色黃昏》、1988 年《啊，老三屆》吹響衝鋒號角，到 1990 年《北大荒風雲錄》、1991 年《草原啟示錄》引發洛陽紙貴，經歷了 1993 年《中國知青夢》、1995年《青春方程序——五十個北京女知青的自述》持續加溫，及至 1998 年《老三屆著名作家回憶錄》、《中國知青婚戀報告》更是搭乘上山下鄉三十週年紀念的社會熱潮，連創新高。進入新世紀，知青紀實文學在「知青熱」的社會潮流慣性作用下，承繼了九十年代以來整體高調的一路高歌。

　　新世紀伊始知青紀實文學從總體水位極高的歷史起點出發，更高效、密集地經歷了 2001 年《中國知青民間備忘文本》叢書首輯《羊油燈》、《狼性高

原》、《審問靈魂》、《無人部落》、《泣紅傳》、《落荒》，2002 年《中國知青民間備忘文本》叢書第二輯《大祈禱》、《闖蕩金三角》、《守望記憶》、《逃亡》、《中國知青文學史》，2003 年《中國知青終結》，2004 年初《中國知青口述史》等著一波未平一波又起的持續助推，屢現巔峰之作，達到了前所未有的制高點。然而，新世紀最初幾年知青紀實文學的登峰造極之勢並未如前一般保持勢頭迅猛的增長，或是趨於平衡，乃至緩慢落潮。而是於 2004 年受到當頭棒喝，出人意料地迎來了戲劇化急轉直下的停滯與斷崖式戛然而止的靜默。伴隨 2003 年格外強調對文化管理、文化環境、文化秩序等方面管理規範的文化體制改革推行，2004 年 2、3 月間大陸地區的文化出版業受到來自官方層面連續三次、高密度、有意識的相對收緊，知青題材由於其獨特歷史背景而受到波及。2004 年 2 月關於「出版業要樹立大局意識，抓好隊伍建設，編輯力量不能有異己分子」的指示一經發出，直接影響了中國工人出版社《中國知青民間備忘文本》叢書第三輯的續編發行，「中國知青」這一提法同樣受到遏制，知青文學整體陷入低潮。值得關注的是，面對知青文學在公共出版發行領域一時間噤若寒蟬的變局，知青紀實文學的生產與接受情況，在大批量公開發行的文學市場與小範圍民間傳播的文學沙龍兩種截然相異文學場域下，亦呈現出截然不同的姿態。官方政策指向性的壓制，使得社會對知青題材的關注度明顯下降，知青紀實文學開始在公眾視野內銷聲匿跡，陡然由炙手可熱變得少人問津，退守到文學生產的僻靜角落。在之後的很長一段時間內，雖有如 2007 年林春芬主編《無華歲月：我們的 1966～1976》、2008 年凡草主編《天涯憶舊時——海外知青文集》、2009 年老鬼《烈火中的青春——69 位兵團烈士尋訪紀實》等頗具代表性的優異作品問世，卻再難以引發如前般洶湧澎湃的社會廣泛關注與可觀討論。較之在公開發行文學市場的相對冷遇，知青紀實文學在民間書寫傳播的狀況則大相徑庭，雖專業化程度、印刷數量、傳播範圍都並不強勢，卻作品總量充實，作者隊伍龐大、從未停止對知青記憶的傾訴與交流。從個體經歷講述到講述集體歷史追憶，從海外知青拾遺到搜集知青回憶補充地方文史資料合輯，雖然發行規模相對有限，甚至出現一些在小團體內部流通，印刷僅 300～1000 冊的紀實文集，民間對知青紀實文學的書寫卻一直沒有中斷。〔註 13〕尤為值得留意的還是上山下鄉整十年為週期的知青文學紀念傳統，如果把知青開拓者「支邊青年」也納入考慮，2005 年前

〔註13〕文末附錄新世紀以來知青紀實文學出版作品之不完全統計。

後曾赴青海、新疆、巴山等地區拓荒的知青們就開始牽頭組織上山下鄉四十週年的紀念活動，2006 年鄧鵬主編的《無聲的群落：大巴山老知青回憶錄 1964～1965》一作，加之其 2009 年推出的續編，成功引發了海內外對在 1968 年之前下鄉「老知青」群體的重新關注，成為對知青紀實文學具備補白意義的重要節點。2008 年前後上山下鄉四十週年紀念文集出版達到巔峰，從《青春的白樺林──北京知青赴黑龍江生產建設兵團紀事》的林海雪原到《颶風刮過亞熱帶雨林──雲南國營農場知青回憶錄》的熱帶風情，從《天蒼蒼野茫茫──赴大蒙兵團四十週年紀念》的異域獵奇到《回望閩西──知青情繫紅土地》的丘陵起伏，《去新疆，到祖國最需要的地方去》的黃沙戈壁，《永遠的情懷──粵海知青散文集》的水網密布，《精彩人生──海南東紅知青四十年紀念輯》的天涯海角……上山下鄉四十週年知青紀實紀念文集遍地開花，呈現出明顯的地域特徵。這種以地域為基礎，集結出自廣大知青之手的紀實類散文，加以整合編撰文學組織方式，成為新世紀知青紀實文學作品在民間書寫接受類型的主流。

　　2012 年前後，隨著具備知青經歷的政治群體成為接替國家核心權力的中流砥柱，於民間義無反顧、踽踽獨行數載，甚少受到社會輿論垂青的知青題材，迎來了厚積薄發的新轉機。官方選取了從最易為廣大群眾接受的大眾傳媒領域入手，引發社會輿論對沉寂已久知青題材的重新重視。2012 年 5 月重磅推出梁曉聲編劇的電視連續劇《知青》，可謂是以權威姿態於公眾領域重新認可知青熱點的破冰之舉，更通過 2014 年初上線的《返城年代》等劇繼續加溫，維持著公眾對知青題材的討論熱情。在官方以正面視角恢復「知青」題材熱度的明確示意下，已偏安一隅、獨善其身的知青文學被重新提上臺面，地火湧動的知青紀實文學領域亦成果頻出──不僅《知青回眸引龍河》、《天地留痕──重慶一中老三屆知青回憶錄》等特定區域、特定團體知青們所作紀實類散文合輯一如既往地活躍，依舊保持著知青紀實文學在民間書寫傳播環節的重要地位，《我的後知青時代》、《北大荒斷簡》等專業知青作家所著表現知青生活的散文作品集也開始回歸；此外，搭乘 2010 年《人民文學》「非虛構專欄」設立，2011 年《人民文學》啟動「人民大地·行動者」文學計劃，2013 年「中國光芒」第二屆南方國際文學週首設「非虛構寫作大獎」等文壇事件掀起的「非虛構」寫作潮流，《河洛青青──知青歲月紀事》等知青題材非虛構小說也應運而生；與此同時，《北京知青與延安叢書》《知青在海南史

料選集》等由具備官方背景機構，如中央編譯出版社、或是各級地區政協等組織直接出面主持徵集，作為地方文史數據選集的重要組成部分合輯出版的知青紀實文集，在這一時期面世的知青紀實文學作品中佔據著非常可觀的比例。上山下鄉運動整十年為週期的知青文學紀念傳統依舊是頗為引人注目的。除《陝北往事——我的知青歲月》、《大國糧倉：北大荒留守知青口述實錄》等傳統意義知青回憶錄、知青紀實散文合輯的持續堅守外，伴隨著 2012 年後的數年知青話題在官方傾向明顯的引導下全面復蘇、蓄力滿滿，適逢大規模上山下鄉五十週年紀念，各級官方背景的文化宣傳機構更一力主導了知青紀實文學領域的「紅色浪潮」。從中央層面《習近平的七年知青歲月》、《梁家河》為代表的知青紀實文集範式，引發各界廣泛學習與輿論積極討論，到地方區域有的放矢地將《陝西知青紀實錄》、《上海知青在安徽口述實錄》、《普洱文史資料：第十九輯——上海知青普洱記憶續輯》等散文合輯與文史資料的彙編工作提上議程、規模化批量化出版，「根紅苗正」知青紀實文學的「紅色浪潮」成為上山下鄉運動五十週年紀念的獨特風景。

綜上，新世紀以來知青紀實文學的發展歷程，大約可以從時間維度分為三個階段——承繼九十年代知青文化熱，新世紀伊始蓬勃發展的「小陽春」時期；2004 年後受到輿論收緊影響與針對性壓制，在大眾傳播領域緘默退守，主力轉向民間書寫與流通的「地火湧動」時期；2012 年後得到官方的重新認可與一力扶持，在公眾語境下影響力全面復蘇，並屢創新高的「紅色浪潮」時期。

（二）新特徵的外部社會化呈現

通過上文對新世紀知青紀實文學發展歷程的簡要梳理，可以明顯感受到紀實文學新特徵在社會化層面的外部呈現：首先，造成新世紀知青紀實文學呈現「小陽春」、「地火湧動」、「紅色浪潮」這三個階段的最重大、最直接因素，就是政策的影響。在相對較短時期內受到政治力量兩次截然相反的有力導向，知青紀實文學對政治風向格外敏感。面對不確定性較強、又有決定影響力的外部政治環境，知青紀實文學歷史性地選擇了更加強調自身價值的、中立的史料化發展路線。其次，新世紀以來知青紀實文學的發展一路起起落落，雖然引發過一定程度的社會關注與集中討論，卻都沒有如上世紀九十年代一般掀起整個社會範圍內、持續較長時間、萬眾關注的熱潮。知青紀實文

學不再是引領時代節奏的主旋律，而是成為了眾多文學聲部中的一個，從舞臺的中央退出，找到了自己的位置，開始逐漸邊緣化。此外，知青紀實文學在民間具備著長盛不衰的生命力，縱使曾被壓抑被遺忘，民間總有一群人在堅持著知青紀實文學的書寫與接受。除了官方的宣傳意義，市場的商業價值外，民間化特性賦予了知青紀實文學書寫以持續的身份認同與儀式感。以下將詳細分析新世紀知青紀實文學「史料化」、「邊緣化」、「民間化」等外部社會化新特徵的具體呈現。

　　新世紀知青紀實文學的史料化特徵，是其置身於不確定性較強、又具備決定性影響力的外部政治環境中所採取的策略化選擇。知青紀實文學的政策敏感度在新世紀語境下高度提升，不僅由於政策因素是直接造成知青紀實文學在新世紀呈現「小陽春」、「地火湧動」、「紅色浪潮」三個階段的決定性因素，更是因為其在短時間內連續受到了兩次來自政治力量截然相反的有力主導。雖然在大陸地區，政治風向、政策引導一直是文學發展的基礎，但是政治力量直接出手干預文學領域的情況還是相對少見。知青題材與社會的緊密關係不言而喻，然而正面受到來自官方的強力封殺或鼎力追捧，卻是新世紀以來的新狀況。政府強力第一次針對性地直接出手干預知青紀實文學的書寫與傳播，源於 2003 年開始對圖書出版行業規範的收緊。如果說新世紀初的「小陽春」是全社會範圍內知青文化熱的餘波，那麼中國工人出版社所出版的《中國知青民間備忘文本》系列叢書，擁有隸屬於中華全國總工會的國家級綜合性出版社作為背書，本應體現官方的許可態度，卻首當其衝受到了「出版業要樹立大局意識，抓好隊伍建設，編輯力量不能有異己分子」的嚴厲喝止。正是官方直接出面封殺，導致知青紀實文學一掃新世紀初高歌猛進之勢，一蹶不振地迎來了數載寂靜。第二次官方政策直接作用於知青紀實文學領域，則是從 2012 年前後延續至今的，依舊炙手可熱的「紅色浪潮」。官方出面直接對知青紀實文學進行扶持、指導的效果立竿見影，在各級地區政協等官方組織或是中央編譯出版社等具備官方背景機構的主持、徵集下，知青紀實文學開始以地方文史數據選集重要組成部分的形式大規模合輯出版，2015 年國家哲學社會科學基金重大項目「知識青年上山下鄉史料的搜集、整理和研究」正式立項。至此，蒲葦般風中飄搖的知青紀實文學通過與史料結合，終於尋求到更有生命力、更為中立、更具保存傳承價值的發展道路，形成並日益鞏固著其史料化的新特徵。

　　新世紀知青紀實文學的邊緣化特徵是其長期發展的總體趨勢。新世紀以來知青紀實文學的發展道路起起伏伏，其中不乏經歷過一些階段性峰值，無論是新世紀伊始的一路高歌，還是持續蓄力的「紅色浪潮」，甚至四十、五十週年紀念，雖然都在一定程度上引發了社會輿論的關注與討論，卻都不曾如上世紀九十年代一般掀起整個社會範圍內、持續較長時間、萬眾關注的知青文化熱潮。造成這種現象的重要原因是知青作為社會群體，開始被邊緣化，進入逐漸淡出視野公眾視野的過程。二十世紀八九十年代以來，知青群體一直以「改革開放新一輩」的姿態，搭乘社會變革的快車，擔當社會發展的中流砥柱。時至新世紀，社會群體日益呈現出多元化趨勢，知青們基本進入退休階段，整個群體不再如從前般對社會主旋律起到頗具影響力的引領作用。知青群體本身的邊緣化勢必導致知青文學的邊緣化，加之傳統意義上純文學的日趨衰落，知青文化熱、文學熱雙雙退潮，雖然還能引發一定社會風潮，卻不再具備曾經牽一髮而動全身的巨大能量。知青文學離開聚光燈下的舞臺中央，退守一隅尋找自己的位置，依舊獨特，卻不再引領時代節奏的主旋律，而是成為新世紀眾多文學聲部中的一個。知青紀實文學的邊緣化，正是其以重要分支形態對知青文學邊緣化總體趨勢的順應。

　　新世紀知青紀實文學的民間化特徵，是其受外界干擾最小、延續性最長、自發書寫與接受的內在動力。新世紀以來的近二十年正是民間知青文化全面崛起的二十年，知青紀實文學的民間化特徵不僅立足於思想層面上摒棄「意義」珍視「經歷」、從依恃群體神話轉向追封個體價值的民間立場，也落腳於自然生成、自發書寫、自我消化的民間知青文化場域。知青紀實文學本就不同於強調「思想」、「意義」的等務虛層面的傳統書寫，民間立場無疑是其經久發力的源泉。擺脫了傳統文學精英立場的民間知青作者們，其書寫目的並非傳統意義上「立言」的成就追求，也不再著眼於試圖引發社會對自身群體的集中關注，只是為了記錄自己與夥伴或傳奇或普遍，卻不忍被歷史遺忘、抹殺的共同經歷。鮮少抱有功利目的，更強調經歷回顧的知青紀實文學，在文體表達層面一貫趨於簡潔通俗——或是報刊雜誌刊載、單行本印發的紀實性質小說，或是集結成冊的散文，或是泛黃的舊書信、訪談錄的採訪，甚至是互聯網知青論壇上的帖子，或是微信公眾號裏的推文——既便利於自發參與寫作的專業或業餘知青作者，也照顧到接收管道各異的讀者們。知青紀實文學在民間具備著長盛不衰的生命力，無論受到政策指引還是市場導向，縱

使被壓抑被遺忘，依舊以始終如一的民間文學傳統姿態，持續處於不間斷、不轉向的創作、更新、接受狀態。民間知青紀實文學的出版面世從未中斷，有的作品依憑老知青們在各行各業的精英身份得以結集，有的作品以紀念冊的形式，藉插友、戰友聚會、回訪的契機，小規模五百、一千本的被印刷、傳閱，甚至有的作品由知青作者一己之力自我陳述、自費出版，只為饋贈給有相關經歷的友人……正是知青群體、知青團體、乃至知青個體的不懈堅守，使得知青紀實文學在民間筆耕不輟，縱使單一文本的發行數量相對有限，卻如同熾熱熔岩在地下緩緩流淌，彙集了難以統計、龐大規模的細小分支，最終將要噴發出地表，造成新的山脈。〔註14〕

　　知青紀實文學在新世紀所呈現的「史料化」、「邊緣化」、「民間化」等外部社會化特徵，可以被認為是其在多元化的新語境下，重新自我定位、謀求穩定發展、走向自身日益成熟的標誌。

（三）新特徵形成的內在心理機制

　　延續到新世紀，知青紀實文學自我堅持的根本要求，依舊源自知青們內在不可磨滅的知青情結。而其從社會文化的風口浪尖引退，甘願以「史料化」、「邊緣化」、「民間化」的姿態退守一隅，自得其樂地進入自我書寫、自我交流的文化模式，則源於新世紀以來，知青群體建立在時間推移與年齡增長基礎上，更為「寬容」的內在心理狀態變遷。

　　進入新世紀的近二十年來，知青們陸續達到了幾近退休的年齡。根據大陸地區 1978 年 6 月國務院頒發的《關於工人退休、退職的暫行辦法》和《關於安置老弱病殘幹部的暫行辦法》（國發〔1978〕104 號）規定，「男性幹部、工人年滿 60 週歲，女幹部年滿 55 週歲，女工人年滿 50 週歲，連續工齡或工作年限滿 10 年，可以辦理退休」。知青們可以說是共和國的同代人，其出生年代的跨度大致在 1947～1960 年左右，雖然近年來關於推遲退休年齡的呼聲不斷，可對於依舊生活在大陸地區、接受國家政策安排、供職於常見行業的絕大多數知青們而言影響有限，他們已經先後進入了退休生活的階段。與共和國共同成長的知青們，在社會轉型的各個階段皆身先士卒，經歷了「十五歲下鄉，五十歲下崗」，知青們的退休過程也充滿著複

〔註14〕岳建一：〈編者的話‧希望在於民間文本〉，《中國知青民間備忘文本——羊油燈》，北京：中國工人出版社，2001 年，前言頁 13。

雜與坎坷——「工齡」就是知青退休首先要面臨的重大問題。「工齡」的字
面意義指代被官方認可的、參加工作的有效年限,在大陸地區,工齡與能
否按時定量享受相應的福利、保障及薪資待遇,是直接相關的。「農齡」與
「工齡」兩大完全不同體系計量標準間的差異,使得知青對工齡認定的努
力,自返城之日就開始了。1982 年湖南省老知青蕭芸上書申請工齡認定的
信件,受到時任中共中央總書記胡耀邦的直接批示,被譽為「知青福音書」。
1985 年勞動人事部正式發布《關於解決原下鄉知識青年插隊期間工齡計算
問題的通知》(勞人培 [1985] 23 號),國家層面上知青「農齡」、「工齡」
的轉換政策正式落地。然而縱使得到了官方認可,由於下鄉時年齡過小、
以投靠親友代替隨校下放、檔案模糊或遺失、甚至下鄉期間有偷渡出境經
歷等因素,難以取得與自身經歷相符工齡認證的知青大有人在,因工齡問
題追查、申訴、集會、上訪的知青活動一直延續到近年;除了工齡申訴外,
許多在下鄉地「站完最後一班崗」的老知青們還面臨著退休後「回鄉養老」
的問題。經過幾輪「大返城」,加之各地區對未返城知青照顧政策的落實,
或返回原生城市,或落戶下鄉地區城鎮,或是另謀發展,絕大部分知青的
城鎮戶籍問題已獲得解決。其中,在下鄉地區供職、工作至退休後返回原
生城市養老的知青,在其原生城市同年齡層中佔據有相當大的比重。雖然
原生城市政府給予了相關戶籍和生活方面的政策支持,但由於社會保障關
係無法隨戶籍轉入原生城市的規定,導致社會保障制度在養老保險金待遇
水平、醫療保險水平、公共服務及社會福利等諸多方面,阻礙著這些於下
鄉地區工作、退休返回原生城市老知青們的社會融合進程,使得他們很大
程度上在原生城市居於相對弱勢的地位。[註 15] 隨著地區政策的不斷調
整,退休返回原生城市養老知青們關於養老、醫療、住房乃至生活補助等
方面的市民待遇,仍尚在逐步恢復的過程中。

　　穿越層層障礙終於順利退休的知青們,難能可貴地迎來了人生中一段相
對安定的時光。跨越農村與城市兩大社會空間的獨特背景,使得知青成為社
會壓力的蓄力層,人生經歷跟隨時代起起落落的他們,終於平安過渡到了可
以相對穩定享受社會紅利的時期。卸下了背負太久的過重負擔與責任,且得
以享受一定程度的生活保障,知青群體開始進入所謂「有錢有閒」的生活階

[註15] 李新:《社會保障視角下退休回滬知青社會融合指針研究》,上海工程技術大
　　　學碩士論文,2014 年,頁 1。

段。隨著年齡的增長與生活壓力的相對減輕，知青們的心態顯然平和了許多。由於爭取切身利益的要求相對減少，知青活動所具備的現實針對性日益減弱，不再滿心沉重，而是開始呈現出單純的懷舊與追憶情緒。進入退休生活後，許多知青已不再侷限於囿於城市追憶往昔，而是開始成規模、定期地組織返回曾經下鄉的地區探訪，相應地進行一些紀實文學創作，並將集結成冊的文章以紀念冊形式，分享給具有共同經歷的知青老友們。至此，知青群體的自我身份認同已經與一路伴隨他們的社會關注視線開始了剝離，知青們開始把目光內向地轉向知青群體本身。知青紀實文學寫作中呼喚社會關注、維護現實權益的要求大幅削減，寫作的主要目的演變成以追懷青春記憶的方式取悅知青自我，並強化與有相關知青經歷群體間的紐帶。

　　在與社會熱點拉開距離的同時，進入退休階段的知青們也得以離開與他們相伴多年的、傳統意義上的「集體」，獲得了更多將注意力分配給自我，或是與自身志趣相仿的小團體的機會。通過退休，以個體形式被從所謂「大集體」中分離出來的知青，分別再度聚合組成各個意趣相投的小團體，使得其對待知青群體內部觀念衝突的態度，也開始形成了一定的「妥協」。關於「知青」問題的討論，知青群體內部從來沒有達成過完全的共識，圍繞「感謝苦難」、「青春無悔」、「懺悔意識」等話題甚至出現過異常激烈、針鋒相對的衝突。站在不同立場的知青們，曾經為著自我審視的問題吵得不可開交，彼此水火不容，終於也沒有獲得所謂的「相逢一笑泯恩仇」。取而代之，知青們處理群體內部嚴重觀念衝突的態度發生了重大轉變，不再強調「不是東風壓倒西風，就是西風壓倒東風」，而是達成了「道不同不相為謀」的「共識」。這種不再強求彼此觀念達成一致、「求同存異」的寬容與「不相為謀」的隔絕心態，在上山下鄉五十週年的紀念活動中表現得淋漓盡致——如國內方面，紀念知青上山下鄉五十週年的學術研討會「新史料與新視野：上山下鄉與知識青年學術研討會」於 2018 年 6 月 22、23 日在復旦大學舉辦。〔註16〕類似這樣調動「當今所有知青研究中文章被引用次數最高、最核心的成員」、多位頗具權威的知青研究學者齊聚一堂、共同出席的學術研討會，在 2008 年知青上山下鄉四十週年紀念時已舉辦過一次。鑒於「2008 年知青學術研討會」上「發

〔註16〕〈一場沒有人願意張揚的學術研討會，和一個日漸緊迫的話題〉，《好奇心日報》，網址如下：http://www.szhgh.com/Article/wsds/history/2018-07-05/174018.html，引述時間 2018 年 10 月。

生源於個人經歷的情緒化發言」，「幾乎全是知青出身的學者，他們之間的經歷千差萬別。因此影響到他們的態度和觀點，吵得不可開交」的情況，2018年的研討會本著「在如何評價的問題上過多爭執已經沒有太大意義」的原則，嚴格限制了會議規模。與會人員不足 40 人，會前會務組沒有通過任何網絡、實體管道發布會議的相關宣傳信息，會議議程也並未公開。為了保護學術研討的氛圍，主辦方更是著意向旁聽的老知青們強調了「儘量把時間留給與會學者」的會議規則。這次研討會建立在「知識青年上山下鄉史料的搜集、整理和研究」國家社科基金會重大項目的基礎上，充分體現了新世紀知青文化「史料化」的特質。有意識地將關於知青論題置於史料化的學術語境下進行討論，著力避免陷入評價體系中難以化解的觀念衝突，「不再執著於態度，而是強調記憶」成為學界探討知青問題的新著眼點；再如海外方面，2018 年 7、8 月在加拿大舉辦的「回眸知青 50 年——2018 年溫哥華知青文化月暨首屆環球知青論壇」，在辦會宗旨中即說明「不建議『知青青春無悔論者』參會，因好山好水好無聊的最宜居城市溫哥華肯定比不過他們的『廣闊天地』，那裡才是他們魂縈夢牽、葉落歸根的大舞臺」〔註 17〕，雖然語氣似乎略顯刻薄，但無疑是在實際層面上，預防、規避了站不同立場、持不同觀點知青間的正面衝突。主辦方對活動內容也進行了明確的引導，提出「全程活動希望多談談當年戰天鬥地的酸甜苦辣，少談敏感話題，以便讓尚在體制內享受離、退休待遇的老知青們平安出行」〔註 18〕，這一要求同樣體現出「耳順從心」之年的知青們，對於觀點上的爭執辯論已不再興味盎然，而是更關注於對美好青春年華的共同追憶。

由此可以感受到，知青紀實文學在新世紀先後經歷「小陽春」、「地火湧動」、「紅色浪潮」三個截然相異的發展階段，其背後動因不僅是政策風向的直接推動，也源於知青群體內部隨著年齡變化而產生「少談些主義，多談些回憶」的情感需求。而通過紀實文學所呈現出知青文化的「史料化」、「邊緣化」、「民間化」等特徵，更是知青命題擺脫社會現象定位，固化為學術經典

〔註17〕「回眸知青 50 年」——「2018 溫哥華知青文化月」暨「首屆環球知青論壇」通知，網址如下：http://www.sohu.com/a/238517300_652725，引述時間 2018年 11 月。

〔註18〕「回眸知青 50 年」——「2018 溫哥華知青文化月」暨「首屆環球知青論壇」通知，網址如下：http://www.sohu.com/a/238517300_652725，引述時間 2018年 11 月。

論題的必由之路。

三、知青紀實文學與「知青共同體」的持續想像

　　知青紀實文學的創作主體與文類組成，注定了它在知青文化成果的序列中，以一種極具代表性的形式存在。出於期待傾訴知青經歷而投身創作的知青紀實文學作者，除傳統意義的知青專業作家外，有很大一部都是非從事文學行業的業餘知青作者，知青身份是參與知青紀實文學寫作的唯一門檻。值得特別注意的是，知青的本質是「知識青年」，雖然可能相對文化程度有限，卻無疑是受教育普及程度最高的群體。無論是否進行過專業的寫作實踐，幾乎每一個知青個體都具備書寫表達的能力，故而民間知青群體完全有能力對傳統文化精英視角陳述的知青文化論述進行補白。同時，由於知青紀實文學的「非虛構」屬性，注定其涵蓋的範圍也相當廣泛，包括報告文學、傳記文學、回憶錄、口述實錄、日記、遊記、田野調查、紀實小說、紀實散文、紀實敘事詩、乃至紀實影視作品等不同形式文體。由知青紀實文學參與度極廣泛的話語來源、各種不同形式的呈現方式等多樣化特質，可以以小見大地推演出知青文化成果涉及多領域、多學科、多評價體系的複雜性。

　　進入新世紀，知青文化的複雜性與學科交叉特質繼續發展，知青議題已然開始從社會熱點層面發生剝離，進而向學術題材逐步轉向定型。以往「知青問題家家有」，是當之無愧的社會熱點，任何涉及到知青群體的風吹草動都足以牽動民生、撼動社會神經。而隨著時光推移，知青們年齡增長、步入退休階段、逐漸淡出社會中堅力量，知青問題已經不再普遍存在於大多數家庭。縱使家庭成員有過知青經歷，也難以引發下一代乃至第三代的關注。甚至可以說，除了知青本身，目前依舊持續關心知青話題的群體就是從事相關研究的學者們。面對知青議題在社會熱點層面的降溫，學界提出「知青研究到日前已進入從社會學研究向歷史學轉型的時代」（上海社科院歷史所研究員金大陸），「知青研究已進入學科建設的階段，一門『知青學』已經呼之欲出」（華東師範大學歷史系教授朱政惠）。是否具備必要、獨立的學術內涵，能否聚集起相關研究力量來進行深入的探討，是一門學問能否成立的關鍵，以此為標準衡量，「知青學」顯然已經準備就緒了。「知青學」被界定成一門研究中國知青的特別學問，以二十世紀這一特殊歷史過程和特殊相關群體為研究對象，具備民間力量、專家隊伍和權威學術機構結合發展的特質——民

間研究保證了最充分和最廣博的史料學基礎、源源不息的研究熱情和研究動力，以及探討的真誠態度和真實性；專家的介入則保證其嚴謹的學術態度、嚴格的學術質量和科學的發展方向；它的長久發展則有賴於年輕學者的崛起，相關權威學術機構的參與、組織和協調，以及相關檔案的逐步開放與公布。面對錯綜複雜的知青運動，學者們所提出評價時的「剝離」與研究中的「綜合」，同是知青學研究所應堅持的態度。作為以特殊歷史事件為研究對象的專門學術研究，「知青學」將對於知青代群的研究置於一種學科的制高點上，從不同角度對知青問題的探討，在一定程度上實現了多學科的融合和互動。〔註19〕

　　「知青學」是一門需要歷史學、文學、社會學、政治學、經濟學等各個領域共同參與的跨學科研究。其中知青史料的發掘整理，是不可或缺的重要奠基工程，上海社科院歷史所研究員金大陸提出，「檔案、書信、日記等的整理應該在下一步知青研究中佔有突出的位置」。〔註20〕與此同時，「知青研究更是記憶課題」，在收集知青史料的過程中，對知青記憶的挖掘也是不容忽視的。如果說檔案、方志是相對精確嚴謹的史料，那麼最豐厚的知青記憶載體無疑是知青紀實文學。「知青學」涉及領域交叉、跨多學科的特點，注定了同一份材料在不同領域都具備充分的闡釋力，文學作品尤是如此。關於知青上山下鄉的各種文字完全稱得上汗牛充棟、難以計數，其中影響深遠的知青小說用文學語言描繪著知青生活圖景，塑造了許多令人難忘的知青形象，以文字的力量激動著整整一代人；另一方面數量頗多的知青紀實文學，則以具體、生動、富有細節的形式記錄著知青生活，在很大程度上完成了對知青文化各個領域的多重補白。中國社會科學研究院定宜莊認為，「過去很多研究會喜歡用文學作品……知青研究中，我們常把小說當作學術研究，其實這是很特殊的，其他運動很少出現這種現象。然而，我們搞知青研究的這種現象出現的特別多。」〔註21〕

〔註19〕上海市青年運動史研究會：〈一次還原和澄清歷史的有益探索——「2008 知青學術研討會」綜述〉，《上海青年管理幹部學院學報》，2009 年第一期，頁 63。

〔註20〕上海市青年運動史研究會：〈一次還原和澄清歷史的有益探索——「2008 知青學術研討會」綜述〉，《上海青年管理幹部學院學報》，2009 年第一期，頁 63。

〔註21〕〈一場沒有人願意張揚的學術研討會，和一個日漸緊迫的話題〉，《好奇心日報》，網址如下：http://www.szhgh.com/Article/wsds/history/2018-07-05/174018.html，引述時間 2018 年 11 月。

　　故而，當將知青紀實文學置於「知青學」的研究體系時，知青紀實文學所起到的作用不僅是老知青追溯往昔的回憶，也是具備歷史補白作用的史料，更是各自散落天涯的知青們，延續內心知青情結、維繫相互間精神連接、在想像中持續加強「知青共同體」認同的重要紐帶。

（一）被想像的「知青共同體」

　　存在於每個知青個體心靈深處、貫穿始終的知青情結，不僅是知青紀實文學聲勢浩大、持續發力的內在根源，更是伴隨知青終身的社會身份認同與集體心理歸屬。「知青」是一個整體，從上山下鄉的第一天開始，知青情結便萌發於每一個被牢固貼上「知青」標籤的個體，在共同身份、經歷基礎上，形成群體的共名與精神的共鳴。時至今日，知青經歷依然是素不相識的知青間，相對容易產生彼此認同的基礎。不用入會、不用宣誓、不用額外繁文縟節的儀式鞏固，無論在何時何地只要談及對方有著做知青的經歷，互相交換姓名與下鄉地點，前一刻完全陌生的知青間，親密度與認可度的上升是顯而易見的。知青間這種穿越時空推移，穿越具體經歷重迭，甚至穿越彼此實際社交聯絡的認同，其本質是基於廣義上宏大歷史經驗的共同體想像。套用本尼迪克特‧安德森著作《想像的共同體》中，關於個體組分對本民族中他者想像的闡述進行解釋尤為貼切，「即使是最小的民族的成員，也不可能認識他們大多數的同胞，或是和他們相遇，或者甚至聽說過他們。然而，他們相互聯結的意象確實活在每一位成員的心中」〔註22〕，難怪以「中國知青部落」一語形容並非民族的「知青」群體接受度頗為廣泛。自發地以內在知青情結彼此認同，客觀上形成以知青經歷為邊界的有限概念，且受到國家、社會、歷史乃至學界層面的共同認可，「知青」已然當之無愧固化成一個不可分割的「共同體」。「共同體」的概念最早由滕尼斯在其著作《共同體與社會》中提出，認為「共同體建立在有關人員的本能的中意，或是習慣制約的適應，或者與思想有關的共同記憶之上」。〔註23〕「知青」顯然符合「共同體」概念的經典定義，其知青階段共同經歷的「社會事實」與脫離具體知青生活後，以知青時段記憶為基礎的持續認同，共同作用完成了對「知青共同體」的建構。

〔註22〕本尼迪克特‧安德森：《想像的共同體》，上海：上海人民出版社，2016年，頁5～6。
〔註23〕斐迪南‧滕尼斯：《共同體與社會》，上海：商務印書館，1999年，前言頁3。

　　將「知青共同體」置於共同體類型的分類框架下，即「共同體類型主
要是建立在自然的基礎之上的群體裏實現的，此外它也可能在小的、歷史
形成的聯合體，以及在思想的聯合體裏實現」〔註24〕，可以更明確歸結出
「知青共同體」建構的雙重基礎──一方面，實質上具體的知青經歷，在
「歷史形成」的背景下建立成是一種「持久的、真正的共同生活」，另一方
面，思想上的知青情結，憑藉「與思想有關的共同記憶」維持了想像的持
續認同。「知青共同體」的認同架構中，具備具體知青生活經歷的，符合「持
久的、真正的共同生活」的「社會事實」，已經隨著返城政策落實、知青辦
取消、知青大量回城並走上了不同的人生道路而成為歷史。在這一層面上，
隨著「共同生活」的結束、組織基礎的解體，「知青共同體」的實體狀態定
格成是一個在特定歷史時段存在的特殊存在；與此同時，思想層面上，以
知青情結與「共同記憶」為基礎，持續被想像、被強化的「知青共同體」，
則在不斷地鞏固、擴張中，源遠流長地一路向前、且得到逐漸經典化的廣
泛認同。

　　事實上已經各奔前程的知青們，彼此間依舊保持著深刻的知青情誼，其
對「知青共同體」一如既往的認同，在很大程度上是靠「想像」來維持的，
這裡需要額外解釋一下「想像」的概念──「想像」作用「知青共同體」的
建構上，在是以知青情結與共同記憶為基礎的，在思想層面形成群體共同認
知的過程。因為有關於實際知青經歷的記憶作為基礎，所以「想像」不是「捏
造」，因為「知青共同體」的自我認同不曾經歷任何形式的中斷，所以「想像」
不是「重塑」。知青們對「知青共同體」的持續「想像」，不單純是站在時間
長河的下游回眸青春，更是基於回憶知青經歷的青春歲月，以「青春」之名，
拉近彼此依舊「青春」、依舊「同在」的精神認同。「知青共同體」在思想層
面的持續發展，不僅源自知青群體本身一如既往的自我堅守，更受到了來自
國家、社會、歷史乃至學界日益經典化的廣泛認同。雖然組織形態已經成為
歷史，但知青遺留問題依舊作為舉足輕重的社會狀況存在。在諸如知青的工
齡計算、知青第二代乃至第三代返回知青原生城市落戶就讀、知青本人退休
後返回原生城市養老等歷史遺留問題面前，無論是社會討論還是國家政策，
提及知青群體所運用的概念依舊是「知青」。也就是說，從民間的討論到官方
的話語，「知青」始終被以命運共同體的形式對待。同樣，隨著「知青學」的

〔註24〕斐迪南·滕尼斯：《共同體與社會》，上海：商務印書館，1999年，頁78。

建立，「知青共同體」概念在學術視野下，被進一步經典化，學界也表達了對知青共同記憶作用的高度認同，「學術跟大眾的經歷模糊，可以使得學術研究傳的更快些」（美國埃默里大學社會學系助理教授徐彬）。〔註25〕

　　如果說知青情結與共同記憶是「知青共同體」想像的內在基礎，那麼知青紀實文學則是「知青共同體」想像得以有效推進並廣泛落實的必要管道。「知青共同體」多元、立體的綜合性質，決定了一切知青文化成果都可以被看做是推動其持續想像的有效途徑，如地方志可以在各方面記錄知青共同體在各區域的經歷，數據統計可以精確標記知青共同體的容量，博物館可以通過對具體實物的解讀，在歷史迷霧中喚醒知青共同體的記憶……其中，知青紀實文學極具代表性的書寫、傳播、接受方式，更注定了其對「知青共同體」持續想像的可觀作用。書寫方面，也許知青整體的文化程度相對有限，「知識青年」的群體本質則注定了其極高的教育普及程度。縱使並非從事過專業寫作，幾乎每一個知青都具備以不同文體的知青紀實文學書寫表達自身的能力。知青紀實文學寫作的唯一門坎是知青身份，故而理論上每一個知青個體都具備通過知青紀實文學寫作，在公眾層面上直接參與「知青共同體」想像的可能性；傳播方面，知青紀實文學的文體種類多樣，可以搭載不同的傳播平臺，從傳統的報紙期刊、小說集書信集散文集，到互聯網時代的知青網站、知青論壇、知青微信公眾號。「因為媒介，原來交流不便的人們，現在能想像自己和無數陌生的讀者在一起」〔註26〕，雖然每個知青個體的實際人際關係網相對有限，且各自散落天涯，而在接受知青紀實文學的過程中，通過多樣、便捷的各式媒介相遇，「相逢何必曾相識」的「知青共同體」想像也在不斷確認；同理，接受方面，普遍具備一定文化素養的知青們無疑是知青紀實文學的接受主體，知青紀實文學所使用的話語常常攜帶著那個年代揮之不去的語言色彩，重新沉浸在這套話語體系中，「知青共同體」的心理認同也在繼續加深。

　　可以說，知青紀實文學以語言文學形態對「知青共同體」想像推進的作用，簡直堪比「印刷語言」在「民族共同體」想像中的意義──「印刷語言

〔註25〕〈一場沒有人願意張揚的學術研討會，和一個日漸緊迫的話題〉，《好奇心日報》，網址如下：http://www.szhgh.com/Article/wsds/history/2018-07-05/174018.html，引述時間2018年11月。

〔註26〕本尼迪克特・安德森：《想像的共同體》，上海：上海人民出版社，2016年，頁46。

的興起，提供了一個有力的新視角——我屬於某一個特定的語言群體，我和一個想像中的，龐大的讀者群聯繫在一起」〔註27〕雖然知青們在實質層面不復持久的、共同的生活，可是通過知青紀實文學的書寫、傳播、閱讀，可以想像自己以毋庸置疑的身份，和一個龐大的、分散各地的、有著刻骨銘心知青經歷的「知青共同體」緊密連接。

（二）以「青春」為基礎的持續想像

知青議題多元、立體、複雜、發散的特質，注定了任何與知青主題相關的記憶、觀點、評價、思考，均有可能在一定程度參與「知青共同體」的想像。然而並非每一種關係知青主題的思想因素都能為「知青共同體」的想像提供向心的推動力，也有部分因素呈現出的是共同體內部存在的張力。如知青們各自跌宕起伏的個人經歷，與包括「青春無悔」、「讚美苦難」、「懺悔意識」等立場各異、爭議頗多的知青評價問題，就時常引發難以平抑的情緒化對立。雖然存在著觀點層面不可消解的內在張力，「知青共同體」想像的基礎還是在「知識青年」身份認同層面達成了共識——「知識」是能力、是責任、是思考，「青年」是青春、是求索、是成長；「知識」賦予了知青們反思、感悟與表達的能力，「青年」是時代授予給知青的名義；知青們以「知識」反思「青春」，「青春」是知青們永不磨滅的生命底色——可以說，無論抱持何種評價觀念，「知識青年」的基本屬性是「知青共同體」的最核心認同，「青春」是「知青共同體」得以持續想像的最堅實基礎。

在「知青共同體」持續不斷被想像的過程中，「青春」是毫無爭議的認同基礎與核心。「青春」對知青群體的意義，不僅是稍縱即逝的美妙時光，更是其執著、認可、盛讚的永恆主題，以下將從時代宏觀與個體微觀的角度，分析知青將想像的火花聚焦於「青春」主題的原因。從時代宏觀的角度而言，知青是鮮少被時代賦予「青春」底色的群體，從他們第一次被稱作「知識青年」起，便終身被冠以「青年」之名。「青春」的名義使知青的青春經歷得以被歷史定格，縱使時過境遷、兩鬢斑白，知青時刻具備掀起「青春」經歷回顧潮流的正當性，掌握著對「青春」主題持久的發言權與天然的合法性。同時，隨著知青們逐漸進入退休階段，來自後輩的忽視與不解，使知青群體內

〔註27〕本尼迪克特・安德森：《想像的共同體》，上海：上海人民出版社，2016年，頁48。

部發出了「幸好現在我們還在，不然就死無對證了」〔註28〕的感歎，進而強化了其對自身「青春」經歷記載、保留的要求；從知青內部微觀的視角，「青春」歲月更是個人生命週期中意義非常的時段。根據埃里克森的生命週期、人格發展階段理論，大部分知青上山下鄉的年齡段恰好是橫跨青春期（12～18 歲）與成年早期（18～25 歲），甚至可以延伸到成年期（25 歲以上），青春期與成年早期這兩個階段是個人同一性形成與穩定的關鍵階段。青春期時段，青少年本能衝突的高漲遇到新的社會要求和社會衝突，非常容易造成困擾和混亂。〔註29〕知青一代在同一性尚未成型的青春期階段，所面臨的社會環境情緒化嚴重且反覆無常，使得其個體自我同一性與角色混亂的衝突異常激烈。成年早期是親密與孤獨間衝突較為激烈的時段，身陷「廣闊天地」的知青們所面臨的孤獨，不僅是精神發育時段的自我剝離，更是歷史原因造就的客觀現實，外在政策同樣壓抑了其相互建立親密關係的天性，與他人同一性融為一體的可能性被極高比例扼殺。在歷史的欽定下，知青一代背負起「青春」之名，而社會的異動又在某種程度上造成了他們傳統意義「青春」經驗的不完美，「青春」有此成為知青群體無始亦無終的永恆要求，成為其「知青共同體」持續想像的認同基礎。

　　「青春」主題同樣是貫穿知青紀實文學這一重要「知青共同體」想像管道的基礎。百餘年中國文學史進程中，「青春」主題不可避免地被迭加了社會現代性特徵，裏挾了由先鋒意識主導的偏激、破壞、狂熱、粗暴等激烈情緒，而知青紀實文學筆下的「青春」主題，則是更多的是強調對單純「青春」的盛讚。懷著對青春盛讚、珍視、守護的獨特認同，知青紀實文學的出發點是「我來過，我想過，我寫過」──因為「來過」，銘記著青春的真實；因為「想過」，倍感到青春的可貴；因為「寫過」，由心底到筆觸皆維護著這真實、美好又易逝的青春。落實到具體作品的書寫，「青春」是知青紀實文學從知青、國家乃至世界層面推進「知青共同體」持續想像的共同基礎──「自傳契約」理論認為「所有的創作都是一種自傳……作品中少年時期的情感底色是坦露

〔註28〕〈一場沒有人願意張揚的學術研討會，和一個日漸緊迫的話題〉，《好奇心日報》，網址如下：http://www.szhgh.com/Article/wsds/history/2018-07-05/174018.html，引述時間 2018 年 11 月。

〔註29〕埃里克森：《同一性，青少年與危機》，北京：中央編譯出版社，2015 年，頁11。

無疑的」〔註30〕，知青紀實文學參與在「知青共同體」的想像過程中，不僅認同「青春」是知青個體、知青群體與生俱來的情感底色，更以「青春」為基礎將「知青共同體」置於年輕的共和國，乃至掀起青年運動潮流的世界語境。韓少功說，「一個人的少年時代是一張白紙，留下的痕跡較為清晰，對日後的影響可能很大。但日後的歲月是顯影劑，是變焦的鏡片，可以改寫少年的記憶」〔註31〕——知青紀實文學正是憑藉著「青春」的航標穿越回歷史現場，其筆下的「青春」並非盡是長者歷盡滄桑、回眸青春的追憶，更包含著曾經年輕的知識青年，定格於韶華尚存年華的「青春」想像。

可見，作為重要想像管道的知青紀實文學，從多方位、各層面對「青春」主題的闡釋，在很大程度上推進了「知青共同體」在以「青春」為基礎的持續想像中不斷獲得意義的進程。

綜上所述，本章梳理了二十世紀八九十年代至新世紀以來，知青紀實文學的發生、發展歷程，從策略選擇、情感需求等方面探討了新世紀知青紀實文學形成「史料化」、「邊緣化」、「民間化」等特質的原因，並分析了知青年代後，知青紀實文學如何通過對「青春」主題這一基礎認同的書寫，在「知青共同體」的持續想像中發揮作用。

〔註30〕菲利普·勒熱納：《自傳契約》，北京：三聯書店，2001年，頁3。
〔註31〕宋莊：〈知青文學，還有無超越的可能？〉，《人民日報海外版》，2014年1月14日。

第三章　知青個體──廣闊天地間的「人之子」

　　如果說知青研究在某種意義上屬於記憶課題領域，那麼新世紀以來知青紀實文學的持續書寫，無疑是打開了知青記憶山洪般宣洩的閘門。記憶從來都不是單純的生理過程，它往往是有意識的文化實踐與話語權共同運作的結果，知青文學對知青記憶成形的作用，很大程度就體現在對原初記憶及群體經驗的層層篩選和過濾方面。記憶的本質實質上是遺忘，以一種記憶反對另一種記憶〔註1〕，在這個意義上，知青記憶就是一場遺忘與反遺忘的戰爭。知青文學登上歷史舞臺之初，正是站在精英立場，以反遺忘的名義，從個體記憶中選擇性地抽離、歸納、總結出知青群體的苦難、悲悼與懺悔，並通過集體情感的抒發儀式與觀念實踐，將知青記憶固化成為一種集體話語下的主流認知。隨著維護定型化的知青記憶轉化為現實秩序合法性的潛在基礎，知青記憶逐漸開始出現板結化。而在經典話語之外，尋求審視知青記憶的新視角，對重新深入到知青生活的最初情境中，復活被意識形態抽象的具體鮮活記憶，建造更多進入知青記憶的另外路徑意義重大。知青記憶的大門有必要被重新打開，除了曾經鮮活片段的喚醒與重構，還需要不斷發掘新的記憶內容，另闢蹊徑地找尋記憶的組合模式與邏輯，為了使知青記憶掙脫既定的意識形態框架、擺脫各種複雜關係的糾纏，在某種程度上碎片化記憶是非常行之有效的策略。這時，從民間立場出發，以具備意義的最小單位──一個個知青

〔註1〕劉復生：〈重新打開記憶之門──韓少功《日夜書》對青春經驗的反思〉，《創作與評論》，2013 年第一期，頁 28。

個體的平等姿態，活生生還原具體化、碎片化知青生活細節的知青紀實文學，歷史性地成為了重啟知青記憶大門的鑰匙。與此同時，知青記憶過分精英化導致的板結化，反過來作用於知青文學，導致知青文學的經典化進度斷崖式停滯，直接造成了知青研究中「文學作品變少了，出現文學往史學轉的跡象」〔註2〕。而新世紀以來知青紀實文學從參與者之眾、信息量之豐、傳播範圍之廣等角度來看，也都不應在知青課題的研究中受到知青記憶板結化造成的遮蔽。

新世紀以來的知青紀實文學，是盤活目前知青記憶僵局的關鍵——一方面，知青紀實文學與生俱來的民間立場，使它與由以往知青文學建構的、日益僵化的、精英傾向鮮明的知青記憶拉開了距離，得以重新喚醒被精英化知青記憶所遮蔽的個體經驗，拂掉年深日久的灰塵，恢復其切身性、生動性；另一方面，知青紀實文學的寫作主體是平等的、雖小卻各自獨立、具備意義的知青個體，且書寫形式相對碎片化，故而在選擇具體記憶經驗時，有機會逃離記憶黑洞，重溫曾經被掩蓋的差異性內容。而這些所謂被遺忘、被掩蓋的差異性內容，正是作為知青個體心中最為珍視、最為真實的個性化經歷。可以說，知青紀實文學筆下的知青記憶，跳脫了既往被表述為一個整體，甚至陷入社會性迫害模式的知青記憶模式，不再為一種主導性的情緒和敘述風格所宰制，充分彰顯出了知青經驗本身的豐富與質感。

本章將選取可以充分代表知青個體回眸往事之自由意志的知青網文集《無華歲月：我們的 1966～1976》、《知青：老知青網文集》等為文本細讀底本，從組成「知青共同體」的最小意義單位——知青個體出發，隨著個體知青本身獨立、純粹、心嚮往之的視線，一窺其心底最為珍重「青春」瞬間的寶貴定格。探求在新世紀知青紀實文學書寫中以個體為單位的知青，最為一致關注、萬般珍視的知青記憶主題——「青春」的全方位呈現。《無華歲月：我們的 1966～1976》是 2006 年廣西人民出版社由老三屆網站收集的知青網友優秀原創作品集，《知青：老知青網文集》則是老知青網 2010 年開始連續三年精選的知青網友作品輯錄。從書寫表達的自由意志出發，知青網友的文章無疑受限相對較少，表意更為清晰直白。且老三屆網、老知青網均是流量可

〔註 2〕《好奇心日報》：〈一場沒有人願意張揚的學術研討會，和一個日漸緊迫的話題〉，詳見網址如下：http://www.szhgh.com/Article/wsds/history/2018-07-05/174018.html，引述時間 2018 年 12 月。

觀、收羅五湖四海知青的網絡集結地，以此為基礎精選出的知青網文合輯在很大程度上，對知青個體的「青春」敘事有著一定的代表意義。在知青紀實文學的書寫中，「青春」之於每個知青個體，不僅是眼、耳、鼻、舌、身、意都充斥著的熱血與張力，是彌漫全文的令人為之一振氣息，是滿懷赤誠、鬱勃可愛的「人之子」的自我認同，更是對自我、對他人、對一切「青春」屬性的格外珍重。

一、流連童蒙的「成長歷程」

　　知青在上山下鄉時期經歷了人生中極其重要的「青春期」和「成年早期」階段，摸索著自我認識與處理世界的方式，他們的世界觀與身份認同均在這一時段逐漸成型。而立之前的年紀正處於「自我」塑造、認同與定位階段〔註3〕，可以說知青是在廣闊天地間完成了「成長」的蛻變，故而知青的「青春」回憶在某種程度上，首先可以被認為是一種「成長」敘事，更精確的說，是一種強調「曾經擁有青春」過程的「成長歷程」敘事。「成長」敘事的切入角度深受傳統關於成長小說的論述影響，陳長房曾經指出：「成長小說或教育小說（Bildungsroman or Erziehungsroman），敘述的主題是主人翁思想和性格的發展……這類小說的情節鋪陳，自主人翁幼年開始所經歷的各種遭遇困阨開始，其間，主人翁通常要經歷一場精神上的危機，一場心靈掙扎的嚴格考驗，然後長大成人並認識到自己在人世間的位置和功能」。〔註4〕推及到普遍意義的「成長」敘事層面，上山下鄉經歷無疑就是知青們「長大成人並認識到自己在人世間的位置和功能」過程中經歷的「精神上的危機」、「心靈掙扎的嚴格考驗」。「成長」敘事在後期的逐步發展中分化出幾股支流，如果說強調目的的傳統「成長」敘事是落腳於「提出超越一切，完成成長的答案或結論」，那麼強調過程的「成長過程」敘事，則更多著眼於「成長歷程」的體驗與書寫。

　　與我們曾經熟悉的傳統知青小說不同，知青紀實文學存在著更多元豐富的表述立場，除了聲嘶力竭的血淚控訴、暗無天日的無邊苦難，也有著意書寫知青日常生活、極富浪漫色彩地域風情的文學實踐。在流放者的壯舉、受

〔註3〕石曉楓：〈苦悶年代下的性格書寫──歐陽子成長歷程小說析論〉，《中國學術年刊》，2010 年 3 月，頁 260。

〔註4〕石曉楓：〈苦悶年代下的性格書寫──歐陽子成長歷程小說析論〉，《中國學術年刊》，2010 年 3 月，頁 261。

刑人的悲歌的另一面，知青紀實文學在某種程度上，以民間化、碎片化、生活化的方式，揭蔽了最不應被掩蓋與遺忘的，知青小兒女們瑣碎自然的日常生活。〔註5〕面對文學創作向西方套用各種寫作方式的潮流，以知青散文為最大占比的新世紀以來知青紀實文學創作，直接承續中國傳統文學的明清筆法，只敘不議，將慨歎無形融入於敘述的字裏行間。散文富有彈性的、隨意的、著重真實的形式，適合人數龐大的參與者進行個人化經歷的敘寫個人。知青紀實散文滿足了一代人的傾訴欲望，間接修正了傳統知青小說的抽象化、浪漫化傾向，同時也留下珍貴的歷史資料。可以說，以知青日常生活細節為著眼點的部分知青紀實文學創作，在某種意義上，以片段化的、知青心底珍藏已久的美好，超越了以往知青文學的意識形態話語，解構了以往對知青生活的痛苦咀嚼和回味，還原了最真實、最常態、最平凡的知青生活本身。同時，知青紀實文學中不疾不徐、不緊不慢、自自然然、輕輕鬆鬆、瑣瑣碎碎、細細膩膩的筆觸，充斥著真切、細緻、動人的生活氣息與純樸、善良、熱烈的真摯情感，一副「泡生活」的自得其樂〔註6〕。這種見山是山、見水是水的純淨書寫狀態，從個體角度而言可以追溯到尚處年輕時段知青們初次以獨立姿態關注世界的童蒙視角與單純言語。

（一）青春之眸映像的生活畫卷

知青紀實散文獨特的敘事出發點即源自知青群體尚未完全脫離童蒙的青春意識。在知青們純淨的青春之眼映像下，上山下鄉生活的展開過程有衝擊、有獵奇、有落差，其總體還是被打上了國風般單純樸素、青春洋溢的色彩基調。

從眾多知青紀實散文的內容來看，不難發現，下鄉第一天迎面而來的情境，是許多知青作者久久不能忘懷的。這種由原生城市遷移到異域，置身於陌生環境受到自然景觀衝擊，並為之印象深刻的感情觸動，往往從知青們下鄉途中，就開始了。異域風土帶給知青們的衝擊，既有熱血澎湃、大展身手的渴望與夢想，如〈初到北大荒〉一文中，「一路上，時而看到一望無際的荒原和起伏的山巒，心裏想：這些荒原是在等待我們開墾吧？時而看到無邊的

〔註5〕吳堯：〈他們曾年輕——《魚掛到臭，貓叫到瘦》知青形象重塑中的青春意識〉，《漢語言文學研究》，2018年第四期，頁137。

〔註6〕王力堅：〈生澀青春——讀《魚掛到臭，貓叫到瘦》心得〉，《轉眼一甲子：由大陸知青到臺灣教授》，臺北：獨立作家，2015年，頁38。

麥田：那是等待我們去收穫吧？這裡的天是那麼的高，那麼的藍。毛主席說的真對呀！廣闊天地，大有作為，我們將在這廣闊天地貢獻我們的青春和力量了。望著荒野和麥田，看著藍天和白雲，我油然想起一首歌來，《春歸燕》——天高雲淡雁成行，展翅飄飄回故鄉，追隨春風千萬里，比翼飛回北大荒——如今不知山河邊，北大倉永遠是春天」〔註7〕；也有異鄉異客的無助與迷茫，如〈北去——歲月的歌〉中，「初夏時節下半夜的遼河邊上，黑暗連著黑暗，寒氣追著寒氣，偶而遠遠的有一點燈火，卻總是近不到跟前，一晃又不見了。風過著沙子，刮得人臉上生疼。我有生以來從不曾有過如此昏暗的感覺，不曾經歷過這樣的夜。我們迷迷糊糊地擠坐在這顛簸、雜亂的車廂裏，至於這鐵牛將把我們拉向何處，明天會有這樣的風雨在等待著我們，前途又有多少艱難困苦需要用自己稚嫩的肩頭去扛，我們不知道也無法想像」〔註8〕。而真正達到下鄉駐地時，原鄉與異鄉、想像與現實相迭加的落差，則以更為強勁的力道衝擊著知青們年輕的心。一方面懷揣浪漫想像的知青們，無疑被震驚、失望的情緒所打擊，〈初到北大荒〉一文將這種難以接受的心裏落差，淋漓盡致地傾瀉而出——抵達駐地之前的美好想像，「汽車在沙石路上飛奔著，我的腦海裏想像著連隊的樣子：整潔的磚瓦營房，平坦的操場邊上一排排白楊樹，先我們一個月來的北京知青一定是在列隊敲鑼打鼓地準備歡迎新戰友了吧」，與到達駐地的實際情況形成了天差地別的對比，「這是一個和東北農村一樣很普通的村子……連長說：下車吧！到家了！大家你瞅瞅我，我看看你，疑惑地下了車，下車後，我發現第一棟房子東邊的門旁掛著一個很舊的牌子，上面寫著『勝利農場第六生產隊』。我心中納悶，不是兵團嗎？怎麼是生產隊呀？和我所想像的大不一樣啊！而且村子裏空落落冷清清地沒有一個人來歡迎我們，更別說敲鑼打鼓紅旗招展了……此時我心中似乎有一種上當受騙的感覺。我環視一下同來的夥伴們，大家的臉上都沒有了在汽車上是那種興高采烈的樣子了」〔註9〕——沒有整齊規劃的嶄新營房，沒有氣氛熱烈的歡迎儀式，甚至連「兵團」還是「生產隊」這種當時備受重視的組織形

〔註7〕北大荒人：〈初到北大荒〉，老知青網：《知青：老知青網文集‧第二輯》，2010年，頁1。
〔註8〕白藍：〈北去——歲月的歌〉，林春芬主編：《無華歲月：我們的1966～1976》，南寧：廣西人民出版社，2007年，頁117。
〔註9〕北大荒人：〈初到北大荒〉，老知青：《知青：老知青網文集‧第二輯》，2010年，頁2。

式都含混不清，隔著書頁屏幕、隔著半個世紀的歲月，依舊可以感受到當時年少的知青們驟然冷卻的熱情、被蒙在鼓裏的義憤、甚至遠離家鄉、不知所措的委屈；另一方面，卻也有知青懷著細緻入微、頗接地氣的懵懂與好奇，經歷著「踏上黃土塬，蒼茫、淒清還有一點兒欣喜的體驗」，〈下鄉第一日〉裏，「清楚記著那一天，幾乎到中午了，才有社員拉著小毛驢到千陽縣革委會大員來接我們……社員利索地把我們的行李上了馱，我們用省城的官話和他們搭訕，但多是語言不通，只得悶著頭跟他們走出革委會大院，如被驅逐的亞當和夏娃。出了縣城，過了千河大橋就沒公路了，漸漸地也聽不到縣城裏『大海航行靠舵手』的廣播聲了。路旁一株株果實累累的大柿樹，煞是好看。偶而有烏鴉在樹梢享受，它們也不聲張，只聽見翅膀的煽動聲。沿著河道上行 15 里就開始上山（其實是塬），路很陡，驢子都出汗了，卻依然走得很快，它們知道快要到了，也懂得只有快點到家才能早早放下背帶的重荷。我們幾乎趕不上馱隊，社員讓我們學著他們的樣子——手拉驢的尾巴上坡，說可以省勁些，我們沒去做，大半是好強及對驢的同情，也可能怕驢踢」〔註 10〕；少年眼中這種對異域獵奇興奮感的保鮮程度也被延長了許多，〈到頂山上一家人〉中就提到，「冬天的到頂山，常常十天半月被籠罩在濃濃的雲霧之中，不要說周圍的山，就是對面走來的人也要走到跟前才看得清。我們在山上住了半個多月，天才晴，我們也才看清四面群峰的真面目」〔註 11〕，正是少年人的好奇維持著這種「只緣身在此山中」的興致勃勃……

　　類似以上描述最初下鄉時期，從原生城市遷移到異域，受到異域自然景物、物質文化和精神文化不同程度衝擊的書寫，佔據著知青記憶文本中頗大的篇幅與比例。人們從原居地遷徙到異地定居的過程，通常需要經歷「出發階段」——告別活動、出發儀式、上路，「到達目的地階段」——被動地接受陌生環境的衝擊、個人感情反應異常強烈，「主動接受階段」——主動接受當地文化、由觀察者逐漸轉為參與者，「增加參與階段」及「適應階段」等五個階段。〔註 12〕從知青紀實散文中對「到達目的地階段」著墨頗多來看，可以

〔註10〕戈弋：〈下鄉第一日〉，林春芬主編：《無華歲月：我們的 1966～1976》，南寧：廣西人民出版社，2007 年，頁 134。

〔註11〕林敏：〈到頂山上一家人〉，林春芬主編：《無華歲月：我們的 1966～1976》，南寧：廣西人民出版社，2007 年，頁 91。

〔註12〕梁麗芳：〈私人經歷與集體記憶：知青一代人的文化震驚和歷史反諷〉，《海南師範學院學報》，2006 年第四期，頁 20。

認為知青個體對於「被動地接受陌生環境衝擊」時，產生的心理震動，發生的「異常強烈的個人感情反應」普遍印象深刻。這種個體由一箇舊有文化環境，進入嶄新文化環境時產生的激動、迷失、混亂等不穩定情緒，可以被看做是一種「文化震驚」（Culture shock）。〔註13〕而知青紀實散文中表達的，由原生城市遷移到鄉村異域所產生的「面對新文化場域的本能抗拒、驚詫、緊張」，「期待與現實落差造成的混亂」，「置身於新環境的焦慮、無助」等心理變化，也與「文化震驚」理論相當吻合。上山下鄉過程中，對由城市文化場域進入鄉村文化場域的知青個體觸動巨大、影響深遠的「文化震驚」，一方面源於當時相對閉塞的社會環境，另一方面也與官方宣傳的刻意隱瞞有關。與此同時，知青個體本身的價值體系傾向，更是造成其面臨巨大心理落差與劇烈「文化震驚」的重要原因。「知識青年上山下鄉是變相勞改」一語曾在知青群體內部引發不小規模的私下認同，知青們在社會大潮席捲下離開原生城市，在某種意義上確實與「流放」在性質上有一定程度的重合。當個體處於被流放的壓迫下，其心理必然會產生一定浮動，甚至認為自己最能保有原居地的價值觀，對於被從城市「流放」到相對貧困地區的知青來說，他們以城市人的眼光和價值觀判斷衡量下鄉地，本能地產生對被同化的抗拒，是不可避免的。「文化震驚」是知青上山下鄉過程中必經的第一道門坎，個體身份認同並非長期處於靜止狀態，而是不斷變化的過程，當知青們逐漸進入遷居模式的「主動接受階段」，即由旁觀者轉為參與者的時候，其對下鄉地的適應度會開始提升。而需要強調的是，雖然知青對下鄉地的接受度、適應度在逐漸提升，其內心建立於價值觀基礎上，並在回憶性紀實散文中反覆強調的「文化震驚」卻始終印記深刻。

值得注意的是，縱然下鄉伊始面前就橫亙著源於價值觀差異、難以彌合、至今都在心中印象深刻的「文化震驚」，知青們還是另闢蹊徑地繞開了「文化震驚」所造成的正面衝擊，迅速找到了與上山下鄉生活相適應的模式。而促使知青們無意識間繞開「文化震驚」的糾結，旁逸斜出地投入熱火朝天知青生活的背後原動力，則是知青們與身俱來的本質屬性──「青春」。如剛才分析的〈初到北大荒〉一文中，前一刻還熱血沸騰、遙想大有作為的知青們，面對與想像差異巨大，沒有營房、沒有歡迎儀式、沒有「兵團」組織機構的

〔註13〕梁麗芳：〈私人經歷與集體記憶：知青一代人的文化震驚和歷史反諷〉，《海南師範學院學報》，2006 年第四期，頁 20。

真實場景，後一刻就心中產生了上當受騙感覺、愣在當場。而再過一晌，吃過「四兩一個雖不怎麼白，可吃起來特別香」的大饅頭，開過「文藝節目演出先是由北京知青開始，我們也表演了舞蹈『北京的金山上』」的歡迎會，當連長一招呼「和你們商量件事兒……你們去燒荒吧！以後我把休息的時間給你們補上」的時候，知青們就爭先恐後、七嘴八舌地表示，「這有什麼商量的，有什麼活連長你就吱聲，反正我們也不累」，「補什麼補啊！不用！走！咱們幹活去」。〔註14〕這種出於美好青春的心思純良，毫不掩飾、毫不計較、需求簡單的真摯熱烈，捨知青其誰！正是知青們勢不可擋的「青春」氣息，賦予了他們在失落、猶豫、艱苦面前，依舊能滿足地吃、放聲地唱、忘情地勞動，以歡笑和歌唱克服命運阻撓的生命力。

　　除了徐徐展開的異域風土畫卷外，知青紀實散文另一個出現頻次極高的話題內容，就是知青們的日常勞動。在知青個體活力無限的青春目光下，知青紀實散文筆觸下本應辛勞繁複的勞動場景也被鍍上了輕快、歡樂、有唱有和的質樸色彩。〈初到北大荒〉中煙薰火燎的原始勞作——燒荒，在年輕活潑的知青們眼中成了「好玩的玩火」，「我們一人一行地開始點火，一開始還覺得挺好玩兒，在城裏也沒有玩過這麼大的火呀！一堆一堆的大火燒得咯咯作響，滾滾的濃煙拔地而起，那場面可壯觀了。幹著幹著也覺得這個活兒挺不容易的：麥茬地特別暄，跑起來很費力，麥茬子還刺腿，不一會兒鞋裏就灌進了不少土」〔註15〕；〈記憶深處的毛呼得嘎〉裏，初到草原的十七歲小知青，連住房都要自己動手「乾打壘」、造土房解決，卻滿心都是小孩子般的「好奇與初出茅廬的幹勁」，「我們自己動手蓋起的『乾打壘』的土房子，就是先在地上用碗口粗的木頭打出一面牆的框子，在框子裏鋪一層草和一層潮濕的土，然後兩個人用木榔頭一錘挨一錘地把土砸實。出於好奇和初出茅廬的幹勁，我也跳上去幹了起來。那是我有生以來第一次也是最後一次幹這種活兒，不滿17歲的我到底力不如人，掄著木榔頭砸出的土坑兒，比對面那二十幾歲的壯小夥砸出的要淺一截，當時嘴上不說可心裏慮，這房子雖然那時不知能住多久，但質量第一還是知道的，所以只砸了一層我就自覺地下來了，真有

〔註14〕北大荒人：〈初到北大荒〉，老知青網：《知青：老知青網文集‧第二輯》，2010年，頁3。

〔註15〕北大荒人：〈初到北大荒〉，老知青網：《知青：老知青網文集‧第二輯》，2010年，頁3。

些擔心那房子會從我砸的那層倒塌。房子蓋得又高又大，要站到火炕上才能
看到窗外」。〔註16〕熱火朝天的勞動場景，同時拉近了知青們彼此間的距離，
年輕人愛熱鬧愛扎堆的歡樂群像躍然紙上──無論是燒荒後，「我們點完最後
一堆麥秸時，太陽已經落在小山了，那天的太陽格外的紅，格外的大，好像
登上小山伸手就能摸到。我們回頭望望跳動的一簇簇火堆，帶著一張張小鬼
兒一般的臉，踏著落日的餘暉，向連隊走去」〔註17〕，踏著夕陽、蹦蹦跳跳、
一臉碳灰的小髒鬼兒，還是「秋天同學們結束了分散的生活，高高興興地搬
進了新居。下鄉以來大家第一次住到一起，女孩子們在一起整天嘻嘻哈哈，
歌聲笑聲不斷」〔註18〕，滿心歡喜喬遷土房子，鶯鶯燕燕的小姑娘，青春洋
溢的身姿與笑臉，無疑是知青紀實散文定格的最美畫面。

（二）青春之口宣洩的語言張力

　　知青尚未完全脫離童蒙「思無邪」狀態的思想意識，落實於知青紀實散
文載體，最直接的表達方式就是充斥著青春張力的語言。從語言表達層面可
以清晰感受到，知青紀實散文雖屬於回憶性質的文章，卻少有遙想當年、思
緒萬千的姿態，更多的是彷彿從未遠離青春現場，以青春之口訴青春之事的
青春主題書寫。雖沒有渲染過度的華麗辭藻，也不需繁複高超的文學技巧，
在知青們開口湧出氣拔山兮的豪言壯語、閉口關不住輕鬆歡快的歌兒的「青春
之口」傾訴下，真摯、樸實、趣味橫生的青春語言是穿越回青春現場的方舟。

　　不得不佩服知青們對語言的駕馭能力，「知青們喜歡豐滿複雜曲折迂迴的
詞語，喜歡擁有時代氣息且只有自己的同志才能領會的詞語」。〔註19〕他們在
那個時代根據自我群體特質，選擇性地融會貫通日常語言經驗，創造的出知
青群體特有表達方式──「知青語言」，「是知青自己特有的語言，暗語一樣
驚心動魄」〔註20〕，至今已經被定義成為一個學術概念，即「知青語」〔註21〕

〔註16〕草地：〈記憶深處的毛呼得嘎〉，林春芬主編：《無華歲月：我們的 1966～1976》，
　　　　南寧：廣西人民出版社，2007 年，頁 138。
〔註17〕北大荒人：〈初到北大荒〉，老知青網：《知青：老知青網文集·第二輯》，2010
　　　　年，頁 3。
〔註18〕草地：〈記憶深處的毛呼得嘎〉，林春芬主編：《無華歲月：我們的 1966～1976》，
　　　　南寧：廣西人民出版社，2007 年，頁 139。
〔註19〕池莉：《懷念聲名狼藉的日子》，南京：江蘇文藝出版社，2003 年，頁 301。
〔註20〕池莉：《懷念聲名狼藉的日子》，南京：江蘇文藝出版社，2003 年，頁 301。
〔註21〕李明華：《文革背景下的知青語言研究》，吉林大學碩士論文，2007 年，頁 7。

了。幾乎每一個有上山下鄉經驗的知青個體，都或多或少能夠運用或是理解所謂「知青語言」，甚至「一到農村，就不由自主地操上了一口知青語言。與時代的流行語言之前沒有一點障礙，甚至都不用學習，只要融入知青生活，就會說某一樣語言了，就跟新生兒出了娘胎就會哇哇大哭一樣」〔註22〕。「知青語言」更有著自己特有的辨識作用，「憑著這種語言，我們走到哪裏都能找到自己的同志」。〔註23〕可以說，描述知青時代的生活場景，「知青語言」是最具備辨識能力，且能精確表意的語言體系。新世紀以來知青紀實文學表述時，「知青語言」的運用依舊是最為正宗地道的表達方式。

　　散落在知青紀實散文中帶有濃厚時代氣息的「知青語言」片段，無疑是「以青春之口言青春之事」的典型表述，更是生動精準、渾然天成又趣味十足的語言亮點。在知青紀實散文〈我的房東七哥佬〉中，開篇一語「話說這傳統教育啊，雖不必年年講月月講天天講，但隔三差五總該講一回吧？所以啊，今兒老例就給大夥講一段插隊往事」〔註24〕，就好一副當年萬人空巷收聽評書時，說書人摺扇、醒木、定場詩的開篇亮相。而這化用「階級鬥爭要年年講月月講天天講」〔註25〕而來的「定場詩」，更是以輕鬆調侃的筆調，消解了「千萬不要忘記階級鬥爭」的苦大仇深，寥寥幾筆，知青經驗積澱而成的意氣風發躍然紙上。同樣以朝氣蓬勃的青春敘事，對曾經經典、宏大、政策性話語的消解，還體現在稍後講述下鄉知青集體戶組成時，「剛下鄉時我們3男3女6個知青分在一個生產隊，貧下中農覺悟高啊，一語道破『陽謀』：這是搭雙配對哇，要你們扎根咧」。〔註26〕此外，「知青語言」對於樣板戲主題「情有獨鍾」的傳統，也延續到了新世紀知青紀實散文的書寫中——從〈上海知青的故事〉中，描述負責挑水上海知青小浦東體態的活靈活現，「天長日久，他單薄的身材沒見壯實，兩隻手臂的肌肉卻好像李玉和腮幫子上的大塊肉」〔註27〕；到〈工分情感〉裏，倒賣布票被拘留知青面對問詢民警時的機

〔註22〕池莉：《懷念聲名狼藉的日子》，南京：江蘇文藝出版社，2003年，頁301。

〔註23〕池莉：《懷念聲名狼藉的日子》，南京：江蘇文藝出版社，2003年，頁301。

〔註24〕西里：〈知青大院〉，林春芬主編：《無華歲月：我們的1966～1976》，南寧：廣西人民出版社，2007年，頁102。

〔註25〕1962年中共八屆十中全會發出「千萬不要忘記階級鬥爭」的號召。

〔註26〕老例：〈我的房東七哥佬〉，林春芬主編：《無華歲月：我們的1966～1976》，南寧：廣西人民出版社，2007年，頁102。

〔註27〕由嬌原：〈上海知青的故事〉，林春芬主編：《無華歲月：我們的1966～1976》，南寧：廣西人民出版社，2007年，頁48。

智反應與真誠相見,「詢問我的是個著藍警服的絡腮鬍子,像《林海雪原》裏的楊子榮,他問我職業時,我竟脫口:楊子榮……我是說你像楊子榮,我是知青。他惱怒的表情緩和了。他連問帶訓,我好歹把事情說清,他沒再吭氣,低頭蹀步,我察覺出他內心的不平靜,忙將苦情大肆傾訴。他出門片刻後回來,把一鋁飯盒放我面前說:吃!盒飯裏是青菜荷包蛋和鄉下難見的白米飯,這是他的晚餐。我無淚,卻哽咽了」〔註 28〕──在文化流通相對受限、語言材料相對匱乏的年代,樣板戲毋庸置疑是伴隨知青成長的青春話語典範,而樣板戲主題在「知青語言」運用中不著痕跡的靈活穿插,不僅使得表達更加精準,更促進鞏固了感情層面的共情。

　　而以青春之口講述的青春事蹟,更是尚未完全脫離童蒙狀態的知青們單純、蒙昧、「思無邪」青春意識的集中體現。〈胃虧肉的日子〉一文中,描述知青們通過偷雞解決「胃虧肉的實質問題」時的「戰略部署」就頗具代表性──「幹這事有一定的『風險』,宿舍裏的弟兄們要求輪流『出勤』,我以自己膽小,別誤了大家的『好事』為由,死活『謝絕』了大家對我的『信任』。大家看我的態度如此堅決,倒是沒有勉強我,但是為了大家的『安全』,他們要求我發誓『決不當叛徒』。哼!簡直是豈有此理!我是那號人嗎?向毛主席保證,我真的沒告過密」。雖然描寫的是真正意義上「偷雞摸狗」的「壞事」,言語間「出勤」、「信任」、「安全」等一系列正面詞彙周密的疊加運用,倒好像這支「知青偷雞小分隊」是將要執行任務的「警隊」。而「決不當叛徒」更似乎賦予了「偷雞行動」以「正義性」,上升到「向毛主席保證」的高度,雖是當時賭咒發誓的普遍表述方式,卻也呈現出令人啼笑皆非的反差喜感。〔註 29〕在物質相對匱乏的鄉村,少年人於身體飛速的成長階段極易呈現出飢餓感,知青們多面對難以抑制的口腹之欲。年紀尚輕的知青們在食欲旺盛的生存本能面前,道德邊界的形成也相對模糊寬容一些,「偷雞摸狗」的只能被認為是青春階段一種道德意識尚不完全,處於蒙昧卻也無傷大雅的懵懂「趣事」;在青春話語敘述下,知青們心中的「小算盤」、「小九九」躍然紙上,穿越時空也能捕獲到歷史投向機智少年郎的寵溺目光。〈在知青文藝宣傳隊的日子裏〉中作者得以進入知青文藝宣傳隊的敲門磚,正是為「公開」而長期伏

〔註 28〕孫偉:〈工分情感〉,林春芬主編:《無華歲月:我們的 1966～1976》,南寧:廣西人民出版社,2007 年,頁 129。

〔註 29〕嚴濤:〈「胃虧肉」的日子〉,林春芬主編:《無華歲月:我們的 1966～1976》,南寧:廣西人民出版社,2007 年,頁 121。

筆的日記寫作——「此事源於那年公社知青春節匯演，要求每一個宣傳隊都
要有自編節目。我們大隊的知青文藝宣傳隊演藝是一流的（公社級），就差在
沒人會編節目。我敏銳地認定，憑我多年來寫了幾大本日記，並不時在日記
中創作洋溢著革命豪情詩歌的經驗，這個編節目者捨我其誰！目前問題在於
同志們並不知曉我的日記尤其是日記中的詩歌，那麼我的責任就在於要創造
一切有利條件讓同志們無意中看到我所希望他們看到的東西。其實從一開始
寫日記起，我就預料或者說期盼同志們看到我的日記，因此寫的東西很自然
維繫在似自我而實公開的狀態。或許這是受報刊所載的雷鋒、王杰等英雄人
物的日記深刻影響所致……」。〔註30〕在心嚮往之的機會面前雖然「早有準
備」，卻還要苦苦等待同志們「無意中」的發掘，這種「欲拒還迎」、「欲說還
休」，完全一副渴望證明自己又矜持自薦、靦腆又好勝、青春期大男孩的姿態。
而在雷鋒、王杰影響下那許多「似自我而實公開」日記的積累，與其說是「小
心機」，不如說是機智少年受媒體宣傳鼓舞、主動參與的首次主流文學實踐。
在知青紀實散文返回青春現場的筆觸下，青春之口講述的青春趣事，緣起自
尚處少年錦時知青們「思無邪」的青春懵懂，自然也不應受過多世俗成見的
評價與束縛。訴諸於真摯、樸實、趣味橫生青春之口的知青紀實散文，乘著
青春語言張力鼓動的風帆，穿越回到知青生活的青春現場，其起心動念——
一言以蔽之，思無邪！

在青春之眸的映像中，在青春之口的傳唱裏，在知青思維觀念中尚不染
塵埃、思無邪的青春視角關照下，知青紀實文學以民間化、碎片化、生活化
的筆觸，穿越回最真實、最常態、最平凡的知青生活現場，勾勒出一幅幅真
實、質樸、熱烈的生活畫卷。

二、青春永駐的「人之子」

新世紀以來知青紀實文學書寫中，知青對自我形象的重新想像，無疑是
對已然漸入忘川知青形象重塑的成功嘗試。隨著社會對知青關注度的起伏，
知青書寫經歷了從社會主流、時代強音到發聲漸弱、自成一派的過程，知青
形象塑造也經歷了從懷著集體理想主義共名到庸常生活細碎繁瑣無名的總體
趨勢。從八十年代背負民族國家、一代人苦難與希望的大寫「人」，到九十年

〔註30〕老例：〈在知青文藝宣傳隊的日子裏〉，林春芬主編：《無華歲月：我們的1966
～1976》，南寧：廣西人民出版社，2007年，頁146～147。

代關注個人生活、自我體驗的小寫「人」，再到上山下鄉運動三十週年紀念落潮後被其他社會標籤層層覆蓋的「人」，知青形象似乎成了漸行漸遠的歷史背影。〔註31〕也許受到經典化程度的限制，新世紀知青紀實文學再造一座可以代表時代知青形象的新豐碑頗具難度。然而新世紀知青紀實文學的青春筆觸下，每一個普通知青的側影，都穿越了歷史迷霧，煥發出真實、生動、活潑的，以骨子裏知識青年身份為唯一社會血型的青春意識。

知青紀實文學中知青形象的形塑策略，較之被打上理想主義烙印、矗立在曠野上等待生活瑣事如潮水湧來的尋根年代知青英雄形象，是將個人化的生活背景，解構成最小元素的一地雞毛；與側重關注日常生活，著重個性化的新歷史主義、新寫實主義筆下知青形象相比，則是通過一筆之力，呼喚埋頭於生活殘渣碎片中的知青們驀然回首，定格下珍貴無匹的青春回眸。可以說新世紀知青紀實文學拋卻了社會歷史附加給知青的過多意義，也摒去了人性原欲依附知青闡釋的太多內涵，將更多關注置於知青與身俱來的知識青年屬性。不再強調所謂多角度、全方位知青形象塑造的完整性，其知青形象塑造的本身就是以極其個性化的生存體驗，挖掘並定格知青生活的華采瞬間，留下一幅幅具體風格各異，本質青春常駐的「人之子」特寫。

（一）「味覺」封印的青春密碼

「民以食為天」，知青們年輕的身體正處於生長衝刺的關鍵時段，對「吃」的感觸是每個知青個體成長記憶中揮之不去的青春印記。知青紀實散文對人類亙古恒常原始的本能──「吃」，施以了筆墨頗重的描繪，將生命初始極其莊重的關注，聚焦為對食物及進食體驗單純、質樸又包含深情的描摹。

「吃」對身體極速成長中的知青來說簡直是「顛不破的大道理」。於物質匱乏，食材短缺的年代，正處於身體生長發育階段的年輕知青，對食物的需求可謂是被時代加倍放大的「人之大欲」。當時極度飢餓的感受被深深銘刻在知青的青春記憶當中，在日後回想之時，埋藏於知青們意識與潛意識深處的飢餓記憶被充分調動起來，形成了極其獨特的飲食書寫。無論是〈金秋，打板栗的時光〉裏，「老隊長不聲不響地拿著竹竿在打栗子了。等他打完了，我們擁過去用腳使勁地搓呀搓、踩呀踩，那些胖乎乎的小東西躺在草地上，撿

〔註31〕吳堯：〈他們曾年輕──《魚掛到臭，貓叫到瘦》知青形象重塑中的青春意識〉，《漢語言文學研究》，2018 年第四期，頁 135。

在了籃子裏。剛打的新栗子好誘人，我偷偷地剝了一顆塞在嘴裏嚼著，高興地嚼著，大快朵頤。新鮮的栗子水分太足，不是那麼甜，但有一份醇香果漿味。在那個吃的東西都很拮据的日子能夠敞開肚子吃一頓，別提多愜意了」〔註32〕，如天地精靈般歡呼跳躍地於山野間，將純天然果實信手採擷、盡情享受；還是〈到頂山上一家人〉中，「開荒中最開心的是抓『竹林豬』。一次我們在挖樹兜時發現了一個洞，社員告訴我們是『竹林豬』洞，我們馬上點燃乾草往洞裏灌煙，沒多久，從洞中爬出一隻嘴像豬，小耳朵像鼠，長著兩隻退化的小眼睛的灰色小動物，胖乎乎的約2斤重。『三月不知肉味』的我們美美吃了一頓」〔註33〕，發現自然寶藏，邊玩邊吃的意外之喜；甚至是〈過年的餃子〉提到，「當時還不大會包餃子」的知青們，幾經周折包出「躺著的，趴著的，有的還漏了餡」的餃子，「吃上這頓餃子的時候，已經很晚了，點上小小的油燈，每人端一碗，或坐或蹲。大家都不說話，大口大口吃著，真是餓了吃糠甜如蜜，更何況那是餃子呢」，那種「我們家的餃子都沒這麼香……吃的最香的一頓餃子」〔註34〕的獨特感覺……食物匱乏的年代與對口腹之欲極度渴求的成長階段相重合，每個知青個體對「吃」的體驗與感受，都最直觀地貫穿融合了青春時代酸甜苦辣的記憶。

　　對於知青來說，食物不僅是滿足生存、成長需求的必需品，更是原生城市家庭與下鄉知青從物質幫扶到情感溝通層面最為切實的流通載體。從原生城市到鄉村從事農業生產的年輕知青們，農業生產技能方面的勞動能力自然難以同當地農民相較，時常拿不到足以兌換整年口糧的工分。知青生活面臨「糧荒」，不得不接受家裏現金支持，以便從生產隊「贖買」口糧的情況在知青紀實文學書寫中出場率極高。同時，由於原生城市與下鄉地區的氣候差異，或者農業技巧、生活技能的欠缺，知青也時常處於「菜荒」的尷尬境地。知青們因地制宜地採取了自我採集、向老鄉求購等方案應對「菜荒」，〈到頂山上一家人〉中「挖竹筍」就是自力更生採集的典型，「開荒的時候，我們挖了很多竹筍，散工時一擔擔挑回家。正值春天青黃不接，竹筍解決了我們的菜

〔註32〕墨香：〈金秋，打板栗的時光〉，林春芬主編：《無華歲月：我們的1966～1976》，南寧：廣西人民出版社，2007年，頁186。

〔註33〕林敏：〈到頂山上一家人〉，林春芬主編：《無華歲月：我們的1966～1976》，南寧：廣西人民出版社，2007年，頁93。

〔註34〕往往：〈過年的餃子〉，老知青網：《知青：老知青網文集‧第一輯》，2010年，頁103。

荒。筍子在城裏是貴菜，在鄉下餐餐頓頓吃筍子……吃不完的放在大鼎罐中煮一夜，再用竹竿串起來曬乾，掛在廚房上薰成筍乾」。〔註35〕而向老鄉求購菜品儲備的方案有時就不大行得通了，如〈雲南大頭菜〉提到，「糧食可以到公社糧庫去買，蔬菜只有向老鄉求購。已經一個冬季過了，老鄉地窖裏的大白菜、土豆早已不多。3月的吉林還是天寒地凍，開春化凍播種成長之前這段時間，哪有蔬菜供應？那過了一冬，掉了菜幫子的瘦骨伶仃的大白菜成了稀罕物，那藏了一季，已經發黑發軟皺巴巴的土豆也成了搶手貨」，當求購蔬菜無果時，知青們只好採取「非常手段」了，即「無奈，只得倒退向千里之外的家求援」。兒行千里母擔憂，收到「前方」知青缺糧少菜的家書，「心急如焚的家長高層會面磋商，權衡篩選比較，擬定急救方案，為響應主席號召，支持知識青年上山下鄉，特隆重推出──雲南大頭菜」，「當第二批到吉林、在雙城堡公社插隊落戶的李兄趕了幾十里路，送來了用大蒲包嚴實包裹著的沉甸甸的雲南大頭菜時，眾人雀躍歡喜，感激不盡」。承載著遠方父母深情關切的救急菜──「雲南大頭菜原本就是滬上小百姓餐桌上的家常鹹菜之一」，「其形厚道，其質單純，色重味濃，實沉量足。大頭菜由醬油醃漬，色暗紅及黑，上施以桂花；碗大圓錐狀疙瘩切成連刀薄片，猶如書頁；手撕刀切，生熟隨意；食之方便，鹹而下飯；宜存耐放，色味不變」，是知青們內心深處最溫馨最踏實的家常味道。正是「雲南大頭菜與吉林苞米麵大餅子，支撐著我和我的知青兄弟們熬過了在吉林農村的第一個春天」。〔註36〕跨越千里傳遞到知青手中的食材，是他們人生揚帆啟程之際，舐犢情深的父母們在行囊裏添加的又一份囑託；作為那個年代稀缺限量的基礎生存物資，食材的流動不僅承載著城市裏父母對身在鄉村知青的關懷惦念，有時，也是在廣闊天地「經過鍛鍊，長了身體也長了本事」的知青們，反向寄予在家中「日日憂心」父母的「一點回報」。〈莜麵、白麵和山藥〉一文，就細膩地講述了下鄉女兒回城探親時，為父母精心準備「糧食禮物」的過程，「好不容易回趟家，總得帶上點兒什麼，我總這樣想。帶什麼呢？剛一入秋就開始盤算：武川最多的就是莜麵、白麵，還有那沙楞楞、甜盈盈的山藥，雖好但沒法帶。若把山藥變成澱粉呢，那可是精華！經常看見老鄉把一盆盆山藥在擦子上磨爛，用清水

〔註35〕林敏：〈到頂山上一家人〉，林春芬主編：《無華歲月：我們的1966～1976》，南寧：廣西人民出版社，2007年，頁93。
〔註36〕林敏：〈到頂山上一家人〉，林春芬主編：《無華歲月：我們的1966～1976》，南寧：廣西人民出版社，2007年，頁105。

過濾出白膏泥般的粉子，晾乾後收起，或交公糧或做粉條。我也做，帶上它十來斤。於是每天下工後磨啊，淘啊，晾啊，看著滿滿一罐子晶瑩的澱粉，我累也快樂著⋯⋯想想吧，父母看見孩子千里迢迢把糧食弄回來，多高興！自打離開家來到這偏遠地界兒，女兒還沒孝敬過父母呢」。由於「糧食禮物」的特殊屬性，攜帶運輸的過程也頗費了一番心思，「就算你不怕重，那長途汽車和火車也只讓帶行李，不許帶糧食。哎——，我要怎樣把糧食變成行李呢？於是把洗乾淨的褥單子縫成一大方口袋，從中間祺一條線，就變成了連在一起的兩個長口袋，把莜麵和白麵分別裝進去再一齊縫好，然後折疊成行李樣兒。只是不能裝得過多，否則沒法折疊。我用行李繩捆好背起試試：行，能走。想辦法。只要下了決心就有辦法，能帶多少帶多少——雖少猶榮⋯⋯糶糧換來的全國糧票和錢揣在貼身的兜裏，先將『行李』背上，再拎起放在挎包裹的十多斤山藥澱粉⋯⋯只要回北京，甚也不怕」〔註 37〕⋯⋯食材在分處城鄉兩端的父母與知青間相互傳遞，是屬於那個年代含蓄親情的見證，而其所帶來的獨特味覺體驗，更賦予了這份寶貴記憶，可以隨時從歷史迷霧中被喚醒的可能。

愈接近生命源起時段，對最基礎生存需求「吃」的記憶愈為清晰深刻。對剛剛踏上漫漫人生旅途的年輕知青來說，樸素的食物及單純的進食體驗，是青春身體茁壯成長的力量源泉，是家鄉父母的殷殷囑託，更是多年後喚醒知青記憶的青春密碼。

（二）苦中作樂的「遊戲」記憶

「青春期」及「成年早期」階段是個人生命歷程中好奇心相對旺盛，且遊戲本能強烈的時段。還未完全褪去童蒙色彩的知青們，以集體形式被命運拋擲在上山下鄉的廣闊天地，恰為令其終身都印象深刻的青春時期遊戲互動，創造了得天獨厚的客觀條件。

在康德《判斷力批評》的經典論述中，「每一種活動不是勞動，就是一種遊戲」。〔註 38〕也就是說，人類有意識的活動可以分為兩大類，一類是外在的、有機的、一開始就具備明確目的性的活動，表現為勞動和工作，另一類是則是無目的的活動，即遊戲。遊戲中所蘊含的情感是令人愉悅的，這種愉悅主

〔註 37〕信手琵琶：〈莜麵、白麵和山藥〉，老知青網：《知青：老知青網文集·第一輯》，
　　　　　 2010 年，頁 111。
〔註 38〕康德：《判斷力批評》，北京：人民出版社，2002 年，頁 144。

要是源自於遊戲並不受結果、報酬這些目的的束縛，而能夠獨立，客觀的存在著。「青春期」及「成年早期」階段可以說是個體生命精力異常充沛，且不受多過分勞動、工作責任束縛，初步具備相對完全追求遊戲愉悅體驗能力的時期，即在真正意義上，可以有機會充分享受遊戲本能的生命時段。知青在這一時段受政策遷移影響，與原生文化及社會關係場域拉開了相當的距離，且與諸多經歷相仿的同齡人組成共同生活集體，對其遊戲本能的充分宣洩是有明顯助推作用的。這在很大程度上可以解釋，知青生活中的「遊戲」體驗是知青個體回憶中相當濃墨重彩的篇章。知青紀實散文〈記憶深處的毛呼得嘎〉中，所描述的知青們堆雪人經歷，就是非常典型的遊戲體驗——「冬季送給我們的是寒冷，卻也帶來了它特有的樂趣。看著窗外茫茫的一片片白雪，不知誰提議：『我們堆雪人去！』幾乎全體出動，都跑到了外邊。誰知這裡的雪捧在手裏像捧著一把沙子，根本團不到一起。大家就用臉盆把雪一盆盆地端進屋裏，暖和一會，待雪變軟能成團了，再端出去堆在一起。用塊抹布當圍巾，用紅紙捲個鼻子，撿幾粒比栗子大一點的駱駝糞當眼睛和衣扣，頭上扣個小臉盆當頭盔，一個和人差不多高的雪人堆成了。插上一隻木槍，讓雪人面向東方迎著朝陽，為我們站崗。心滿意足的我們回到房子裏，全然忘記了房子裏的寒冷。遺憾的是雪人沒等見到曙光就遭了難。就在我們快要睡覺的時候，聽到外邊咣當一聲，緊接著一陣腳步聲。我們急忙跑出去一看，雪人的腦袋被搬了家。唉，這雪人不知得罪了誰」。「堆雪人」遊戲始自「不知誰提議：『我們堆雪人去！』」的自由提議，並得到了「幾乎全體出動，都跑到了外邊」的積極響應，不僅是否進行遊戲、遊戲的具體內容出自遊戲主體自由、自主的自我選擇，同時遊戲本身除追求遊戲主體的愉悅外，並不具備其他功利目的。正是這種強調遊戲中游戲者主觀情感，以遊戲自身為目的的典型行為，使得當「多少年後才知道，我們那短命的雪人是被男生『殺害』的。因為男生的宿舍在東邊，拿槍的雪人被認為是在向他們示威」時，作者得以發出「現在想起來真是可笑，一幫天真的孩子」的愉快慨歎。〔註39〕

　　除了有實質身體活動的遊戲外，以看電影、唱歌等文娛活動為主審美體驗，也可以被看作指向知青主體內在的心靈遊戲。如〈看電影〉一文中提到，「我去了黑龍江生產兵團，在那裡生活艱苦自不必說，文化生活更是單調枯

〔註39〕草地：〈記憶深處的毛呼得嘎〉，林春芬主編：《無華歲月：我們的 1966～1976》，南寧：廣西人民出版社，2007 年，頁 139。

燥，兩三個月才輪到團部下到連隊放映一次電影⋯⋯我們都坐在長條板凳上，雖說時間長了腳尖凍得發麻，但仍然不願退場，每當演到精彩之處，下面的人就跟著學舌，臺詞都背得滾瓜爛熟，可還是堅持看到散場」。〔註40〕電影銀幕前的審美體驗主體知青觀眾，其自身處在一種自由、輕鬆、無功利狀態下，頗有興致地一遍又一遍欣賞已經「滾瓜爛熟」的電影，只是出於充實文化生活、尋求內心愉悅的審美目的。這種心靈遊戲非常符合康德遊戲美學的核心思想——「無目的的合目的性」，即遊戲本身就是一種能夠使人愉快的事情，並且能夠得出合乎目的的結果，期間仍然存在著一定目的，前一個目的是指遊戲所拋棄的結果、報酬等外在目的，而後一個目的則是指審美的內在目的。〔註41〕在此基礎上觀察知青的歌唱遊戲，可以發現，由於實質身體活動與心靈審美活動的共同參與，歌唱遊戲的表達力與互動感都更為可觀。〈我們的歌〉描述過知青集體歌唱的場面，「隨著一首首歌唱下去，俄羅斯歌曲獨有的那種朦朧而又深情的憂鬱，那種開闊舒展的氣息，把我們一點點浸潤、滲透。一顆顆遠離而隔膜的心開始靠近，像一朵朵海石花，在歌聲中慢慢綻放。不用語言，不用交談，我們互相間已經開始瞭解。我們每一個人，連平時從不唱歌的，也都在一起認真地唱著⋯⋯扔掉了一切，只留下一顆心放在歌裏」。當自由、自發、以愉悅體驗為目的的歌唱遊戲，在所有參與者內心引發共鳴時，「歌聲是我們青春的吶喊，歌聲是我們心的呼號，只有廣袤的大地、深遠的夜空在默默無語地傾聽」的感慨油然而生，歌唱遊戲的審美意義由此昇華。而遊戲的審美價值達到一定臨界，即具備了可以稱之為「藝術」的不可複製特性，「當時我就知道，今晚這樣的唱歌，是再也不可能重複的了。大家也都明白這點，空氣中有著一種無可言說的莊嚴。那以後，雖然我們還是經常唱，但再也沒有全體一起唱過，也沒有任何人在提起那次唱歌⋯⋯似乎我們都已經把它忘記」。定格在記憶深處的美好瞬間是可以被忘記的嗎，不會的，「那一段插隊歲月，那一段青春的生命，永遠地附著在這些歌聲中了」。〔註42〕

青春時代是個體生命遊戲本能異常活躍的時期，於少年錦時被命運拋擲

〔註40〕阿靈：〈看電影〉，林春芬主編：《無華歲月：我們的 1966～1976》，南寧：廣西人民出版社，2007 年，頁 239。

〔註41〕康德：《判斷力批評》，北京：人民出版社，2002 年，頁 144。

〔註42〕呼倫河：〈我們的歌〉，林春芬主編：《無華歲月：我們的 1966～1976》，南寧：廣西人民出版社，2007 年，頁 238。

在廣闊天地，得以在某種程度上暫時逃離束縛，成群結隊、縱情遊戲的知青，他們自然精靈般留在天地間的影子，已然昇華為不可複製的青春經典。

（三）「負重」掙扎的日常勞動

新世紀以來知青紀實文學在很大程度上消解了社會歷史附加給知青的過多意義，出現了頗多將如山野精靈般周身散發青春活力的知青，置於田園牧歌生活場景的書寫。而知青的青春歲月不僅經歷了孩童般對人性自帶原欲的追求宣洩，佔據絕對比例的生活體驗，依舊是在身體與心智尚未完全成熟的年少時期，於完全陌生的廣闊天地，從事異常繁重的體力勞動。可以說，知青日常生活中的勞動體驗，是年輕的知青們首次以「成人」的姿態面對瑣碎生活的挑戰，甚至為之發出「成人的第一聲歡息」〔註43〕的重要記憶。而知青們的年輕、活絡又具備一定見識、文化的知識青年屬性，也為繁重辛勞的勞動回憶塗抹了一層苦中作樂的青春亮色。

知青紀實文學中難能可貴地出現了平凡生活的知青個體，需要終日與柴米油鹽打交道，小心翼翼地維持著艱難經濟生活的姿態。那種真實細緻，對人民幣、工分等時代硬通貨，精確到小數點後兩位的錙銖必較，歷史客觀而又理性直觀，字裏行間都是「有錢男子漢，沒錢漢子難」的無奈。在〈胃虧肉的日子〉文中關於人民幣與工分兩種硬通貨的對比下，兵團戰士的優越感油然而生──「那年月，到兵團務農的知青和到農村插隊落戶的知青比較起來，在生活上還是有很大差別的。起碼兵團知青掙工資，每月都能見到現錢。就這一點，我們曾被多少人羨慕哇。記得剛去兵團時，我們知青工資一律達到 25 元，大概是一年以後轉為 32 元，最後漲到 36 元，直到返城前沒再變動。插隊的知青可就沒那麼幸運了，他們掙工分，每年只有到年底才能參加分紅，而且有的地方太窮，工分的分值又非常低。再加上知青們從小在城里長大，下鄉時年齡又小，幹起活來當然比不上當地壯勞力。於是有的知青辛辛苦苦幹了一年，年終一算賬，不但得不到一分錢，反而還欠生產隊的錢。他們掙的工分抵不上隊裏分給他們的口糧錢」〔註44〕；相較於兵團戰士統一規範的工資體系，插隊知青工分的計算方式、衡量標準、甚至使用範圍都是

〔註43〕孫偉：〈工分情感〉，林春芬主編：《無華歲月：我們的 1966～1976》，南寧：
　　　　廣西人民出版社，2007 年，頁 125。

〔註44〕嚴濤：〈「胃虧肉」的日子〉，林春芬主編：《無華歲月：我們的 1966～1976》，
　　　　南寧：廣西人民出版社，2007 年，頁 120。

千差萬別、各不相同的。〈工分情感〉一文就提到,「工分,對於在烏蒙大山的褶皺裏擠壓了一輩子的農民來說,是一年的口糧;對於插隊的知青來說,它還是接受再教育的表現,關係著今後的出路問題」,並將「那一本牛皮紙封面、印製粗糙的工分薄」喻為「十七歲的勞動日記」。「工分薄上的數字實在是很要緊的」,知青面對著「這非得用力量和汗水換取的數字,一切的浪漫和幻想都被無情地碾成了粉末」,經歷了「沒有同情和憐憫,只能沉默地以實力改寫自己」的艱辛歷程——在作者插隊的烏蒙山區,「背簍幾乎是高寒山區唯一的運載工具……山裏漢子的自尊自豪毫無例外也是由他負重的多少來決定」,故而「工分的檔次當然也由此劃定」。雖然具備青壯年男子的自然屬性,作者一步步拿到「全工分」待遇的過程,卻浸透著汗水,從「剛下鄉時,給我定 4 分,是因為第一次收豆拼盡全力收了 25 斤,背不動而拎回來的,尚不及農民小孩收的一半,我的工分因此定為『半截勞力』」,到「當肩背上磨出似牛背上那種拳頭般大小的『肩包』時,我以負重 50 斤獲得了『婦女勞力』的 8 分」,再到「當我在相當距離內負重超過我體重一半的時候,我不僅能熟練地使用『拐耙』歇氣,熟練地挎住背簍側身卸除,還能坐著從平地將 80 斤重的糞肥背著站起來」,作者終於「可以毫不心虛地向隊長要求 10 分『全勞力』工分了」。由於工分,插隊知青第一次開始認識生活、生存的真實與殘酷,第一次「咬牙忍痛磨礪自己稚嫩的肩頭,任全身肌肉在重壓的強力撕扯下顫抖」,而他們的勞作「不僅為工分,也為了少年人的自尊」。〔註45〕

「滾一身泥巴,煉一顆紅心」的同時,知青們充分發揮自己年輕敢闖、思維活絡、有一定見識與文化專長的知識青年根本屬性,在規避繁重體力勞動的前提下,主動承擔了諸多對在腦力方面有特殊要求的勞動實踐。雖然側重腦力的勞動不盡是強制「一顆汗珠摔八瓣」,知青們終於可以不用「上山下田滾一身泥巴,抹一臉牛屎,掙一身臭汗」,但是其所冒的「風險」,付的「代價」,簡直可以讓知青們津津樂道至今。無論是〈在知青文藝宣傳隊裏的日子〉中,為加入文藝宣傳隊樂隊,「當機立斷返城用 20 元買了把小提琴——宣傳隊所未有的樂器」,幾乎花費半年工分錢「不惜重金」的「出奇制勝」;還是〈工分情感〉裏,攬下了「畫主席像」的「瓷器活」,想到「鄰公社那個會美

〔註45〕孫偉:〈工分情感〉,林春芬主編:《無華歲月:我們的 1966～1976》,南寧:廣西人民出版社,2007 年,頁 126。

術的知青就為沒畫好主席像而成了『反革命』」正戰戰兢兢、「無望、無奈、仰天長歎」時，「目光略過對面老牆，兩眼為之一亮：牆上貼著一副主席像！那一刻的感覺真是『滿天的烏雲風吹散』⋯⋯小心翼翼將主席像揭下，用漿糊貼上黑板，再使粉筆在四周畫上道道金光，一番修飾，滿室生輝，大功告成」的「靈光一現」；甚至是〈又到苦楝開花時〉提到興修水庫義務勞動中，知青們在「一個不知道是哪裏來的宣傳隊員」「大聲地吆喝，鼓勵我們死命地多半快跑，為公社多做貢獻」，「在那裡吆喝，要我們『革命加拼命，拼命幹革命！』」的熱情鼓舞下，先是「勁頭十足，走起路來都是一溜小跑，專揀大的石頭搬，生怕自己落後」，「也不休息，流血流汗拼命地幹著」，直到累得「再這樣幹下去，非出事不可」，終於採取「對策」——「準時出工，宣傳員站在樹蔭下又在鼓動吆喝，一個身材魁偉的大個子來到他的跟前，笑著說，來，別光說不練，我們倆搭檔，一起為公社的水庫出把力！也不管他答應不答應，拉上他就往山上奔，挑了一塊兩三百斤的大石頭，就與宣傳隊員扛。宣傳員扛了一回，另一個大個子知青又邀宣傳員搭檔，又挑了一塊二三百斤的大石頭，接著，又一個大個子上⋯⋯幾個回合下來，身體也蠻大塊的宣傳員累得汗流浹背、氣喘吁吁，坐在地上再也叫不出聲了」〔註46〕⋯⋯頭腦靈活的知青們，以機智的思維、風趣的筆調，將趣事多多的青春亮色點綴入浸透汗水的勞動回憶。

「既然眼淚和汗珠苦鹹的滋味一樣，那就選擇流汗」——這是知青面對勞動發出的第一個「男子漢」宣言。〔註47〕於是他們去切實體會廣闊天地，去觸摸底層的人性和平民的親情，去認識生存的含義，生活的本質和生命的堅韌，在勞動中融匯他們的汗水與情感。年輕的知青們在耕種企盼、等待成熟的同時，也享受著粗糙卻鮮活的青春，收穫著勞動的艱辛與快慰。

可見，新世紀知青紀實文學中知識青年與生俱來的青春意識被格外強調，並賦予了極具個性化個體生活經驗。在國風牧歌般的生活畫卷中，知青們經歷了對純淨生命需求的求索與充斥歡樂回憶勞動的塑造，展現出童蒙般直面原欲、遵從內心、始終飽含赤誠的、年輕的「人之子」的特質。

〔註46〕蒙世和：〈又到苦楝開花時〉，林春芬主編：《無華歲月：我們的1966～1976》，南寧：廣西人民出版社，2007年，頁177。

〔註47〕孫偉：〈工分情感〉，林春芬主編：《無華歲月：我們的1966～1976》，南寧：廣西人民出版社，2007年，頁133。

三、廣闊天地見證的「任情」與「隨性」

　　食色性也，同樣都是不可迴避的「人之大欲」，也都著墨頗多，然而與對「吃」大快朵頤、酣暢淋漓的直白敘述相比，新世紀知青紀實文學對知青「情愛」的敘事卻顯得情愫朦朧而綿長，「任情」而不「隨性」。

　　愛情之所以成為敘事中永恆的主題，是源於其將一個無法內化的絕對他者、一種無法掌控的陌生狀態強行置入了個體生命的本質。情愛主題可以折射出特定時代的風土人情、生存環境、人際交往與悲歡離合……知青情愛是知青個體在青春時代，最初對特定對象所萌發的愛慕與眷戀之情，這種感情既源於生理上的青春期衝動，同時也包含著心理與精神層面的豐富內涵。「情愛」的萌動象徵著青春的蘇醒，瓦西列夫《情愛論》中就提到：「總有一天青年會忽然聽見在他心底響起一種最甜蜜、最溫柔的音樂。這是青春蘇醒了，這是存在的莊嚴召喚、生機勃勃的人的本質的召喚。這是純潔的、少年的初戀」。〔註48〕知青情愛較之嚴格意義上的「初戀」，可能範圍會更為寬泛一些，但是總歸是發生於知青個體的青春年代，是其最初始的、有特定對象的情愛萌動，象徵著知青一代青春的蘇醒。由於知青們多在下鄉地經歷了青春期與成年早期階段，這兩個階段是關鍵任務就是形成自我認同，並建立親密關係。這個階段的情愛，不僅是欲望，更是從情愛對象處獲得認可、謀求共識的重要途徑，是社會化、成人化的一種初步嘗試。

　　知青情愛既是知青一代青春的蘇醒，更是他們「自我」概念形成並獲得認同，社會化、成人化的關鍵步驟〔註49〕，故而對知青情愛的描述是知青紀實文學書寫的一大重要主題。新世紀知青紀實文學關於知青情愛書寫，出現這種不再那麼關注苦難，而是追求青春回憶的特性，符合新世紀知青紀實文學回溯青春主題的總體趨勢。首先知青紀實文學的紀實性，注定了其知青情愛的敘述不會像傳統知青小說那樣活色生香、跌宕起伏，而是更真實樸素、也更含蓄隱晦。與此同時，新世紀知青紀實文學對知青情愛的書寫，在此基礎上還具備新的時代特性。比如說二十世紀九十年代出版的《中國知青情戀報告》就分為《青春煉獄》《青春極地》《青春祭壇》三個模塊，其中關於知

〔註48〕瓦西列夫著，趙永穆譯：《情愛論》，上海：生活・讀書・新知三聯書店，1997年，頁16。

〔註49〕埃里克森著，孫名之譯：《同一性，青少年與危機》，北京：中央編譯出版社，2015年，頁110。

青情愛的紀實作品，悲劇性佔了非常大的比例。而進入新世紀以來，這種關注知青情愛造成的現實苦難的書寫比例也有所下降，反而是對青春時期美好戀愛的追溯變得更多了。這種追溯具體體現在兩方面，一方是強調青春時期情愛萌動的「純情」，另一方面也繼續傳承了《詩經》「溫柔敦厚，樂而不淫」的美學風尚，在一定程度上克制了原始情慾的描寫，保持著獨特含蓄的東方韻味。

（一）「任情」的揮灑

新世紀知青紀實文學書寫中，知青情愛作為青春主題的重要組分，一直佔據著非常大的比例。雖然說情愛是最動人心弦的青春回憶，但是如知青群體這般大規模、長時間地追憶青春情愛的文學現象依舊非常罕見。深究知青們如此執著於追憶青春情愛的原因，雖然照常理推斷在時間上他們已經超過了對情愛獵奇的階段，但是特殊年代與隨之衍生特殊的社會氣氛，使得情愛那種「偷嘗禁果」的感覺，一直持續刺激著知青這一代人。可以說知青一代是所承受青春躁動、煎熬與掙扎是頗為嚴重的，作為有血有肉、有七情六欲的少男少女，知青們從在愛欲萌發的年紀走進廣闊天地、上山下鄉開始，就一直長期面臨是「情動」與「禁慾」的激烈衝突。如果說正處於青春成長發育期，情愛萌動導致的「情動」是青春發育期極為正常的生理與心理現象，那麼知青們所面對的「禁慾」，就是對人性本能極為不正常的、強烈的扭曲與壓抑。二十世紀五六十年代開始，伴隨著「革命」的進程，對情愛本性的「禁慾」就開始初露端倪，情愛被居於時代主流的意識形態不斷地加以改造，日益轉向「純潔化」、「簡單化」、「粗俗化」、「政治化」。〔註50〕時至文革時期，更是達到了「禁慾」的頂峰，連「愛情」都成了罪惡的詞彙，「戀愛」一詞也普遍被「找對象」三個字所替換，使得情愛這一纏綿溫馨、心蕩神怡的情感交流過程，似乎被簡化成了直奔終極目標的繁殖行為。〔註51〕可以說，知青一代自小所受的教育中，關於情愛的內容就是缺席的，甚至是難以啟齒的。當知青成長到青春萌動的年齡，被整體拋擲在廣闊天地的時候，他們的情愛開始無師自通地啟蒙，而這啟蒙的過程不僅是黑暗中的摸索，還時刻受到三

〔註50〕劉廣濤：《百年青春檔案——20世紀中國小說中的青春主題研究》，蘇州大學博士學位論文，2003年，頁107。

〔註51〕劉廣濤：《百年青春檔案——20世紀中國小說中的青春主題研究》，蘇州大學博士學位論文，2003年，頁111。

大壓力的阻礙與干擾：其一是來自組織上的壓力——禁止談戀愛，為了知青隊伍的純潔性，為了知青思想的純潔性。其二是社會的壓力——包括社會將戀愛視為流氓行為，不道德行為，家長們更出於愛護自己的子女，而反對他們在農村談戀愛。其三來自自我的約束——談戀愛會給組織上不好印象，不利於上調（離開農村）。大家前途未卜，自我束縛而不敢、不願戀愛。門戶不當，尤其是政治上的門戶不當，更往往扼殺或自行窒息知青愛情於萌芽之中。〔註52〕

正是由於自始至終都伴隨著「情動」與「禁慾」的激烈衝突，知青們的青春情愛被平添了一份偷嘗禁果的快感，這種快感始終刺激著知青可以長期地、執著地、不忘初心地回溯他們的青春情愛。與此同時，也受到「禁慾」風氣根深蒂固的影響，也使知青們對青春情愛的紀實回憶，都相對含蓄，感情滿得要溢出來了，宣之於口也只得十之一二。

新世紀知青紀實文學中關於知青情愛的書寫頗多著墨於情感，「任情」而純粹的「純愛」敘事初具規模，將濃墨重彩的感情，寓於了若有若無的情愫。這似有若無的朦朧情愫，甚至不能被稱之為「愛情」，卻始終彌漫著少男少女間令人怦然心動的初體驗，可以說是「縱有知青千般情，此情無關風雨月」。〔註53〕如〈那遙遠年代的朦朧感情〉中，作者與美麗多才的女知青娟、玫之間無關風月的「千般情」，就是關於「知青純愛」的典型敘事——作者與「當家花旦」娟「往來頗為密切」，是「由於同在大隊知青文藝宣傳隊的關係」，「尤其是我創作的節目，總得要跟她這個『當家花旦』配合好，往往從節目的醞釀、策劃、編寫、排練直到正式演出，我都得跟娟保持密切聯繫」。「一來二往，要說二人的感覺沒有任何變化，委實是睜眼說瞎話」，雖然雙方沒有「說過什麼『有意味』的話」的明顯心跡表露，從娟「硬要了」作者臨摹的朝鮮少女畫像，並「貼在床頭」這一舉動，還是可以感受到少女將心上人筆墨置於閨閣之中的害羞與竊喜。而這段朦朧情感始終沒有捅破窗戶紙的原因，則很大程度上歸結於作者的理性，縱使作者坦然承認「要說我沒有動過心，那真是虛偽了」，然而「我之所以沒有實質性行動，除了怕對日後離開農村有不良影響之外，還有一個雙方『門不當戶不對』的根本性問題」。出於對前途的

〔註52〕王力堅：〈關於《知青》女主角周萍的愛情〉，《轉眼一甲子：由大陸知青到臺灣教授》，臺北：獨立作家，2015年，頁53。

〔註53〕王力堅：《轉眼一甲子：由大陸知青到臺灣教授》，臺北：獨立作家，2015年，頁27。

理性考慮與對政治派系的敏感，作者「甚為自動自覺地『心如止水』」，不僅使得情感雙方繞開了現實生活中的諸多障礙，更將純愛純美的青春回憶得以完好保存；如果說作者與「當家花旦」娟的情感，是「雖然沒有說過什麼『有意味』的話，但至少有些事似乎透露出某些心思」的「發乎情、止乎禮」，那麼與玫的情感則更是全然無意識、渾然不曉、後知後覺的懵懂情愫。同在大隊知青宣傳隊的玫著實是難得的才女，「字寫得漂亮，會刻印蠟紙……也常常幫我抄寫，刻印節目」，而當時作者與玫之間清白剔透，甚至連曖昧都說不上。一次當作者失手打碎了玫的鏡子，打算拿自己新買的賠給玫時，「遇見她村裏的青年農民老八和阿四，他倆盯著我手中的鏡子陰陰笑道：『多好的信物呦，照著我又看到你……』」，雖然當時並未接荐，回到知青點時，作者還是「不知為什麼卻沒將鏡子拿出」，似乎是在外界的拉扯、啟蒙下，作者才隱約意識到與玫之間的朦朧情感。〈那遙遠年代的朦朧感情〉文中講述的「知青純愛」，不僅是將青春年代的純情小心翼翼地呵護收藏，當時過境遷多年後，作者與娟、玫重逢，得知「她們都有了幸福的家庭，出色的兒子和女兒」，「不知為什麼……似乎悄悄鬆了一口氣」，那份遙相惦念、真誠祝願彼此幸福美滿的「知青千般情」，雖無關風月，卻是最純粹無暇、不忘初心的青春純愛。〔註54〕

　　較之〈那遙遠年代的朦朧感情〉看不清、說不破的懵懂情愫，〈我和他的故事〉一文中的知青們開始陷入了關於青春情愛的思想掙扎，而這種掙扎也僅是停留在思想層面，依舊可以被納入「任情」的「純愛」書寫範疇。〈我和他的故事〉伊始就介紹了背景情況，「生產隊裏分來我們一男一女兩個知青，劉隊長不管我們性別的差異，幫我們在生產隊的舊倉庫裏安了『家』」，兩人對「家」的經營「收工後小 S 主動承擔起『家』中男主角的活，擔水，種自留地等等，我就是當然的伙頭軍了，兩個不大的人把這個小『家』拾掇得乾乾淨淨」，更是好一幅男耕女織的生活圖景。而無論是下鄉地鄉親們「小 S 和小 J 到一起去算了」、「乾脆成一家算了」的「極力撮合我們」，還是男生小 S「我希望我們今後能成為比革命同志還好的朋友。你同意嗎？」的書信告白，都受到了姑娘小 J 行動上「為了防止產生更多的誤會……和他『分家』」，言辭上「我們現在年紀都很輕，還有很多事要做。今後的路怎麼走還都是未知數。因此我不想過早地確定我們的關係，為了明天，我們先不想這些，好嗎？」

〔註54〕王力堅：〈那遙遠年代的朦朧感情〉，《轉眼一甲子：由大陸知青到臺灣教授》，
　　　　臺北：獨立作家，2015 年，頁 28～29。

的直接拒絕。矛盾的是，作者小 J 對男生小 S 也同樣傾心依舊、情深意切，「對於小 S 的來信，我既感到意外，又覺得溫馨。幾年的風風雨雨、坎坎坷坷，我和他有著患難之情，互相之間充滿好感。在遠離父母的地方，攜手走到今天，我十分看重這份情。我對小 S 印象很好，心裏也是喜歡他的，甚至曾經想過將來我會和他走到一起」。姑娘小 J 拒絕小 S 的原因同樣是「我始終感覺到自己前途未卜，外面的世界有著太大的誘惑，心中的理想和對外部世界的嚮往時常在我心中閃爍」，「難道我這樣甘願像一個農村姑娘一樣嫁人、生子，從此扎根於此嗎？我不能，我還年輕，我還有很多事沒有做呢」。可以說「在當時的心境下，不敢有超過同志之外的感情的想法」的一時猶豫，雖然使得相互思慕的青年失之交臂，卻也將知青間的純愛長期地保存了下來，多年後小 S 回信給小 J 提到「知道你一切都好，我心中有說不出的高興和愉快」，「時常地懷念你、回憶起你，我們現在都已成家，望我們的友誼長存」，這份以青春純愛為底色的深厚友誼，縱使時光荏苒也不能令之褪色。〔註 55〕

　　新世紀知青紀實文學的「純愛」敘事不僅被用以描摹情愫朦朧、未成眷屬的知青情感追懷，這種以情為牽引、貫穿始終的「任情」追憶同樣存在於已然攜手數十載的知青伉儷之間。如〈漫漫返城路〉中作者與當時的女朋友，也就是現在的妻子相戀之時，本是登對的「革命情誼」，「她跟我是同校同學，我比她高兩級，一起下鄉到兵團，又同在連隊的子弟學校當教師，我們的辦公桌對著，還共同負責學校的文藝宣傳隊」。後作者家庭遭受激變，父親被「雙開」遣回原籍，母親被「戰備疏散」，弟妹分別插隊遠方。當女友瞭解到作者家庭的遭遇後，依舊鍾情於作者，「不但沒有嫌棄我，反而更堅定了與我海枯石爛、同甘共苦、榮辱與共的決心」。作者女友因情而起，一片癡心，「為了表示決心，她決定不再返回兵團，總而言之，就是我無論走到哪兒，哪怕是天涯海角、赴湯蹈火也要跟著我，絕不後悔，矢志不移」，甚至在由於父母反對而「在家裏待不下去了」的時候，「不得不到我的老家，邊照顧父親邊等我」。為了回報女友的一片癡情，作者「能不樂得屁顛屁顛的嗎？能不鞠躬盡瘁死而後已嗎？」，幾經疏通努力，甚至不惜絕食要挾，終於辦妥「轉插」手續，與女友雙宿雙飛；〔註 56〕〈冬天的浪漫〉一文同樣回溯了知青作者與愛人情

〔註 55〕含溪：〈我和他的故事〉，林春芬主編：《無華歲月：我們的 1966～1976》，南寧：廣西人民出版社，2007 年，頁 202～210。

〔註 56〕嚴濤：〈漫漫返程路〉，林春芬主編：《無華歲月：我們的 1966～1976》，南寧：廣西人民出版社，2007 年，頁 180。

深似海的「純愛」過往，知青作者由於「現反」罪名而被拘禁，一年多來他的愛人「對我的家已比我更熟悉。她一直住在那裡，照顧我臥病在床的母親，慰藉我當時已年近古稀的父親」。為追隨知青作者，他的愛人將進行一次意義深長的返鄉探親，「於她來說，那次回家是與故土與家人的告別，此後不管我去向何方，她將與我同行」，「臨行前一天，我們決定舉行一次別致的婚禮」。「婚禮」進行的當天，作者從囚禁他的陋室臨時逃脫出來，迎接自己的新娘，「我們倆從一條小巷的兩頭相向走來」，那天的情形作者記憶猶新，「她穿了一件絳紅色的棉衣，繫一條猩紅色的紗巾，手裏拿著一小包糖和一小掛香蕉。我穿一件洗得發白的軍工裝，裏面是一件美式毛領皮夾克」。而對婚禮過程含蓄、私密的虛筆，「我們很安靜，說著開玩笑的話，向我的一個朋友家走去。我的朋友已經告訴了她，鑰匙放在了什麼地方」，更是私藏著一份只屬於知青伉儷心底，永恆的浪漫與甜蜜。「婚禮」之後，這對知青伉儷「像一對新婚夫妻一樣」去拜訪親友、接受祝福，如作者所言，這一行為「今天看來已是很平常的一些事，在那個依然很嚴峻的歲月卻是極富刺激性的」，而這種純潔無瑕、執著相守、一往無前的青春愛情，則是屬於那個年代，不可複製的青春「純愛」。〔註57〕

可見，新世紀知青紀實文學對於知青情愛的敘述，有著明顯向青春「純愛」書寫偏移的傾向。從若有似無的情愫到無始無終的眷戀，從甘苦與共的堅守到義無反顧的結合，那個青春年代開始萌發出來的浪漫，一直保有著最初的純美與溫柔，不著塵埃、不染原欲，只關乎無瑕透明的「純愛」，「任情」地揮灑於天地間。

（二）「隨性」的克制

新世紀知青紀實文學對知青情愛主題的表述可以用「『任情』而不『隨性』」〔註58〕來概括，其傾向於「純愛」的敘事選擇，是為了規避、淡化、克制「原欲」而採取的書寫策略。雖然對正處於青春發育時期的知青來說，性意識的萌生與對性愛的嚮往，毋庸置疑是青春情愛歷程中不可或缺的重要環節。但是在知青紀實文學的筆觸下，出於紀實性書寫與現實真實對應的侷限，這種

〔註57〕胡發云：〈冬天的浪漫〉，林春芬主編：《無華歲月：我們的 1966～1976》，南寧：廣西人民出版社，2007 年，頁 246～247。

〔註58〕老例：〈《情滿青山恨滿青山》（26/28）情色描寫縱橫談〉，詳見網址：http://www.hxzq.net/aspshow/showarticle.asp 跡 id=1453 引用時間 2019 年 4 月。

青春的躁動與顯然受到了著意的克制，被強行賦予的更多精神色彩所遮蔽，以「情」而非「性」的面貌出現。這種「多情寡欲」的知青情愛紀實，集中體現在對性愛原欲相對含蓄而不直白，甚至略帶原罪般負罪感的壓抑、克制敘述。

新世紀知青紀實文學之所以對知青情愛的原欲敘事著意克制，其原因可能可以歸結為以下兩個方面：一方面，知青一代出生、成長的時代正是「革命」話語下，「禁慾主義」愈演愈烈的年代，其所處的社會氛圍與所接受的情愛教育本身就存在先天缺失。二十世紀五六十年代開始，已經出現了讚美精神戀愛、否定情感肉慾的情愛「純潔化」傾向，經過提純淨化後的情愛相對殘缺不全，繽紛的個性色彩與真實的生命內容也受到了一定程度的抹殺，在這種社會氣氛下知青從小所接受的教育，在情愛尤其是情慾方面幾乎完全是空白的。當知青們成長到發育階段開始面對原欲萌芽之時，其對自我身體身不由己的變化是懵懂、猶疑，甚至驚惶、帶有恥感的，在與他人發生不同程度身體接觸時，許多知青的心態更是青澀的、怯生生的，甚至是懷有負罪感的。正是知青所接受根深蒂固的「禁慾」教育，與對情慾持含蓄態度的傳統立場相融合，為知青紀實文學表述知青情愛「多情寡欲」的基調，打下了難以輕易撼動的基礎；另一方面，值得注意的是，知青紀實文學的紀實性才是導致其著意克制原欲書寫的根本限制條件。雖然知青一代對原欲的態度相對保守，但是傳統知青文學如知青小說中還是存在大量關於知青情慾直白、大膽、細緻的描寫，這足以結論不是知青題材的文學作品不能涉及情慾方面的內容描寫，關鍵是以什麼立場、姿態與態度來進行原欲書寫。

知青小說被認為是相對虛構的純文學文本，在這種架空的背景下書寫情慾顯然更容易被接受，而同樣烈度，甚至遠比小說作品中程度含蓄的知青原欲描寫，出現在紀實性質的文學文本中，其接受度卻大打折扣。如 2003 年華夏知青網上關於網友作品、長篇紀實小說《情滿青山恨滿青山》中情愛描寫的「論戰」，就是知青原欲書寫在紀實性作品接受方面頗受爭議的典型事件。〔註 59〕《情滿青山恨滿青山》是知青網友老路在華夏知青網上發表更新的長篇紀實小說，當小說更新至 26～28 章時，出現了一些相關知青主人公路大可

〔註 59〕 華夏知青網，知青思考・經典論戰，《情滿青山恨滿青山》文討論帖（1～3），詳見網址 http://www.hxzq.net/aspshow/showarticle.asp 跡 id=1453 引用時間 2019 年 4 月。

與女知青小豔、農婦桃子的性愛描寫，如「臉熱了，因為酒，因為羞愧，因為卑鄙，更因為欲望……我那虛偽的道德防線垮塌了，生理的欲望像決堤的洪水一瀉千里，勢不可擋」，「我忽然伸手抱住桃子的臀部……感覺到她高度緊張的臀部肌肉、大腿肌肉以及腹部肌肉都在不停地顫抖」〔註60〕等。正是這些顯然還帶著反思意味、著意拉開「安全距離」、對色情筆觸淺嘗輒止的性愛描寫，卻旋即引發了網站中頗具規模的「論戰」：一方面有網友提出《情滿青山恨滿青山》文中的情慾描寫太過直白、露骨、老辣、有不尊重女性之嫌，強烈主張封殺。其中尤以「由於」為代表的女網友們，抗議態度格外激烈。如「由於」帖子中諷刺道，「同時路作家也有不上帖和上帖的權利，儘管他從骨子裏不尊重女同胞，但女同胞也會維護他過筆癮的權利呀，但我現在比較同意公社書記的眼光了，既然他都可以隨意玩弄自己的女戰友和老農的妻子，廣大公社男書記又何嘗不是普通的男性公民，他們的所作所為有什麼值得譴責的呢，他們對待女知青的做法完全符合自然規律嘛」。網友「編輯」的言辭也非常激烈，「他好意思給女兒看並告訴女兒這是他的傑作？他女兒也能對別人自豪地說『這是我爹的作品，你們都來看』」；〔註61〕另一方面更有網友認為《情滿青山恨滿青山》一文的知青原欲書寫是作品暗示主題，交代人物命運不可缺少的環節，是建立在通篇的人文主義關懷之上，把握著相當道德的尺度，在手法上也著意「在『情色』瀕臨泛濫之際，跳脫開去，信馬由韁地神侃開去，不露痕跡地營造了一個道德安全距離」的藝術嘗試，不僅沒有物化女性之嫌，更注入了歷史的反思與藝術審美的意圖，是對知青畫卷底色的豐富。〔註62〕經過一番激烈論爭，反封殺方相對理性、寬容的主張得以彰顯，雖網友老路隱退、作品夭折、一切歸寂，然此次「論戰」中出現對知青原欲所抱持觀點的討論至今仍意義非常。復盤整個「論戰」過程，可以發

〔註60〕華夏知青網，知青思考‧經典論戰，《情滿青山恨滿青山》文討論帖（1～3），詳見網址 http://www.hxzq.net/aspshow/showarticle.asp 跡 id=1453 引用時間 2019 年 4 月。
　　　由於論戰激烈，《情滿青山恨滿青山》原帖已經流失，只能從討論帖中摘引部分原文。

〔註61〕華夏知青網，知青思考‧經典論戰，《情滿青山恨滿青山》文討論帖（1～3），詳見網址 http://www.hxzq.net/aspshow/showarticle.asp 跡 id=1453 引用時間 2019 年 4 月。

〔註62〕老例：〈《情滿青山恨滿青山》（26/28）情色描寫縱橫談〉，詳見網址：http://www.hxzq.net/aspshow/showarticle.asp 跡 id=1453 引用時間 2019 年 4 月。

現引發針對《情滿青山恨滿青山》文中知青原欲討論的關鍵背景是，雖然《情滿青山恨滿青山》一作的具體文體是「小說」，然其顯然具備一定的紀實性質，可以被認為是長篇紀實小說。由於《情滿青山恨滿青山》長篇紀實小說的紀實性質，讀者在閱讀過程中難免認定文中情節是作者的真實回憶，無論是整體命運脈絡還是具體情愛細節，都很可能會給讀者提供確有其事的畫面感。與此同時，網絡 BBS 更是一個可以實現雙向交流的平臺，如果說閱讀古典文學的情色描寫得以隔著時間的鴻溝，閱讀當代文學中的情慾文字得以隔著空間的距離，那麼網絡 BBS 上原欲書寫的作者是可以隨時跳出文本與讀者實現零距離、無障礙交流的，難免可能使得讀者產生「共情」的情緒。由此可見，紀實性所造成的「真實感」與「共情感」，可能才是知青紀實文學對知青情愛的原欲敘事著意克制的根本原因。

新世紀知青紀實文學對知青少男少女出於青春性萌動的「隨性」書寫是有意克制的，有趣的是，這種對原欲書寫的克制主要體現在刻意淡化發自情慾的相互吸引，著意迴避耳鬢廝磨的纏綿悱惻，與此同時卻也出現過一些對交合結果的描寫。拋開被權勢蹂躪、被環境玷污等相關身體的苦難不說，單純知青間出於青春衝動、自願自發的情愛體驗，在被知青紀實文學回憶描述時，其關注點也鮮有當時的海誓山盟、兩情相悅，而是更多落筆於事後艱難地面對自釀苦果。如〈上海知青的故事〉文中，女知青蓮玉為填補好友戀愛造成的空虛而與一個北京知青交往，兩人在豐收的成片麥垛裏「浪漫了一個夏天」之後，「那個北京知青回家過年，再也沒返回」，「蓮玉像精神失常似的魂不守舍，人也變得麻木癡呆，整天坐在路旁的歪脖樹下，兩隻眼睛直愣愣望著農場通往外面的大路，然而望穿秋水，所期盼的身影像風吹散的雲朵一樣，飄得無影無蹤」。〔註63〕可以看出，新世紀知青紀實文學對知青青春情慾的書寫潛意識中懷有一定負罪感，在有意虛寫美妙情愛體驗的同時，反而著墨更多將情慾擬作「潘多拉盒子」，描寫其被打開所釋放出的苦難，可以說其筆觸下本就鮮少的直白情慾描寫對象，更多的是帶有批判性的「性」，而非「性愛」。

由此，可以感受到新世紀知青紀實文學對知青情愛主題的表述中，對青春原欲一向採取相對規避、淡化的克制態度，既有意迴避直白的情慾書寫，

〔註63〕由嬌原：〈上海知青的故事〉，林春芬主編：《無華歲月：我們的 1966～1976》，南寧：廣西人民出版社，2007 年，頁 54。

也有時以批判的眼光審視著情愛進展過快釀成的苦果。採取這種克制原欲書寫態度的原因，一方面出於知青一代相對保守的思想，另一方面則可以歸結為知青紀實文學的紀實性本質。知青情愛作為新世紀知青紀實文學青春主題最不可或缺是組成部分，不僅是知青不滅青春的常青萌芽，更是他們最為敏感的神經末梢。知青情愛之所以美好，就在於它是知青們青春成長路上對愛情的最初嘗試，情真意切，刻骨銘心；知青情愛之所以珍貴，就在於它隨著知青們年齡的增長與時代的變遷，而轉瞬即逝，再也難以追尋。新世紀知青紀實文學對知青情愛主題的書寫原則可以說是「『任情』而不『隨性』」，通過對青春原欲敘述的著意克制，小心翼翼地呵護著青春「純愛」最初的純淨、無暇與真摯，珍藏著廣闊天地見證的「任情」。

綜上所述，新世紀知青紀實文學書寫中，青春主題受到了史無前例的集中關注，值得注意的是，貫穿新世紀知青紀實文學的青春主題書寫，並非僅是長者歷盡滄桑、回眸青春的追憶，更包含著曾經年輕的知識青年，定格於青春尚存年華的青春意識。雖然新世紀知青紀實文學史料化、邊緣化、民間化的特質，與散文文體自身碎片化的組成方式疊加，在一定程度上限制了由新世紀知青紀實文學的土壤中再拔地而起一座全方位、多角度代表時代知青形象的新豐碑。但是，也正是新世紀知青紀實散文邊緣化、民間化、碎片化的書寫筆觸，造就了一個個真實、生動、活潑的普通知青青春側影的定格。或許以骨子裏知識青年身份為唯一社會血型的知青個體，並非人人都經歷過所謂宏大的敘事、深沉的思考與澎湃的人性。縱使無法在歷史廣度與人性深度構造的座標系中留下清晰的個體生命軌跡，每一個知青個體的青春歷程都真實具備值得被挖掘、被珍藏、被追憶的青春瞬間，每一個知青個體的青春都將以「人之子」的形態被永恆定格。

第四章　知青群體——「兵團」與
「插隊」的共同成長

　　知青可以說是共和國的同齡人，他們成長所經歷的風雨飄搖的年代，不
僅是知青一代的花樣年華，同樣也是共和國的青春歲月。在知青成長的歲月
裏，共和國同樣是一個尚未完全成型的年輕國度，其國家制度的完備程度與
國家機器的運行狀態，也都尚處在「摸著石頭過河」的探索與調整階段。如
果說年輕的知青群體是國家政權拋擲到廣闊天地的「試驗品」，那麼年輕的共
和國整體都是一片「試驗田」。當知青的青春與共和國的青春高度重合之時，
那段青春歲月就是其共同成長的歷程。

　　1968 年 4 月，毛澤東在對黑龍江哈爾濱工業大學關於畢業生分配工作的
批示中，提出了畢業生分配的「四個面向」原則，即「面向農村，面向邊疆，
面向工礦，面向基層」。〔註 1〕這在政策層面為知識青年「面向農村，面向邊
疆」的未來方向規劃了路線，於是自知青大規模上山下鄉運動開始以後，到
農村生產隊插隊落戶，或到地處邊境的生產建設兵團參加軍墾建設，成為了
知青群體上山下鄉的主要去向。當年接收上山下鄉知識青年最多的黑龍江生
產建設兵團、廣州生產建設兵團，內蒙古生產建設兵團，雲南生產建設兵團
等單位，就是由原有的國有農場或國有牧場改建而成的。因此，兵團是國家
全民所有制企業，充當兵團戰士的知識青年是「享受全民所有制的職工，拿
等級工資」；而「插隊則和人民公社的社員一樣，是集體所有制，幹活拿工分。

〔註 1〕定宜莊：《中國知青史（初瀾 1953～1968）》，北京：中國社會科學出版社，1998
　　　年，頁 11。

國家給插隊知青一筆安家費，第一年供貨商品糧，以後就和『老農民』一模一樣了」。〔註2〕一般來說，「插隊落戶為知識青年提供的天地似乎更廣闊些，無論在身體還是思想上，比起兵團戰士來，他們所受的管理和束縛都要寬鬆得多；他們與農民、與當代社會的接觸要廣泛和深入得多；當然，從另一方面看，他們生活更艱苦更無保障，地位更低下，在地少人多和特別貧瘠的地方，由於與農民爭利的情況嚴重，所處環境也更為惡劣」。〔註3〕同樣是「知青」，同樣是上山下鄉，到農村生產隊插隊和到邊疆生產建設兵團「工作」兩條出路，無論是在個人經歷上，還是整體感受上，都是存在很大差別的。簡單來說，經歷不同，感受各異。〔註4〕

值得注意的是，從年輕共和國探索制度建立、摸索國家機器運行模式的背景出發，無論是邊疆生產建設兵團，還是插隊落戶涉及到的生產隊、知青戶，都是共和國建國初期進行嘗試、探索的新生事物。知青以共和國同齡人的姿態，身體力行地參與到年輕共和國的制度探索進程中，雖然由於不同的上山下鄉去向，而「經歷不同，感受各異」，其在廣闊天地，以不同方式經歷的別樣青春，也都是助力年輕共和國成長的重要動力。

一、「兵團」與「插隊」知青紀實文學場域空間的差別

在相關紀實文學作品中涉及到上山下鄉伊始知青們具體去向，及其將要融入的新生活環境時，更多筆墨顯然是把注意力放到了年紀尚幼的孩子，將要離開家庭、離開父母、離開出生與成長多年的城市等，這樣一系列重新安置知青個體具體生活的問題之上。而從群體組織層面，留意生產建設兵團與農村生產隊在所有制上的根本差別，充分意識到並深究「赴生產建設兵團」與「插隊落戶」兩種不同的去向意味著什麼不同，將會帶給知青們怎樣不同境遇的書寫則相對有限。也許是新時期以來，傾訴知青一代共同性的強烈要求，弱化了其本身的差異性。多年來，這種因體制不同而帶來的種種差異性常常被「知青命運」這樣的宏大主題所消解。事實上，由於不同上山下鄉去

〔註2〕史衛民，何嵐：《知青備忘錄：上山下鄉運動中的生產建設兵團》，北京：中國社會科學出版社，1996 年，頁 25。
〔註3〕定宜莊：《中國知青史（初瀾 1953～1968）》，北京：中國社會科學出版社，1998年，頁 37。
〔註4〕魯弘：《知青記憶的不同書寫——知青作者知青小說的差異性研究》，吉林大學博士論文，2009 年，頁 7。

向造成的差異顯然是真實存在、且不容迴避的，這種差異不僅在言論層面影響了知青們對知青話題的態度，更在實際層面上影響過知青的日常生活。可以說「兵團」與「插隊」的組織去向是知青紀實文學分流不容忽視的天然「界碑」，甚至在回城伊始，國家政策對於來自不同所有制體制的知青一度進行過區別對待，如前文提到的「工齡問題」。當廣大知青回城並陸續重新就業之後，在填寫相關表格的時候，曾經統一稱呼的知青才真正意識到兵團與農村插隊的不同，當年的待遇差別產生了切不斷的延續。按照當時的政策規定，兵團知青在兵團的工作年限可以合理計算到「工齡」當中，而插隊知青在農村的年限則不計入工齡。雖然這一不合理的政策在 1980 年代得到了調整，但此狀況的出現，一方面是當初上山下鄉兩個不同去向的所有制不同導致的必然結果，另一方面也是在向曾經的知青提醒著這種差異性的長期存在。

這種由於上山下鄉去嚮導致的、體制上的差異，可以被認為是「兵團」與「鄉村」的「分化」。這種「分化」也一定程度的呈現在知青文學的敘述中，「這個主題的分化也是知青作家隊伍的分化，即下放兵團與下放農村的知青作家，以不同的創作方向遞進。前者側重兵團生活對人性的壓抑，知青人物之間或與兵團領導之間的衝突，後者側重寫知青在農村的生活，並側重寫極左政策對農村的破壞，以及從農民身上探討中國國民性和文化的根」〔註 5〕值得特別關注的是，新世紀知青紀實文學對「兵團」與「插隊」造成的差異書寫，並非以知青作家個人不同經歷的姿態面世，而是真正意義地以不同的上山下鄉去向作為組稿劃分標準，勾勒出更為完整的差異性上山下鄉體驗，呈現出個性明顯、表象相異的青春模式。

無論是兵團知青紀實文學，還是插隊知青紀實文學，其場域空間在文本中都有著獨特的建構方式。本節將通過對「兵團」與「插隊」場域空間的探討，考察知青青春作用於同樣年輕國家制度時的不同心理背景。

（一）開放又封閉的「兵團」知青紀實文學場域空間

年輕的共和國在著實建立調整國家機器伊始，就非常注重對生產建設兵團的布局，兵團建制的規模、成型的速度、覆蓋的區域都無疑是空前絕後的。全國範圍內一度同時運行著十二個生產建設兵團──分別是新疆生產建設兵

〔註 5〕梁麗芳：〈覺醒一代的聲音──與陳駿濤先生談知青作家和知青小說〉，《小說評論》，1994 年第二期，頁 13。

團（成立於 1954 年，最早以軍墾形式建立）、黑龍江生產建設兵團（成立於 1968 年）、內蒙古生產建設兵團（成立於 1969 年）、蘭州生產建設兵團（成立於 1969 年，下轄單位分布於甘肅、寧夏、青海、陝西等省級行政區）、江蘇生產建設兵團（成立於 1969 年）、安徽生產建設兵團（成立於 1969 年）、福建生產建設兵團（成立於 1969 年）、廣州生產建設兵團（成立於 1969 年，下轄單位分布於廣州、湛江、海南等地）、浙江生產建設兵團（成立於 1970 年）、山東生產建設兵團（成立於 1970 年）、雲南生產建設兵團（成立於 1970 年）、湖北生產建設兵團（成立於 1971 年），及三個「農建師」——廣西農建師（成立於 1970 年）、江西農建師（成立於 1969 年）、西藏農建師（成立於 1970 年）〔註6〕。其中新疆生產建設兵團、黑龍江生產建設兵團、內蒙古生產建設兵團、雲南生產建設兵團、廣州生產建設兵團這五大兵團所安置知青人數最多，在知青紀實文學敘事中也出鏡率頗高。

　　可以說，以生產建設兵團的組織形式安置知青，以知識青年為主力填充兵團，是屯墾戍邊傳統與青年墾荒創舉一次頗具時代意義的結合。同樣，兵團場域空間的最終成型與兵團知青的歷史定名，也是一個互為因果的過程——如果說官方的規劃決議從國民序列角度賦予了兵團合法性，那麼知青們切身的遷徙落戶，則從物理形態角度充盈了兵團的實體構成。在此之前，無論是從物理實體還是文化場域角度而言，兵團都是尚不具形態、憑空而生的，仰賴知青的以身遠赴兵團才得以完成了最終建構；與此同時，正是作為「組織」的兵團為身在其中的知青提供了無可取代的安全感、自豪感、歸屬感，賦予了兵團知青深深植根於兵團土壤的獨特自我認同與群體意識。生產建設兵團與兵團知青間這種互為意義、相輔相成的關係，注定了知青紀實文學書寫下兵團場域空間同時兼具開放性與封閉性。

　　兵團知青紀實文學場域空間的開放性體現在其人員組成與運行規則方面。從人員組成層面分析——從兵團建立之初，知青們從五湖四海匯聚而來融入兵團組織伊始，所感知到的就是一個前所未有的、面向廣泛的、來源各異的、全新的開放場域。適應兵團環境、步入生活正軌之後，兵團知青需要負擔的「屯墾戍邊」任務便是其主要工作內容。「戍邊」意味著準軍事化預備隊的責任，需要知青們以軍事化小單位編隊以執行站崗放哨、巡邏執勤等戍衛工作。「屯墾」則代表了大規模機械化、墾荒屯田的農業生產勞動，「把荒

〔註6〕丁曉禾，塵劫：《知青暢想曲》，北京：中共黨史出版社，2006 年，頁 13。

山變梯田，把荒山變良田」的口號響徹天際，轟轟烈烈的「墾荒熱」之下，知青們為開荒種糧組成各式拓荒隊開赴荒野，甚至在墾荒過程中犧牲的情況也屢見不鮮。需要注意的是，無論是執行站崗巡邏等軍事化任務的知青班、知青排，還是小分隊形式的墾荒團隊，其組成成員多是由基層連隊根據兵團知青在連隊或場部之中的表現臨時指派、臨時組合的。分別抽調也許並不相熟的知青組成一個新的小團體，開拔到陌生場域中完成戍衛或墾荒任務。對被挑選、編隊的知青來說，置身於以兵團準則要求、臨時變換成員組建的小團體，又再次進入一個陌生場域空間的經歷，同樣具有開放性的特徵；從運行規則層面來看──在官方定名、知青落戶之前，兵團場域空間無論從組織形態還是物理架構角度而言都尚不存在。兵團可以說是一個由人為建構、完全嶄新的場域空間，兵團建立之初就並沒有既定的原有場域和固有的規章制度來過多約束兵團知青。對兵團知青來說，兵團在精神世界層面是一個並不需要適應當地既有風俗民情與權力結構、也不需要面對傳統鄉土社會的宗族勢力、相對農村場域顯然束縛較少的開放場域。知青們在兵團需要遵從的是有章可循、切實發揮作用的準軍事化規則，不僅知青的聚集是呈現開放式的，兵團的整體人員構成和編制也具備一定的特殊性，既有準軍事化特質又不完全等同於正規軍隊。為保證作為「速成軍隊」的兵團能以最快速度、最高效率投入運作，官方抽調了大批專業正規軍為兵團「保駕護航」，「兵團的主要領導層基本都是現役軍人，其中級別最低者為副連級。大多數現役軍人在調到兵團時，作為一種鼓勵，職務提升了一級」。〔註 7〕正是由於這種從人員組成到運行規則層面的開放性，兵團這個嶄新建構的場域空間中，最大程度地保留延續了知青自紅衛兵時期以來志向昂揚、思想活躍、情感直率、鬥爭激情化的特性，使得兵團知青紀實文學充斥著理想主義的色彩。

而兵團場域空間在開放性的基礎上又同時兼具一定的封閉性。由於大部分生產建設兵團是官方以已相對成熟的新疆建設兵團為模板，充分運用國家力量統籌建設的，儘管多數兵團或是處於邊疆地區，或是處於相對荒涼的地帶，然其社會化程度相對內地農村而言無疑是更高的。在高度社會化的兵團內部，活動邊界是相對有限的，人員組成也是相對固定的，這就使得兵團場域空間內部存在一定的封閉性。兵團的封閉性首先體現為以來源地為界定知青間相互認同。從上海知青、北京知青、四川知青等這樣以地域為界定的新

〔註 7〕丁曉禾，塵劫：《知青暢想曲》，北京：中共黨史出版社，2006 年，頁 13。

名詞可以看出，這個新建立的場域空間中同時又存在各自抱團取暖的小團體。〔註8〕如〈上海知青的故事〉「上海知青」與「北佬」的溝通中，「上海知青的到來給沉悶的知青宿舍帶來了生氣。他們跳下車就嘰里呱啦地說著上海話，當時誰也聽不懂。他們有些瞧不起北方知青，稱被北方人為『北佬』。『北佬』知青比上海知青早來分場半年，為了迎接他們，還主動把熱炕頭讓給他們住，但他們並不領情，用很敵對的眼光看著對方，一副不理不睬的樣子。『北佬』知青也豪氣地看著他們的舉動，一副滿不在乎的樣子」〔註9〕，年輕知青們被突然拋擲在陌生場域，面對陌生人群，彼此認同的初始標準通常就是共同的原生城市；除卻以地域為分界的封閉性之外，兵團中以階級出身為準繩的封閉性也非常明顯。可以說許多知青志願前往兵團，不僅因為生產建設兵團屬於中國人民解放軍序列，生活待遇有保障，組織系統相對規範，更重要的是在共和國建國氛圍下成長起來的多數青年，深受熱烈頌揚解放軍的教育影響，對威嚴肅穆的軍事生活抱有異常熱切的幻想。他們認為在爭取正式入伍而不得之時，成為兵團戰士也是保家衛國、效忠領袖、實現人生理想的途徑之一。與此同時，知青家長也傾向於認為把涉世未深的孩子交給兵團，是更為安全與令人放心的出路。經由這樣的利弊權衡，赴生產建設兵團，便成了行將告別學校、又注定不能留在原生城市的知識青年們面前一條較為理想的出路。無論是出身良好的「紅五類」還是受到衝擊的「黑五類」，都期待有機會把成為一名光榮的兵團戰士作為他們未來道路的優勢選項。而成為一名兵團戰士必須經過嚴格的政審，政治審查中占絕對比例的標準便是階級出身，要求「本人作風正派，家庭和本人歷史清楚，無限忠於毛主席，無限忠於毛澤東思想，無限忠於毛主席的革命路線」。〔註10〕一旦出現「出身剝削階級家庭的子女，本人表現不好者；叛徒、特務、死不悔改的反革命、壞分子、右派子女；直系親屬被鎮壓者；有海外關係或社會關係複雜而不清楚者；本人道德質量敗壞或思想反動者」〔註11〕以上情況之一，便會被兵團拒之門外。就算軟磨硬泡、「渾水摸魚」進入到了兵團之中，也可能會遭遇被出身「較好」

〔註8〕陳雪梅：《知青文學的場域書寫——兵團知青文學與插隊知青文學比較研究》，西南大學碩士論文，2018年，頁26。

〔註9〕由嬌原：〈上海知青的故事〉，林春芬主編：《無華歲月：我們的1966～1976》，南寧：廣西人民出版社，2007年，頁48。

〔註10〕丁曉禾，塵劫：《知青暢想曲》，北京：中共黨史出版社，2006年，頁16。

〔註11〕丁曉禾，塵劫：《知青暢想曲》，北京：中共黨史出版社，2006年，頁16。

且思想激進的其他知青所牴觸、孤立的情況。如《烈火中的青春——69 位兵團烈士尋訪紀實》中提到的呼和浩特知青力丁，這個姑娘出身名門是克什克騰旗王爺的孫女，成吉思汗第三子窩闊台的後裔，由於父親時任內蒙古衛生廳副廳長，並被捲入當時腥風血雨的「內人黨」事件，一時間淪為了「黑幫子弟」。雖然其兄長是當年也具備一定影響力造反派組織「呼三司」的「司令」，但由於家庭出身問題，她並沒有通過內蒙古生產建設兵團的首批「招兵」。後來還是因為「招兵的沒招夠，降低了條件」，加上家庭「覺得解放軍相對好一些」的協助推動，才有機會進入兵團。進入兵團後，和戰友產生衝突時，還是會被在大庭廣眾下「揭傷疤」——「你有什麼了不起？別看你是高幹子弟，你爸不就是內人黨嗎」。〔註12〕

　　兵團知青紀實文學中既開放又封閉的場域空間所容納的文化內涵，是非常值得深入探討的。兵團知青紀實文學所書寫的空間場域充斥著荒涼、邊陲、甚至與境外接壤之地的元素，這就很自然使得兵團知青內心滋生出除卻拓荒之外更為「高尚與光榮」的自我認同感——戍邊的使命，寧可「馬革裹屍還」，也絕不負「江東父老」。這種保家衛國的使命感，與兵團知青「戰士」的自我身份認知一拍即合。故而，兵團知青的文學書寫被奠定了昂揚又激進、溫情又理想的精神基調，其中往往出現將兵團的場域空間想像為國家空間，在這個空間裏安置國家民族利益的意義，以滿足自身理想主義情感需要的情況。

　　正是集開放性與封閉性於一體的兵團意義場域空間，為兵團知青提供了相對農村插隊意義場域空間來講更加純粹、更加積極、更加溫情的成長場域，從而滋養出一代理想主義高漲的兵團知青，更創造出既悲壯清冽又曠達熱情的「兵團邊塞文學」。也許軍隊化的管理在一定程度上削減了兵團知青們作為年輕人頗為旺盛的自由氣質，艱苦的生存環境也在某些層面消磨了他們的青春激情，然而這種時刻具有戰場氛圍與使命感的成長場域，更為新世紀兵團知青紀實文學書寫營造出一種不可複製的青春理想。

（二）無邊界又閉塞的「插隊」知青紀實文學場域空間

　　與兵團知青紀實文學的場域空間同時具備開放性與封閉性兩種截然張力相比，插隊知青紀實文學所處的場域空間雖然沒有具體清晰的邊界，卻又是

〔註12〕老鬼：《烈火中的青春——69 位兵團烈士尋訪紀實》，北京：中國社會科學出版社，2009 年，頁 319。

相對閉塞、更難以融入的。只要是鄉村地區，似乎都在插隊知青紀實文學可書寫的場域範圍內，並沒有具體明確的界限，但由於難以撼動的原生自然條件及既有權力話語的存在，又導致其有固有的閉塞性不可忽視，知青置於其中顯然是難以完全融入並獲得歸屬感的。

較之界限明確清晰、紀律相對嚴格的生產建設兵團，插隊知青所處鄉村場域空間沒有具體邊界的重要原因，很大程度上出於利益的考慮。兵團知青在全民所有制屬性的生產建設兵團中的知青生活，本質上可以看作是一種國家雇用形態的「工作」，拿相應的級別工資也需要付出勞動，創造一定價值。當然這項「工作」被包裹了理想主義的外套，又由知青主體實踐，就不能完全以簡單的「創造價值──獲得收入」邏輯鏈條所解釋。不可忽視的是，作為一個「工作單位」，兵團對知青的管束在某種程度上也是有利益價值的。而插隊知青在鄉村面臨的情況，卻幾乎是截然相反的。雖然年輕國家為插隊知青們謀劃的生活軌跡應當是──與人民公社社員一同出工、勞動、掙工分，年底以工分分紅，抵口糧，還能收穫一些日常零用。然而，在許多條件惡劣鄉村的生存本質則是──「那些瘦薄貧瘠的土地就那麼多，產量就那麼高，並不因為增添了知青而增產。這就意味著我們要從農民的口裏分走本來就不多的糧食。你越能幹，工分越高，分值就越低。你的努力，無意中加劇了父老鄉親們的貧困。然而，你得生存」。〔註13〕也就是說，插隊知青很有可能在無意間、被迫與當地農民形成了競爭關係，分割了當地農民的生存資源。接收插隊知青的公社、生產隊也許在知青下鄉的頭一年，收到過政府補貼知青落戶安家費，及第一年供應給知青過渡的商品糧，但也背負了需要長期分配一定生存資源給知青的重擔。故而，知青插隊的公社、生產隊對知青的勞動也保持相對寬鬆的態度──只有知青掙到的工分有限，甚至需要出錢補貼不足工分，以取得口糧，才能保證生產隊在生活資料分配時向原生社員進行一定傾斜。也就是說，插隊知青所在的公社、生產隊非但不甚積極督促知青參與勞動，更可能會通過壓制知青拿到「全工分」等手段，限制知青取得工分的數額。因此，農村公社、生產隊對知青自由的限制程度也就非常放鬆了。正是出於自身整體生活質量的考慮，農村公社、生產隊同樣希望知青通過招工、上學等手段盡早離開農村，至少是戶口留在農村，自身則長期回到城市

〔註13〕孫偉：〈工分情感〉，林春芬主編：《無華歲月：我們的 1966～1976》，南寧：廣西人民出版社，2007 年，頁 125。

「啃父母」，年底回生產隊交錢拿口糧。故插隊知青的生活相對自由，邊界感也相對不明顯。

正是因為農村插隊生活的相對自由與無邊界感，甚至回城通道更為暢通，雖然兵團知青由於準軍事化編制、工資待遇等優勢成為諸多插隊知青羨慕的對象，還是有一些兵團知青通過「轉插」手段加入到插隊知青的隊伍中來。其原因正是，「由於兵團屬於軍墾性質，由現役軍人領導，所以對組織紀律抓得很緊，對知青的管理比插隊要嚴格得多，知青要調離兵團，無論是直接返城還是『轉插』，也比插隊知青的調離要困難得多」。〔註14〕如〈漫漫返程路〉一文，就回憶了知青作者「由兵團轉回東北老家插隊，以便照顧老爸」的過程。當時「以『投親靠友』為理由，由兵團轉到某農村去插隊」的「轉插」，可以說是「曲線返城」的重要管道之一，畢竟「在名義上還是從農村（兵團）轉到另一個農村，是符合當時中央的知青政策的，也不違背毛主席關於知青到廣闊天地接受『再教育』的『最高指示』，反正要比直接返城冠冕堂皇得多，也就容易得多」。更何況「從農村返城比兵團相對容易些，一般來說，只要能弄到所有的有關證明，農村是不會死卡住不放的」。〔註15〕

而由於一些難以克服的自然條件，或是無法超越權力話語，插隊知青所處鄉村場域空間又是閉塞且難以融入的。這種閉塞並不是體現在對知青的管制層面，反而是體現在作為鄉土社會的傳統鄉村，在很大程度上是對知青這些外來者是持關閉姿態的。也就是說，由於年輕共和國的探索型政策，鄉村出現了公社、生產隊等一系列新組織，並接收了下放幹部、知青等外來者，但是農村社會的本質依然是鄉土社會，其傳統內在的鄉土法則並不會輕易對外來者全部開放。這就導致了插隊知青既被從城市驅逐，又無法完全融入鄉村，在某種意義上處於精神流浪的尷尬地位。雖然大多數知青都並未被農村的鄉土社會所完全接納過，他們還是對下鄉地充斥著異樣的感情，「插過隊的人總好念叨那些插隊日子，不因為別的，只是因為我們最好的年華是在插隊中度過的。誰會忘記自己十七八歲，二十出頭的時候呢？誰會不記得自己的初戀，或者頭一遭被異性攪亂了心的時候呢？於是，你不僅記住了那個姑娘

〔註14〕嚴濤：〈漫漫返程路〉，林春芬主編：《無華歲月：我們的1966～1976》，南寧：廣西人民出版社，2007年，頁180。

〔註15〕嚴濤：〈漫漫返程路〉，林春芬主編：《無華歲月：我們的1966～1976》，南寧：廣西人民出版社，2007年，頁180。

或者那個小夥子，也記住了那個地方，那段生活」。〔註16〕可以說，多年之後知青對鄉村懷念的一個重要前提是，懷念鄉村的知青們在離開鄉村之後才能懷念鄉村，即「身」在其外，「心」繫其中。〔註17〕離開下鄉地後，知青們對鄉野的懷戀只是他們的一種精神需要而不是現實需要；對於他們來說鄉野生活是可以嚮往而不是可以達到的，是可以欣賞而不是可以長久經歷的。由於從未完全地融入過鄉村社會，故而對鄉村的懷戀甚至可以說是知青們完善自我情感的管道。

插隊知青所處鄉村場域空間既沒有具體清晰的邊界來限制知青生活，又相對閉塞排斥知青的切實融入，使得新世紀插隊知青紀實文學的書寫，更加注重個體生活經驗、自由思想追求與細膩情感體驗等個體青春經歷的表達。

隸屬於不同的場域空間，導致兵團知青紀實文學與插隊知青紀實文學包含著南轅北轍的敘事內容，且在某些層面上出現了截然相反的審美走向。兵團場域空間下知青紀實文學更適合描寫集體，更能體現人格的偉大與剛強，更能表現出年輕國度裏，知青青春浪潮整體的壯闊美；插隊場域空間下知青紀實文學則更適合個人情感的表達，敘事內容更適合故事性、體驗性的敘事，更能追溯到年輕國度裏，知青青春思索的自由感。

二、「兵團」與「插隊」知青紀實文學敘事中的青春體驗

知青赴生產建設兵團或是農村插隊兩種上山下鄉方式，本質上都是年輕的共和國在調整國家機器、探索國家制度進程中，帶有實驗性質的嘗試。知青們在兵團或是農村經歷的不同青春歲月，所解決的也正是年輕共和國面臨的兩方面重大社會問題。提到年輕共和國需要知青輔助推進的社會問題，很容易聯想到「保衛」與「生產」，其分工似乎應當是「兵團」擔任「保衛」工作，「插隊」負責農業「生產」。而事實上，「兵團」的「屯墾戍邊」職能是不言而喻的，「戍邊」當然意味著準軍事化預備隊的社會功能，而「屯墾」則代表了大規模機械化、墾荒屯田的農業「生產」勞動；那麼「插隊」知青所擔負的歷史使命則需要稍作解釋，從前文的分析大致可以瞭解到，「插隊」知青在農村社會的務農生產過程中，起到有效推動作用的比例其實並不可觀，反

〔註16〕史鐵生：《我的遙遠的清平灣》，廣州：廣州出版社，2001年，頁135。
〔註17〕魯弘：《知青記憶的不同書寫——知青作者知青小說的差異性研究》，吉林大學博士論文，2009年，頁27。

而還在某些地區搶佔了農民本就稀缺的生存資源，也就是說「插隊」知青對農村地區農業生產率的提升並非十分有效。在知青大規模上山下鄉之前就開始的知識分子下放動員令就是「我們也有兩隻手，不在城裏吃閒飯」，顯然無論是下放幹部還是知識青年，在鄉村從事農業生產成為行家裏手的比例都不甚高。故而，「插隊」知青在農村社會起到比農業生產更為重要的社會功用，就是其知識青年本質屬性的作用，即在鄉村社會傳播文化知識。

　　本節以兵團知青文集《天蒼蒼野茫茫》、《知青回眸引龍河》，插隊知青文集《苦樂年華──我的知青歲月》、《陝西知青紀實錄》等著為文本細讀底本，分析「兵團」知青與「插隊」知青的上山下鄉經歷，如何分別在年輕共和國的實驗制度下發揮作用。

（一）「兵團」的生產衛士

　　從前相關兵團知青的文學書寫總是繞不開理想主義的桎梏，而新世紀知青紀實文學的獨特組稿方式，非常有效地使得其文學敘事拋卻了過多的理想主義與悲劇色彩，向曾經真實、質樸的兵團青春進行了純粹的回溯。

　　兵團知青的日常勞動實際上已經受到了諸多文學話語的影響與改寫，在描述兵團知青生活的文學作品作用下，普遍讀者對兵團知青的勞動想像是以拓荒者的姿態征服荒涼又危險的草地與沼澤，是在豐收的麥田上意氣風發地駕駛「康拜因」……新世紀知青紀實文學則回溯了兵團知青從事勞動內容的真實。如《知青回眸引龍河》一書的前言部分，就對兵團知青的日常工作進行了非常詳細，頗有資料價值的回顧──「分場的面貌和知青的生活條件很快得到了改變。隨著這樣的改變，知青們將全分場 1900 晌黑土農田變成了改天換地的戰場，將農墾生活變成了接受再教育的社會大課堂。機耕隊的男女拖拉機手，披星戴月，自豪地駕駛著東方紅機車和康拜因，耕、耙、趟、播、割、脫，馳騁在片片一望無際的土地上；大田連的知青隊友們，頂風冒雪、日曬雨淋，在這片天地相連的大田裏，揮鋤飛鐮，天天用自己的腳步丈量著這塊土地；畜牧排的知青隊友們，天天與豬馬牛羊和雞群為伴，起圈餵食、配種生仔，給分場增添了不少生機；工副業排的知青隊友們，發揮智慧和才能，個個都成了能工巧匠，豆腐房、粉條房、燒酒房、養蜂場、木工房、工具房……為生產和生活服務，人人都做出了佳績；菜地排的隊友也從來沒有閒著，他們精耕細作，撒種、育秧、栽苗、施肥、除草，整枝、摘果、辛勤地繪畫著菜園美麗的四季圖；食堂的伙頭軍們，心裏時刻惦念著各個崗位上

的隊友，盡心盡力地改善伙食，別說逢年過節和大會戰時豐盛的飯菜，就是夜班飯、病號飯這些小細作，也令今天的我們難以忘懷；還有傳播知識文化的學校老師們，用大城市的教育理念和方法，在北疆僻壤的引龍河三分校，艱苦辦學、精心育人，取得不俗成績，當年還被評為地區的教育先進單位；還有在其他各個崗位上的知青隊友都各盡其責，謙虛學習、認真工作，在農場的這些年月裏，獲得了各項技能，得到了不少的收穫和長進。更難能可貴的是，我們先後有幾批男女知青隊伍，開拔到引嫩工地開挖河渠，支持大慶油田；進入小興安嶺林場，修築林區公路；參加引龍河青年水庫的建設等。在這些條件異常艱苦、勞動特別負重的重要建設中，承受了超常的體力消耗，一次次地勝利完成任務，在北大荒新一輪的開發中，留下了艱辛和成功奮鬥的足跡」。〔註18〕通過民間知青事無鉅細的回憶與統計，兵團知青的艱苦勞作躍然紙上，既包含符合文學想像的、熱火朝天的勞動場景，也存在著容易被忽視、卻趣味十足的豐富生活場面。

　　同樣，生產建設兵團的「衛戍」職能一度是知青文學書寫想像的重要主題，手執鋼槍、堅守崗位站成一座座豐碑的知青身影，踏著過膝白雪在邊境在線巡邏的知青小隊都是當代知青文學書寫的經典形象。而新世紀知青紀實文學的描述則在很大程度上規避了煽情的藝術手法，轉向站在歷史的下游，從知青本身出發，回眸著當初的「戍邊」職責。《天蒼蒼野茫茫——赴內蒙兵團四十週年紀念》中就從戰略的角度回顧過內蒙古生產建設兵團的「戍邊」職責，「1969年初，為了防備蘇軍突襲，中國人民解放軍沿集寧、大同、張家口一線部署了野戰軍。1969年1月24日，中央軍委下達命令，組建北京軍區內蒙古生產建設兵團，共六個師。其中第一、二、三師布置在這條從二連到集寧，『假想』蘇軍進攻路線的西側，第四、五、六師在東側。兵團司令部設在呼和浩特市。兵團戰士的主要來源是當時由於文革，積壓在城市裏的知識青年。這個命令決定了我們的命運，一聲令下我們就到了兵團。內蒙兵團的任務是屯墾戍邊，平時生產，戰時打仗。配合野戰軍，在入侵之敵之側後，騷擾敵人，破壞敵人的補給線，開展游擊戰」。〔註19〕如果說，描寫兵團知青的傳統文學作品是以知青當時的、少年人的青春視角出發，那麼《天蒼蒼野

〔註18〕沈國明：《知青回眸引龍河》，上海：上海人民出版社，2014年，前言頁3。

〔註19〕馮桐：〈朝聖記〉，任國慶：《天蒼蒼野茫茫——赴內蒙兵團四十週年紀念》，香港：文化中國出版社，2009年，頁96。

茫茫》此作,則是幾十載後,老知青回望當年自己曾經的青春背影,出於理性為自己青春經歷的倍感慶幸──「這些話語,當年融化在血液裏,卻沒仔細想一想,實際上是怎樣的情勢。現在從飛機往下看,不由得心中一悸。『當年那場戰爭幸虧沒打起來啊』。這平坦的荒原,無遮無攔,既沒有『青紗帳』,也沒有『七溝八梁一面坡』,游擊戰怎麼打啊?」〔註20〕

新世紀以來的知青紀實文學,在描述兵團知青的青春歲月時,不僅拋卻了傳統文學作品賦予兵團知青的過多浪漫想像,更結合了當時尚處年輕共和國的整體狀態。

(二)「插隊」的文化使者

如果說插隊知青的務農勞動,在促進農業生產領域尚未起到非常驚人效果的話,那麼他們在農村社會宣傳文明、傳播文化的青春實踐,無疑可以被譽為是「功在當代,利在千秋」。插隊知青作為城市知識青年,他們帶給鄉村的,不僅是足以影響農民、尤其是農民後代的文明生活習慣,更是精力充沛地持續著傳播文化,播撒知識。

插隊知青是城市拋擲到農村田地間的文明「種子」,其青春的生命力幫助著現代文明,文化在鄉村的土地上生根發芽,插隊知青最直接向農村地區輸出文化知識的方式就是以教師身份驅除愚昧的黑暗。《陝西知青檔案》中就有對知青辦掃盲班、成立夜校的記錄,〈朱家河大隊的掃盲識字課本〉一文,是由1969年落戶陝北朱家河大隊的北京知青所作,記載了北京知青在陝北為掃盲教育普及而進行的諸多工作。文中提到知青們,「給山村帶來了一些變化。比如,建立制種試驗田,推廣高產『雙雜交』玉米;試驗種植水稻;建立大隊廣播站和大隊磨坊,以及大隊夜校」,雖然農業改良是否立竿見影並不得而知,但廣播站、夜校等文化設施的設立普及著實切實地豐富了農村的文化生活。知青們開始參與掃盲工作的緣起,是出於「1970 年春,大隊成立了水利隊……水利隊中的很多女子和娃娃,都處於文盲或半文盲狀態,於是識字就成了首要任務」,自發義務地對身邊老鄉進行文化普及教育,無疑是知青社會責任感的集中體現。知青們掃盲工作的進行也是循序漸進,「最初是做了一塊小黑板,每天背到水利隊的工地上,教大家識字。後來又編印了《農民識字

〔註20〕 馮桐:〈朝聖記〉,任國慶:《天蒼蒼野茫茫──赴內蒙兵團四十週年紀念》,香港:文化中國出版社,2009 年,頁 97。

課本》。這個活動在大隊上引起了較大的反響。與此同時,很多成年人處於文盲或半文盲狀態的情況也引發了知青和大隊的關注。於是大家商議,要在更大範圍開展掃盲活動。於是,很快就成立了夜校。1970 年 11 月 15 日夜校正式開學,分低級班和高級班,使用的主課本是我們新編的《夜校課本》」。知青不僅擔任農民的掃盲教師,還從事著課本編寫印製的工作,「課本是用當時被稱之為大字報紙的、一種比較脆的白紙印製的,先用鋼板刻寫蠟板,然後進行油印」。值得一提的是,知青編寫課本時因時制宜、因地制宜的選材與切入方向,「課本的主要目標是掃盲識字,因此在選題上儘量貼近當時的政治環境和生產生活,在表述上儘量通俗易懂,以便大家掌握。其內容大致可以分為五類:一是政治教育類,二是生產實踐類,三是知識生活類,四是身邊變化類,受當時『極左』思想影響,課本也編有少量突出政治、強調階級鬥爭方面的內容」〔註 21〕,不僅目標明確,更融匯了當時諸多時代話語,甚至可以說是在意識形態層面間接完成了宣傳主義的任務。身體裏、思想中附著著知識素養是每個知識青年必然擁有的基本屬性,當文明與文化隨著他們的肉身遷徙到鄉村僻壤,並落地生根,插隊知青的青春意義就昇華成了年輕國度上的文明信使。

除擔任教師直接進行知識的傳播與灌輸外,另一個插隊知青以自身文化,切實造福鄉村的常見工作則是擔任大隊基層的「赤腳醫生」、「衛生員」。縱使是具備一定知識基礎的知青擔任「赤腳醫生」也需要經過一定的培訓,這時候知青敢想敢幹的年輕人盡頭就發揮了巨大作用。講述知青「赤腳醫生」在出診途中遇到意外的紀實文學〈傷逝〉,就通過披露知青「赤腳醫生」的日記,展示了知青發願以自身文化拯救農民疾苦的心路歷程——「夜裏 3 點鐘,郭景達和雙喜來敲門討藥。郭景達二哥的小孩病了,還不到一歲,真不敢給藥。向東給了八片土黴素。早上起來,聽說向東給了藥,很膽顫。匆忙吃過早飯,準備去羅家山上看看去。路上碰到郭景達和他二哥二嫂抱著孩子去安滿看病。看著貧下中農焦急的面孔,深切醫藥衛生對於五億農民是多麼重要。稍微重點兒的病就要到幾十里路以外去看,誤工不說,病人的危險很大。我們這些知識青年裏一定要有一個人決心學醫」。透過半個世紀前知青日記,「衛生員的工作是非常重要的。為了徹底改變農村缺醫少藥的現象,我應該學好

〔註21〕渭水:《陝西知青紀實錄》,西安:太白文藝出版社,2015 年,頁 591。

衛生員。咱學醫，一不為名，二不為利，就是要以白求恩為榜樣，好好為貧下中農服務。一想到貧下中農由於缺醫少藥而產生的種種痛苦，渾身就有用不完的力量。下定決心從自己身上開始練，一定要學出個名堂來」〔註22〕，可以明顯感受到認識到學醫重要性、且極富責任心的知青們，將自身文化充分運用發揮到醫藥衛生領域，對下鄉地農民群體的重要意義。

知青紀實文學中描述插隊知青日常勞動的文章，有很大比例是落腳於艱苦的農業勞動，新世紀的視角下，知青們對曾經從事過的農業勞動回想，除了頗感辛苦之外還添了幾分意趣盎然。然而，以相對正式口吻書寫的插隊經歷的知青紀實文學，除了有悲劇意味的故事外，講述最多的就是插隊知青在農村地區傳播知識、播撒文明的青春經歷。

可見，從某種角度來說，知青上山下鄉的經歷是他們以共和國同齡人的身份，陪伴共和國共同成長的過程。年輕的共和國處於探索制度建立、國家機器運行模式的初級階段，在摸索中建立的、具有實驗性質的生產建設兵團與人民公社是接受知青上山下鄉的主要去向。新世紀以來的知青紀實文學，通過特殊的組稿方式，相對明晰地區別了「兵團」與「插隊」知青所處的不同場域，真實地勾勒了助力年輕共和國成長的過程中，知青們在不同場域綻放的別樣青春。

〔註22〕渭水：《陝西知青紀實錄》，西安：太白文藝出版社，2015 年，頁 433。

第五章 知青支流——「域外聖火」與 「滄海漂泊」

　　二十世紀六七十年代是一個呼喚青春的年代，「青春」作為時代的關鍵詞受到了廣泛的謳歌與讚美。從天安門廣場上的「紅八月」〔註1〕到巴黎街壘中的「五月風暴」〔註2〕，全球範圍對青春的盛讚形成了波瀾壯闊的巨浪滔天，這時「青春」已不僅可以用來指稱個體、群體的青蔥年華，更象徵著民族、國家乃至世界激越澎湃的時代脈搏。作為一種具備著相當社會意義與廣泛象徵意義的文化主題，青春文化是群體的產物，其產生有賴於青年群體的形成。青年群體的形成與社會生產方式、生活方式的發展變化存在著緊密聯繫——在以自然經濟為主的傳統社會裏，由於自給自足的小生產方式和相對保守的家族制度，青年的生活被緊閉在狹小的社會範圍裏。無需走出這片狹小的天地，青年便可以從父輩手中獲得關於生產和生活的全部技能和知識，無需與別人合作共事，青年一個人就能單獨地從事勞動和繼續生活。在這樣的生產和生活方式中，青年彼此間很少橫向聯繫，這個時期青年是以個體形式存在的，具有過渡性質的「青年期」及專門的青年群體在社會中並不普遍；步入工業時代後，隨著機器生產的發展，生產技術日益複雜化，生產組織形式日趨多樣化，生產的產品和工序日趨標準化。社會化大生產的發展要求青年努力提高生產技術，走出家門參加社會性的勞動組織，積極掌握暸解社會

〔註1〕「紅八月」，即指1966年8月，是「文化大革命」過程中衝突極其激烈的一個階段，通過領袖接見紅衛兵等活動，紅衛兵運動在此時達到高潮。
〔註2〕「五月風暴」，即1968年5月法國爆發的一場學生罷課、工人罷工的群眾運動，其部分理論分支與「來自中國的革命經驗」多有借鑒勾連。

生活的規範準則，以適應時代的發展和需要。這才改變了原先那種封閉狹隘
的生活方式，大批青年進入學校，進入工廠，走上社會。只有到這時候，社
會上才出現了普遍的青年聚群現象，產生出各種各樣的青年群體，並進而興
起了廣泛的青年運動〔註3〕──可見，青年的群聚現象是青春文化加入社會
文化序列並得以發展壯大的基礎前提。值得格外關注的是，二十世紀六七十
年代青年群聚現象的整體背景，是世界範圍內的、大規模戰爭造成的、整體
性的社會撕裂和折斷。真正構成代際衝突的決定性因素是社會斷裂，經歷過
社會斷裂和沒有經歷過社會斷裂的群體間會產生難以逆轉的代際差異。〔註4〕
而二十世紀六七十年代形成群聚效應的青年，幾乎都是出生於大規模戰爭之
後，使得那一時期的青春文化，對「青春」與「革命」的呼喚是相當一致而
熱烈的。

　　在世界性的「青春」與「革命」文化浪潮中，中國知青，不僅是潮頭引
人注目的浪花，更是那一時代青春主題思潮的傳火者。將中國知青置於二十
世紀六七十年代世界「青春」與「革命」文化浪潮的討論還相對有限，而知
青紀實文學的相關記載不僅是中國知青匯入世界青春時代浪潮印記的留存，
更是新世紀以來海外知青回溯青春經歷的心路歷程。本章將中國知青的青春
命題放置於世界「青春」與「革命」文化浪潮的時代大背景下，藉由《中國
知青終結》（鄧賢）、《紅飛蛾》（王曦）等著，感受知青對於國境線外時代熱
情感召與青春熱力的傳播，挖掘知青一代與當時國際時代的諸多橫向互動；
同時也將通過對定居海外知青的文集《三色土》、《天涯憶舊時》進行分析，
探討知青紀實文學在海外的發展歷程與「老知青、洋插隊」的青春回眸。

一、域外知青的燃情青春

　　二十世紀六七十年代，社會代際為大規模戰爭所撕裂、折斷後出生的新
一代青年人，掀起了世界範圍內呼喚「青春」與「革命」文化浪潮。中國知
青一代上山下鄉前在城市的紅衛兵經驗，無疑是這一時代世界左翼青春文化
與革命實踐的「奧林匹斯聖火」。無論是法國的「五月風暴」、日本「紅衛兵
運動」的理論借鑒，還是知青們自發越界、身體力行的直接輸出，中國知青

〔註3〕劉廣濤：《二十世紀中國青春文學史研究──百年文學青春主題的文化闡釋》，
　　　　濟南：齊魯書社，2007年，頁9。
〔註4〕〈致敬一個年代！──五十年過去了，青年文化怎樣了？〉，《青年學報》，2018
　　　　年第四期，頁69。

無可厚非是世界「青春」與「革命」時代浪潮的排頭兵、傳火者。而知青們呈一定規模的自發越界，對當時世界青春革命潮流的作用方式又不盡相同——如果說泅渡廈金海域赴臺、七十年代的逃港、跨越北方邊境進入蘇俄等越界行為是出於對失控社會現狀的無望，依憑自身青春力量，針對社會「革命」進行的個人「革命」；那麼知青由雲南地區越界參加緬共、流落金三角，或是奔赴對越作戰戰場的跨界行動，則是對當時共和國青年最響亮口號「支持世界革命，實現毛主席解放全人類的偉大理想」〔註5〕的切身實踐，是帶有濃厚共和國色彩、交織著理想主義、英雄主義與青春豪情的「革命輸出」。

　　華語文化圈對出於「支持世界革命」理想而越界的域外知青的關注，可以追溯到二十世紀七十年代末八十年代初期，臺灣《聯合報》、時報出版社先後連載並出版了流落金三角地區的女知青作家曾焰，反映知青流亡漂泊生活的小說《七彩玉》、《風雨塵沙》。1990年出版的《中國知青部落》第一部《知青大逃亡》中，也有大返城大逃亡時刻知青結伴參加緬共游擊隊，回城關頭知青踏上專列、奔赴越南參戰的情節。而真正開始引發對「支持世界革命」域外知青廣泛關注的作品，則是新世紀伊始出版的長篇紀實文學《流浪金三角》、《闖蕩金三角》、《中國知青終結》等著。步入新世紀，知青紀實文學尚處於「小陽春」的發展階段，經典作品層出不窮。2000年著名作家鄧賢《流浪金三角》一著的問世，其紀實的筆觸、異域的視角，在很大程度上與傳統書寫國內知青情況的文學作品拉開了距離，引發了公眾含有獵奇情緒的關注與不同尋常維度的思考；2002年收入《中國知青民間備忘文本》系列的《闖蕩金三角》（曾焰著）一書，搭載曾引發萬人空巷的《中國知青民間備忘文本》叢書平臺，再一次強勁助力了讀者群體對流落金三角知青的關注與想像；2003年鄧賢再推力作《中國知青終結》，將敘事重心完全落實在域外知青方面，對為「支持世界革命」理想而越界知青群像的輪廓再做勾勒……毋庸置疑，關於「支持世界革命」域外知青的紀實文學書寫，將中國知青置於了世界呼喚「青春」與「革命」的時代文化場域，擴展了知青文學的題材領域與寫作格局，豐富了知青文化思考的維度。而民間域外知青的紀實文學創作也並未止步，李必雨《亡命異邦‧緬共游擊隊十年親歷記》、劉書明《赤色之旅》、王曦《紅飛蛾》系列（《紅飛蛾薩爾溫江絕唱》、《紅飛蛾叢林煉獄》、《紅飛蛾金

〔註5〕陳桃霞：《20世紀以來中國文學中的南洋書寫》，武漢大學博士論文，2013年，頁202。

三角畸戀》、《紅飛蛾國際悲歌》）等著都是域外知青不該被遺忘的青春苦旅與紅色悲歌。

（一）自發越界的「飛蛾撲火」

「支持世界革命」的域外知青是「當年盤根錯節的知青大樹上，一枝如紅杏出牆的另類分支」〔註6〕，時過境遷，新世紀知青紀實文學對其的挖掘與書寫，毫無疑問拓展了遮蔽這一最為理想化知青分支的、常規的、長期侷限於國內的「革命」文學敘事視域。當眾多知青將自己拋擲在廣闊天地，從事日復一日、年復一年的勞作時，以「支持世界革命」為己任的一部分知青則利用地緣優勢於驚險萬丈中偷渡出境，從此開始了為紅色理想而拼搏，以血肉之軀踐行著切格瓦拉的精神，於蒙昧的衝突中揮灑、燃燒著自己的熱血、夢想與青春。

「當一個人對自己國家的黑暗現實早已充滿絕望的時候，來自異域的革命想像也許是他最重要的精神支撐」〔註7〕，無需諱言，當年中國知青投身緬共，踏上「輸出革命」的域外之旅時，他們各自所面對的自身處境也是非常複雜的。從「非勞動人民家庭出身」的資本家後代，到「走資派父親已經被打倒，身陷囹圄」的「受衝擊」高幹子弟，有與「在荒涼的流放之地上唯一的根」的女友訣別後，還「被掙表現者告發」、「隨時將有殺身之禍」的「黑五類狗崽子」，也有「報了父親被造反派整死之仇」、「有案在身」的「外逃青年」，甚至包括曾受到政局動盪衝擊影響，「逃回祖國讀書」、「天天想夜夜盼，希望有朝一日還能夠重返家園，見到親人」、勵志「打回仰光去」的緬甸華僑……然而，真正促使域外知青義無反顧地跨過界河、投身「世界革命」的根本動力，依舊是他們源於牙牙學語、蹣跚學步就耳濡目染、且身體力行過的一系列紅色國粹、革命教育，是「解放全人類」的革命英雄主義理想，是「已經獲得革命勝利的人民，應當援助正在爭取解放的人民的鬥爭」的國際主義義務，是深植心中、以「槍桿子」「幹革命」的青春理想。

於槍林彈雨中體味紅色理想的渴望，使得異域的戰火瞬間引燃了知青們心中早就蓄勢待發的革命火種與青春熱情，而充斥著奇聞異見的金三角原始莽林的域外環境背景，更使得革命的緊張感得到一定程度的緩解。故而，當

〔註6〕王曦：《紅飛蛾——薩爾溫江絕唱》，香港：天馬出版有限公司，2011年，頁4。
〔註7〕符杰祥：《知識與道德的糾葛：魯迅與現代中國文學者的選擇》，上海：東方出版中心，2009年，頁75。

知青紀實文學書寫中，提及知青內心受到國際共產主義強烈感召的瞬間，總是頗具浪漫情懷，「槍與玫瑰」的「革命加浪漫」模式，在此昇華為銘刻終身不褪色的青春顯影。《中國知青終結》中關於知青紅色理想點燃瞬間的描寫就頗具儀式感——「許多年前一個多情而柔軟的雨季黃昏，天光像箭矢一樣在清澈的界河上被太陽照亮，那裡的人民還在受苦受難，所以當紅衛兵小將鄔江河看到一面游擊隊紅旗在國境對面高高飄揚時，那簇鮮豔的紅色立即像火苗一樣點亮他的眼睛。他的耳邊奏響時代的鼓樂和吶喊，理想主義的颶風托起年輕人的思想翅膀，飛向壯麗的戰場。他明白，他的生命注定是為紅色而燃燒的」〔註8〕，這是描述幾乎是第一個參加金三角游擊隊的中國知青鄔江河，受到心底國際共產主義情緒感召的瞬間，想像中的紅色軍旅意象成為了切實感召知青投身緬共的集結旗幟；對受紅色戰爭教育哺育的知青一代來說，紅色軍旅的意象幾乎是不能拒絕的誘惑，「這時候界河對面忽然有了動靜，他們驚訝地看見，在亞熱帶黃昏的天幕背景下，高高的河岸像一座舞臺，一隻威武雄壯的外國紅色游擊隊正從他們眼前經過。一剎那銀幕上的革命年代復活了，《閃閃紅星》《南征北戰》《萬水千山》《紅軍不怕遠征難》……獵獵紅旗河戰士扛槍的剪影像匕首一樣刺進他們的眼球……他們決定走進銀幕的故事裏去」〔註9〕；域外知青受到國際共產主義運動感召的瞬間，充斥著神聖與崇高的情緒，如「一陣嘹亮的軍號聲擊碎了界河的黎明，氤氳的霧氣在東升的朝霞中漸漸消散。極目遠眺，在界河對面黛黑色的山谷裏，康國華看見一面游擊隊招兵站的紅旗跳躍而出，這小小的一點紅色極大地鼓舞了他，他感到自己的心臟像一張帆，頓時被海風鼓得滿滿的。他決心要乘風破浪，駛向無比壯麗的戰爭大海，幹出一番驚天動地的事業來。一切人為的桎梏障礙都不能阻擋他」〔註10〕。正是這種神聖的崇高感使得鄧賢將曾為《中國知青終結》一書定名為《中國知青祭》，意在為知青的青春排演一幕頗具儀式感的祭典。

除「鋼槍與玫瑰」模式的青春祭典外，知青紀實文學中表現知青遵從內心國際共產主義強烈感召、投身緬共的另一個極具煽動性動因，即是紅色年代革命話語鼓舞下瞬間引燃的青春熱情。如《中國知青終結》中提到「紅色

〔註8〕鄧賢：《中國知青終結》，北京：人民文學出版社，2003年，頁17。

〔註9〕鄧賢：《中國知青終結》，北京：人民文學出版社，2003年，頁19。

〔註10〕鄧賢：《中國知青終結》，北京：人民文學出版社，2003年，頁18。

游擊隊大舉圍攻 B 城」之時,「槍炮聲吸引了許多邊疆知青」,抱著圍觀一場「不是軍事演習的,真正的戰爭」的好奇心,「一時間外五縣知青聞風而動,遠至數百里外的知青都紛紛趕來」,「紅色游擊隊在界河對面開戰,知青隔河觀戰」。本來只是自幼經歷革命戰爭教育的知青們,得到了千載難逢的觀戰機會,可以有機會隔岸觀火地觀摩一場真實激烈的戰爭場面。而當「戰鬥進行到白熱化的攻堅階段,游擊隊派出精銳之師『知青旅』時,本就如癡如醉、興奮不已的狂熱知青觀眾們的情緒瞬間被推上了高潮。「他們歡欣鼓舞,瘋狂揮動手臂,掀起陣陣狂浪,發出山呼海嘯一般的呼喊聲,為『知青旅』喝彩加油」,甚至是「唱起了《國際歌》,悲壯激昂的歌聲經久不息」。此時「戰爭如同一場山洪,火星濺過國境,落進山坡上那些躍躍欲試的年輕觀眾心中」,一句「媽的!要是世界革命成功,想打仗都沒有機會……你們到底去不去」,樸實無華又極具煽動力的「豪言壯語」之下,「槍聲未熄,就有許多男女知青被點燃了,他們成群結隊地趟過界河,迫不及待地踏上異國土地去參軍」,「據說當天越過邊境的中國知青超過數百人」。如果說真槍實彈的戰爭場面圓滿了知青們長期接受紅色教育的戰爭幻想,那麼「知青旅」的精銳亮相無疑使得圍觀知青內心開始產生質變,「同為下鄉知青,如今有人已經穿上游擊隊軍裝,扛起武器,為解放世界人民而戰」,不由得讓隔岸觀火的觀戰知青們在心裏開始進行衡量與對比,「相比之下,國內知青那種日出而作、日落而息的農耕生活不僅平庸蒼白,簡直就是浪費生命」。〔註11〕而「要是世界革命成功,想打仗都沒有機會」的「豪言壯語」則更是直接推動上百知青當即蜂擁過河、投身世界革命的催化劑,不甘平庸的青年人唯恐建功立業不及的心聲,附著在單純、衝動、又充滿力量的粗糙表達上,投擲於內心蠢蠢欲動的觀戰知青群中,所產生的炸裂效果一時間燃爆了諸多或許還尚在猶疑的青春;紅色革命話語對域外知青的直接煽動,同樣出現在《紅飛蛾——薩爾溫江絕唱》的描述中,「兄弟,不自由,毋寧死!寧為玉碎,不為瓦全!」「走!投緬共去!挺起胸來堂堂正正做人!」「與其虛度青春,浪費生命,報國無門,不如獻身異國革命,去做濟世英雄!」的呼聲,在「隨處可見三三兩兩穿緬共軍服者」,有著「專門收治緬共人民軍傷病員的解放軍 108 醫院」,國際主義氣氛濃鬱的遮放小城中,以公開的口號姿態此起彼伏,將知青們即將付諸實踐,投身緬共、「輸出革命」的青春壯舉宣之於口。其中「重鑄咱們紅衛兵時代的生命輝

〔註11〕鄧賢:《中國知青終結》,北京:人民文學出版社,2003 年,頁 22。

煌，死而無憾！」的口號格外獨特。〔註12〕在傳統的國內知青書寫中，知青的紅衛兵經歷與知青經歷之間呈現出明顯、人為的斷裂狀態，出於或許是懺悔、或許是憤怒、或許是不解等難以梳理的複雜情緒，知青書寫中鮮少涉及到之前的紅衛兵經歷。「重鑄紅衛兵時代的生命輝煌」這樣帶有明確正面評價色彩，並試圖重新召喚紅衛兵生涯的直接表述更是極其罕見。而將視線從國內知青推及到域外，則面臨著一套完全不同的評價標準，中國紅衛兵不僅是世界「青春革命」的榜樣，其武鬥經驗簡直成了「輸出革命」的「儲備軍齡」。當「紅衛兵們」從「山重水複」中跋涉到邊境，「有幸」踏上不再是虛擬模仿的，而是支持世界革命、解放全人類的，國際主義的革命道路時，正值多事之秋的緬甸叢林，成了他們傳承演繹曾經「英雄」業績的絕妙際遇和生命舞臺，於是「他們不再抱怨生不逢時」。在紅色話語的煽動下，知青心中似乎已經沉睡的集體無意識再次被煽動，同樣青春逼人、意氣風發、熱血沸騰，往虛擬的理想王國奮勇衝撲而去。

新世紀知青紀實文學筆下，域外知青作為知青中的另類群體，他們從國內沉滯的知青生活中超脫出來，在「支持世界革命」這句響亮的口號下激情澎湃、義無反顧地奔赴異國他鄉。在不時溢出紅衛兵般激情洋溢的紅色暴力美學話語的鋪張揚厲下，域外知青高揚著的理想情懷與異域浪漫風情融合，造成文本張力的同時，也在風雨如晦的年代裏，使得他們激越的青春熠熠生輝。

（二）異域燃燒的青春之焰

「緬甸邊境小街孟古周邊環繞著一條寬不過十米的小溪，在一躍而不能過之際，還得耐心地脫鞋、捲褲腿涉過」〔註13〕，故而，凡投身緬共的中國知青，皆因偷涉此河而被譏稱為「褲腳兵」，那條小河在域外知青心中的寬度和深度是無與倫比的，一旦跨過，他們的生命歷程就此改寫。新世紀知青紀實文學將筆觸伸向這群懷著改造世界的理想，以個體行動抵抗灰色知青生活，成為「褲腳兵」的域外知青，其落腳點不僅是揭蔽、記錄一段紅色年代不該被遺忘的、獨特的青春史詩，更是擦亮了「在整風、國際共運退潮等一

系列現實中理想破碎後，淪為世俗社會另類」〔註14〕的，經歷過域外流亡的知青們，雖蒙塵埃卻無可掩蓋的知青底色。

知青紀實文學書寫中，域外知青以「捲起褲腳」的行走姿態跨過國境線，轟轟烈烈地投身於異域國際共運的過程，是在其知青身份認同的基礎上，不斷疊加不同性質新身份元素的過程。跨越國境線之前，域外知青與傳統意義上的國內知青並無本質上的區別。由於尚未發生「國際主義壯舉」的出境實質，其蠢蠢欲動意欲「輸出革命」的打算，甚至還「大有外逃之嫌」，「如果被抓住，戴上『叛國投敵』的黑帽子，那就是死罪了，縱有一百張嘴也說不清」。〔註15〕而一旦跨過界河，域外知青的生命歷程就隨即發生了不可逆轉的變化，自發出境經歷在他們的知青本色上疊加了第一層英雄主義的悲壯情調與異域叢林的魔幻色調。《紅飛蛾──薩爾溫江絕唱》就以「脫胎換骨，生命重塑」來描述跨過界河時宛若新生的感觸，「這一天是 1970 年 5 月 19 日，恰好是我 20 歲的生日。我並非刻意要用脫離母腹、呱呱墜地的日子來界定人生段落和生活的新開端，但這種巧合彷彿就是天意，是命運之神安排了這一天為我進行脫胎換骨，生命重塑」。與此同時，跨越國境線的舉動與身處異域的現狀，也賦予了域外知青「理直氣壯」、「解放全人類」的光環與正當性，「我新生命開始的第二天，又恰逢毛澤東著名的『全世界人民團結起來』聲明發表，一時間，繼『再教育』之後，『東風吹，戰鼓擂，現在世界上究竟誰怕誰……得道多助，失道寡助』又成了時代最強音。這無疑等於向『解放全人類』一族，注入了強心劑和精神興奮劑，我們這群不安於現狀的叛逆者，被賦予了新的歷史使命，投奔緬共者頭頂頓時閃現起耀眼的光環。在支持世界革命的主旋律中，我們激情的音符更理直氣壯，我們不再抱怨生不逢時。現在，我們已處於國際主義的潮頭和漩渦中心，頗感驕傲！我們慷慨赴死的腳步更加義無反顧」。〔註16〕

真正在「支持世界革命」域外知青青春生命底色上塗抹濃墨重彩一筆的關鍵經歷，則是他們胸懷豪情萬丈、抱定「解放全人類」信念、直投緬共軍

〔註14〕陳桃霞：《20 世紀以來中國文學中的南洋書寫》，武漢大學博士論文，2013 年，頁 238。

〔註15〕王曦：《紅飛蛾──薩爾溫江絕唱》，香港：天馬出版有限公司，2011 年，頁1。

〔註16〕王曦：《紅飛蛾──薩爾溫江絕唱》，香港：天馬出版有限公司，2011 年，頁21。

隊並被接納的瞬間。《中國知青終結》中，當 1968 年「第一個越過界河的衛校學生鄔江河走進游擊隊招兵站……他顫抖著手指填寫招兵表格」時，一場中國知青投身世界革命的歷史大劇就此拉開序幕。起初緬共游擊隊對不遠萬里、舍生忘死投身緬甸解放戰爭的知青們還進行過一番詢問，「軍官坐在桌子後面，皺起眉頭打量這個局促不安的中國學生，感覺像審訊犯人。他問：你是個外國人，為什麼要參加紅色游擊隊呢？他挺起胸膛回答：支持世界革命，解放全人類。軍官問：你知道游擊隊的宗旨嗎？他答：消滅反動派，武裝奪取政權。軍官又問：打仗會流血犧牲，你害怕嗎？他聽見自己大聲回答：革命不怕死，怕死不革命」。當知青「看見那個軍官臉上的烏雲開始消散，滿意的笑容像太陽一樣露出來」時，他知道自己成功了。〔註17〕時至《紅飛蛾——薩爾溫江絕唱》中記載的 1970 年，隨著紛紛投奔緬共的中國知青如過江之鯽，「一個連隊小文書彈指一揮間，參軍就輕鬆搞定」，僅憑小文書一紙名單認證，新來的中國知青就成了花名冊上正規的緬共游擊隊員。值得域外知青銘記許久的是，理想中的革命隊伍——緬共游擊隊對中國知青思想上的認可毫不含糊，《紅飛蛾》中就記載了緬共東北軍區政委對中國知青所致的歡迎詞辭，「歡迎中國知識青年同志們加入我們緬甸人民軍！緬甸革命需要你們。你們響應全世界無產階級的偉大導師毛主席的偉大號召，繼承發揚白求恩同志的國際主義精神，勇敢地投身於支持世界革命、解放全緬甸、解放全人類的戰鬥，這是一種值得我們緬甸共產黨人和緬甸人民尊重和學習的、高尚的共產主義風格……」〔註18〕緬共游擊隊招兵站，走進去的是胸中激蕩著「支持世界革命」熱情，渴望投身入國際共產主義戰爭的越界知青，走出來的則是「解放全人類」理想受到認可、受到響應，被軍事化組織正式接納的，具備緬共軍人身份的域外知青。

而另一層域外知青青春史上最不可磨滅、至今依舊光彩熠熠的奪目色彩，幾乎每一個「支持世界革命」域外知青個體都銘刻於心的場面，是他們切實地穿上屬於自己的軍服，握緊屬於自己的第一支槍的時刻。《紅飛蛾》書中就對域外知青拿到人生中第一支槍的過程，給予了非常鄭重的關注。「槍，從中國瀾海兵站公路邊的簡易倉庫裏領取，把講究的軍用木箱撬開，一枝枝

〔註17〕鄧賢：《中國知青終結》，北京：人民文學出版社，2003 年，頁 31。

〔註18〕王曦：《紅飛蛾——薩爾溫江絕唱》，香港：天馬出版有限公司，2011 年，頁35。

拿出,包著一層油紙,糊滿濃膩的黃油,用了大把棉紗才揭抹出來。這是一支閃著鋼鐵烏光,槍柄護木黃橙橙的 M21 半自動步槍,是點著名字發到手中的,屬於我自己的新槍。從此,我的生命和這支槍一樣地嶄新鋥亮。配給一個基數 120 發黃燦燦的子彈,裝滿了草綠色的帆布彈袋,披掛到身上,腰間還掛有和步槍配套的 4 顆木柄手榴彈。這下可就威風凜凜,豪氣衝天了」。〔註19〕第一次身披軍服、手執鋼槍的緬共新戰士們,流著「幸福的熱淚」,「有種放聲歌唱的衝動」,「有些像鳥兒,不是用腳走路而是在飛」,懷著無比自豪的心情期待「讓父老鄉親、同學朋友好好看一看,自己已經是個真正的革命軍人了」〔註20〕。軍服與鋼槍,對自幼接受紅色教育的域外知青來說,是根深蒂固紅色理想的代表性意象,對部分出身成分較高的知青來說,更是血統論注定的身份發生歷史性轉變,真正將自我命運把握在自己手裏的象徵。《中國知青終結》中,資本家的兒子從連長手中接過衝鋒槍的一刻,發出了這樣由衷的感慨,「一個打入另冊的黑五類狗崽子,如今緊握鋼槍,成為一名光榮的紅色游擊隊戰士,獲得為世界人民解放而戰的權利,這不是脫胎換骨是什麼?不是獲得新生又是什麼」〔註21〕。同樣的情感也出現在《紅飛蛾》中,「20 歲以前的陳舊生活和卑賤的生命就此結束了,一個嶄新的生命從此誕生。我終於如願以償,在異國他鄉實現了在祖國不可能實現的夢想,穿上了威武的綠軍裝,拿起了沉甸甸的武器,成為了一名真正意義上的戰士!」〔註22〕當域外知青生命的知青底色,被疊塗上軍旅的迷彩,他們的生命在完全不同的異域維度,燃燒起了青春的火焰。

　　知青紀實文學異域書寫的筆觸,為域外知身份認同疊加了諸如異域、理想、軍營迷彩等多層次元素,而域外知青的知識青年本質屬性依舊是其生命的底色。「知識」是作為時代知識分子的知青,他們猶能敏銳地感受到理想與意識形態之間的衝突。「青春」則是縱使面對張力、衝突與悲劇,即使懷揣浪漫、思鄉與夢想,依舊義無反顧以自身為火種,為理想、為建功立業而在異域的土地上,燃燒起熊熊不滅的青春火焰。當穿越半個世紀塵埃的照片中「穿一身簇新肥大的軍裝,捆著結實的武裝帶,雙手緊握衝鋒槍」的,目光清澈

〔註19〕王曦:《紅飛蛾——薩爾溫江絕唱》,香港:天馬出版有限公司,2011 年,頁 43。
〔註20〕鄧賢:《中國知青終結》,北京:人民文學出版社,2003 年,頁 24。
〔註21〕鄧賢:《中國知青終結》,北京:人民文學出版社,2003 年,頁 24。
〔註22〕王曦:《紅飛蛾——薩爾溫江絕唱》,香港:天馬出版有限公司,2011 年,頁 43。

的年輕戰士，將自己的雙眼、生命、青春都點燃在異域叢林的戰場上時，知青紀實文學的青春敘事，為他給祖國留下了「扔掉煙頭，重新將機槍抗在肩頭上」，「界碑對面的大地彷彿舞臺，群山如同背景，在一輪血紅的夕陽映照下，機槍手和他的戰友就要走上炮聲隆隆的戰場」〔註23〕的，威武至極的青春背影。

新世紀以來的知青紀實文學給予了「支持世界革命」的域外知青格外關注，那是「一群共和國同齡人，在上世紀六七十年代，文革動亂中求學無門、報國無門、生存無計的窘迫狀況中，紛紛鋌而走險，闖入烽煙滾滾的緬甸叢林，他們渾身披掛起『英特納雄耐爾』的重甲，騎上瘦骨嶙峋的赤色戰馬，一手揮舞『解放全人類』長矛，一手高舉『一不怕苦，二不怕死』的革命英雄主義盾牌，一鼓堂吉訶德愚勇，向異域大風車狂熱地衝撲而去」〔註24〕的紅色苦旅與青春史詩。這些支持世界共產主義革命運動的「羅賓漢們」，其理想主義的英雄壯舉，飛蛾撲火的執著精神，獻祭世界革命的青春激情是知青作為知識分子的流亡，是另類知青經歷的重構，更是沉睡多年青春的再次覺醒。知青紀實文學對域外知青的書寫與關注，是對國內高度組織化的知青命運的超越，具有填補知青文學敘事空白，豐富知青文學書寫格局，擴大知青文學文本表現視域的意義。更是在共時性中，將域外戰爭、國際共運、中國知青置於同一時空背景下，將中國知青的青春拓展到世界「青春」與「革命」文化浪潮時代背景下的關照。

二、海外知青紀實文學書寫的青春歸途

從尚在廣闊天地「土插隊」時期的自發越境，到改革開放後出國謀求進一步發展的「洋插隊」，知青是共和國歷史上身體力行與國際產生諸多切實廣泛交流接觸的第一代。曾經經歷過知青生活、後定居境外的海外知青們，其人生歷程既經歷過廣闊天地的艱苦歷練，又闖蕩過遠渡重洋的滄海漂泊，「憶當年，我們無比驕傲。在那文革期間，我們捲入了『土插』的歷史潮流，無私地奉獻了我們的年華。在一望無際的東北農場披荊斬棘，屯墾戍邊。汗水當墨鋤當筆，鋪開黑土作畫紙。書寫了一部豐富多彩，可歌可泣的知青史；

〔註23〕鄧賢：《中國知青終結》，北京：人民文學出版社，2003年，頁22。

〔註24〕王曦：《紅飛蛾——薩爾溫江絕唱》，香港：天馬出版有限公司，2011年，前言頁7。

看今朝，我們無限自豪。在改革開放的年代，我們又擠上了『洋插隊』的列車，漂洋過海，遠離家鄉，奮力拼搏，嘗盡人間的甘苦，又寫了一部動人的知青留洋史」。〔註25〕而知青經歷更是海外知青們魂牽夢縈、難以忘懷的青春積澱、人生基石，「有了『土插隊』這碗酒墊底，什麼樣的『洋插隊』都不怕」。

與大陸地區知青文學現象幾經跌宕的沉浮起落相較，海外知青文學的創作與海外接受一直相對穩定於紀實領域。鑒於海外知青紀實文學的發展歷程及現實功用頗為獨特，既曾擔當境外瞭解「大陸真實」的重要窗口，又切實鼓舞過曾經海外華人奮鬥的夢想，新世紀以來更是旅居海外知青回眸當年的青春歸途……本節在對海外知青文集《三色土》、《天涯憶舊時》等進行具體文本分析前，將先簡要梳理回顧海外知青紀實文學的發展歷程。隨著國際環境的變化，歷經數十載，由先後親身過「土插隊」與「洋插隊」的海外知青進行的知青紀實文學書寫，跳脫了由「獵奇」到「傳奇」的桎梏。新世紀以來，海外知青紀實文學以組織化、民間化、多元化的姿態，通過回溯知青年代的青春主題，充分強調將知青的青春屬性，為海外知青鋪敘了一條青春歸途。

（一）海外知青紀實書寫的興起

海外知青紀實書寫作為西方世界瞭解當時中國的直接窗口，最早興起於二十世紀六七十年代，除自敘體裁外，多呈現為西方記者或漢學家對通過各種管道離境的中國知青進行訪談的模式。自1972年《The Revenge of Heaven: From Schoolboy to Little General in Mao's Army》（凌耿 Ken Ling）在美國出版開始，由英文書寫的「文革」回憶錄開始在西方世界聚集眾多讀者，躋身暢銷書排行，斬獲頗多文學獎項，甚至被列入大學推薦閱讀書單，成為西方學界瞭解中國當時歷史文學的必讀資料。〔註26〕《Daughters of the Red Land》的作者李彥認為，「用英文創作的目的，就是要讓西方人能直接讀你的故事，接受你想陳述的事實和理念，這實際上是一種話語權」〔註27〕，正是這種英文

〔註25〕休斯頓知青聯誼會：《三色土——旅美知青的故事》，香港：文匯出版社，2001年，頁623。

〔註26〕趙慶慶：〈海外傷痕回憶錄：祛魅的身份和歷史重建〉，《華文文學》2012年第二期，頁117。

〔註27〕趙慶慶：《楓語心香——加拿大華裔作家訪談錄》，南京：南京大學出版社，2011年，頁65。

書寫、傳播、接受的因地制宜，進一步引發了西方讀者瞭解文革時期中國真實情形的興趣，加之回憶錄內含了對讀者講述真人真事的、潛在的「自傳契約」，故而包含文革經歷、由文革親歷者知青所書寫、或敘述的回憶錄（最初是英文回憶錄居多）一經問世，即受到了西方世界熱烈的關注。加拿大學者梁麗芳在解釋這一現象時就提到，「中國一度是跟海外分隔的，很多事情在中國發生了，我們海外都不知道，西方對中國感到很神秘。因此任何能流出來的消息，人人都很想聽，想知道中國發生了什麼事情。20 世紀 60 年代，西方漢學家想瞭解中國，很多都是通過對國內來的紅衛兵或者知青的訪問，他們認為這是真實的聲音。」〔註 28〕

　　值得注意的是，七八十年代以來頗受西方認可的海外知青紀實文學書寫，實則是將更多筆墨落於對作者「紅衛兵──知青」經歷的敘述方面，關注點也更多地聚焦在這一代人的文革經歷，更具體的說，是更關心其「紅衛兵」經歷。研究知青的著名法國學者潘鳴嘯曾表示，「知青上山下鄉運動影響要比紅衛兵運動持久，紅衛兵運動固然是起非凡的事件，但為時甚短，而且是前後脫節的。然而，整個西方世界都聽說過紅衛兵與『文化大革命』，但是很少人知道派遣『知識青年』下鄉的運動。」〔註 29〕海外知青是典型的「生在新中國，長在紅旗下」的共和國同齡人，他們自小接受正統的毛澤東思想教育，隨著形勢大潮被捲入紅衛兵狂潮，破四舊、大串聯、武鬥奪權、接受領袖接見，身不由己地沉浮於上山下鄉運動，數年後又通過各種管道回城、出國、定居，而在西方世界關注海外知青們書寫回憶的伊始，其出發點更多地是落在對其「文革」「紅衛兵」經驗的關注。作為自二十世紀七十年代開始就長期在海外極其暢銷的華人書籍，海外知青們所書寫的回憶錄數量可觀，可以說是集中反映了在世界觀成形最關鍵的青少年時代，個體在政治浪濤中成長浮沉，呈現出個體漸漸脫離國家話語、言說個人歷史的轉型經過，頗能代表一代人的思想和命運。出於卸下重擔的傾訴壓力或是受現實關注的導向影響，這一時期海外知青們所書寫的回憶性文字主體也多為其在城市階段的文革經歷，知青經驗通常處於被一筆帶過的附屬位置。如 1983 年在北美引起巨大反響的《Son of the Revolution》（梁恒，Judith Shapiro），是以隨戶下放青

〔註 28〕趙慶慶：《楓語心香──加拿大華裔作家訪談錄》，南京：南京大學出版社，
　　　　2011 年，頁 112。
〔註 29〕潘鳴嘯：《中國的上山下鄉運動：1968～1980》，北京：中國大百科全書出版
　　　　社，2010 年，頁 2。

年的視角串聯自反右開始便接連受到政治衝擊的家庭史，然不僅隨戶知青的知青屬性淡薄，提到同齡人下鄉的經歷、困境、願景時也著墨不多；1993 年美國出版的《Red Flower of China》（翟振華），描述的是作者出身市民階層的生活經驗回憶，其中三分之二的篇幅被用以描述城市場域下的文革經驗，而下放農村後的知青經驗則僅相對輕描淡寫地佔據全書不足十分之一的份額；同樣，旅居英國的海外知青張戎所著《The Wild Swan》在 1991 年出版之初即銷量突破兩百餘萬冊，書中以人物為軸講述家族祖孫三代女子的傳奇人生，在敘述個人的知青經歷，也是將其作為紅衛兵狂歡與工農兵學員中間的峰谷停歇而簡略帶過。

可見，二十世紀七十年代開始的海外知青紀實文學書寫與傳播，無疑經歷了高度依附回憶錄中作者文革經驗的過程。這些具有知青身份的作者們也較多具備著所謂「逃亡者」的身份特徵，無論是從廈門游泳到金門投奔國民政府的凌耿，還是由廣州赴港的王萬兵，甚至是通過與美國姑娘婚姻得到政治庇護出境的梁恒。可以說，海外知青紀實文學的萌芽源自於知青身份的「逃亡者」們，在西方世界「獵奇」心態的視野下，其「一人一書」傾訴式的回憶書寫是當時文革經驗傳播的附屬品。時至九十年代，1992 年《曼哈頓的中國女人》（周勵）出版熱銷，掀起了海外知青紀實文學書寫母語（即華語）寫作與接受的熱潮，上海知青赴黑龍江生產建設兵團的歷史首次作為回憶錄的重要章節受到海內外的共同關注。由此開始，海外知青紀實文學的作者群體出現了由「逃亡者」向「開拓者」的轉變，接受視角也出現了由西方看「獵奇」到東方看「傳奇」的扭轉，為九十年代後期到新世紀海外知青紀實文學組織化、民間化、多元化的新趨勢開闢了可能。

（二）新世紀海外知青紀實書寫的新趨勢

1998 年，知識青年上山下鄉運動三十週年的紀念活動，在中國國內引發了劇烈的社會反響，發軔於國內的「知青熱」如同衝擊波，開啟了海外知青們久違的知青情懷，而這種跨越千山萬水、橫亙大洲大洋的熱情自燃起之日起，一直熊熊燃燒至今。新世紀海外知青紀實文學就是在這種不斷沸騰的知青情懷關照下，形成了組織化、民間化、多元化的新趨勢。

首先，相較於早期海外知青紀實內容多包含在「一人一書」的回憶錄中，呈現以與知青生活相關的或長或短章節，新世紀以來的海外知青紀實文學創作明顯更多地被納入了一定的組織。或是海外知青協會的活動組稿，或是知

青網站的隔空交流，無疑都以組織化的形式，為海外知青紀實文學的創作與交流提供了相對穩定的平臺。上山下鄉運動三十週年紀念前後，許多日後相對成規模的海外知青協會開始成立。以美國為例，從七十年代開始，不論是一般的美國人，還是華僑或者來自港臺的移民，都對大陸知青普遍存在一種偏見，無論是確實的知青身份還是並不一定存在的「紅衛兵」經歷，都使得知青們在當時被打上了「盲目」、「無知」、「造反」的標籤。在大陸知青剛開始赴美發展時，無論是西方人還是華裔雇主，都存著偏見，不願雇傭有知青身份的中國人。在美國社會時常碰壁的知青們開始為了生存，掩蓋自己的知青身份，同時也鮮少與其他同在美國的知青們來往。而當知青們經過人生中的又一次拼搏，得到美國社會認可之後，開始正視自己在精神層面上的需求，希望與有共同經歷的海外知青們聯絡起來，追憶往昔崢嶸歲月的同時，以團體的力量發揮更大的社會影響力。1997 年開始，美國舊金山、洛杉磯、南加州、休斯頓等地區的中國知青先後成立了知青協會，2000 年澳大利亞悉尼地區成立知青聯誼會，此後加拿大溫哥華、美國華盛頓等地的知青協會相繼成立。知青協會不同於宗親會，同鄉會等其他華人組織，它沒有姓氏、地域的限制，也不像宗教團體，用偶像崇拜來起到維繫信徒的作用。如果說在知青們之間有什麼東西在維繫的話，那就是於無形中籠罩著他們一生的，代表熱情、代表堅韌、代表滄桑、更代表著知青們對彼此心靈溝通渴望的知青精神。這些海外知青團體，以不同的方式為海外知青紀實文學的創作、傳播、接受搭建著不可或缺的平臺。如 1999 年南加州中國知青協會會刊《南加州中國知青協會特刊》創刊（2002 年起更名為《知青》雜誌），迄今已連續出版至第二十期；1999 年舊金山美國中國知青聯誼會出版的《尋夢北美：洋插隊交響曲》一書，就是其與美國最大的中文報紙《世界日報》聯合舉辦了「中國知青洋插隊」的徵文活動選編；2001 年休斯頓知青聯誼會編輯出版的《三色土：旅美老知青的故事》，收集回憶錄和研討文章 50 多篇，回顧和探討了土插隊和洋插隊的特殊經歷……與此同時，依托互聯網媒介的物質基礎與聯絡功能，知青網站的蓬勃發展也為海外知青們提供了直達國內與相互聯絡的虛擬平臺，如華夏知青（www.hxzq.net），老三屆（www.laosanjie.net）等知名知青論壇開設的知青文苑欄目中多有海外知青作品上傳發表，引發討論乃至集結成冊。

　　其次，不同於早期海外知青作回憶錄時身負國內背負而來的「重擔」，洋洋灑灑地至少「傾訴」「一人一書」的「精英」立場，新世紀以來的海外知青

紀實文學創作的民間化特質日益鮮明。這種不再強調「堅守還是逃亡」，不再關注「碰壁還是成功」，相對中和平淡的民間立場，使得這一時期的海外知青紀實文學創作褪去了「獵奇」的視角或是「傳奇」的光環，以更為隨意、隨和、隨性的姿態，在很大程度上還原了民間書寫的真實、質樸、生動與完整，體現出堅持思考的知青們更為鮮明的獨立意志和自由精神。新世紀海外知青紀實文學書寫的民間化特質，不僅體現在作品的日常敘事層面，還鮮明體現為作者群體的去精英化，與此同時，精英身份作者的民間立場也值得格外重視。以《無聲的群落——大巴山老知青回憶錄（1964～1965）》為例，美國北卡羅來納州立大學教授鄧鵬同他在重慶市的老知青朋友們一起，歷經幾年的籌劃，於 2006 年出版了百萬字回憶錄文集《無聲的群落》，回顧實錄文革前重慶老知青下鄉大巴山區的難忘經歷，在很大程度上填補了知青題材出版物在敘述文革前老知青回憶方面的空白。鄧鵬的學者身份可以被認為是傳統意義上的文化精英，而在回憶文集《無聲的群落》中，無論是收錄其他知青的敘事文章還是鄧鵬本人的回憶，都鮮少包含文化精英印象中偏好置身歷史波瀾中宏大敘事或是刻意思辨的蹤跡。甚至 1964～1965 年老知青的身份認同也並未受到學理的反覆界定，反而是一種民間的力量，廣泛認同的、本來如是的篤定、平和籠罩其間。其後，鄧鵬和他的夥伴們廣泛聯絡各地文革前老知青繼續書寫實錄，同樣不進行學院派立場上的範圍界定、背景分析，只是以「為歷史作證」為號令，將實錄書寫實踐推廣到各地的老知青群體中，並於 2008 年底出版了《無聲的群落》的續篇。

再次，新世紀以來的海外知青紀實文學創作，由於不再受到出版、銷售的限制，使得包括回憶錄、自傳、散文集、紀實小說在內的紀實性文體被更加廣泛而得心應手地運用，多元化特質顯著。自七十年代起，從迎合西方讀者胃口到激發國人奮鬥精神，海外知青紀實書寫經歷了從依附於文革經驗到作為「成功」傳奇的苦難背景，作為前因後果、因果鏈條中的一環，知青回憶被賦予了過多的目的性意義，難以被單獨剝離出來，自成一體。而隨著新世紀以來海外知青組織的成立發展，知青網站的平臺支持，加之民間意識濃厚的創作導向鼎力推動，海外知青紀實文學創作的沉重壓力得以明顯減輕，這種壓力的來源不僅是出自出版、發行、銷售、接受等實質的物質方面，同時也來自於創作群體自身厚重文化責任感的精神方面。時至今日，卸下重擔後的海外知青紀實文學具備了更多自主書寫的選擇，在自我意義的覺醒下，

以取悅知青自身群體為目的的書寫成為主流。在知青群體自我愉悅的前提下，海外知青紀實文學的文體侷限明顯放開，從 2008 年出版的散文集《天涯憶舊時——海外知青文集》，到 2010 年出版的紀實小說《從珞珈山到舊金山》，已不再出現早期涇渭分明的文體區隔。相較於文體固定結構的打破，新世紀海外知青紀實文學內容的多元化趨勢更為顯著，而其背後貫穿始終的，則一如既往是知青一代難以磨滅的青春意識。

（三）新世紀海外知青紀實書寫中的青春主題

當海外知青紀實文學跳脫了「獵奇」與「傳奇」的桎梏，在組織化、民間化、多元化的新趨勢下重新審視自我、重視自我、取悅自我的時，縱使海外知青們的處境各異、經歷也極其豐富，貫穿始終的青春主題無疑是其自我認同的最優話語選擇。下文將以《三色土：旅美老知青的故事》《天涯憶舊時——海外知青文集》為具體分析文本，淺析新世紀海外知青紀實文學書寫中青春主題的自我回溯。《三色土：旅美老知青的故事》是 2001 年，由頗具影響力的北美知青聯誼會——休斯頓知青聯誼會徵文、組稿、編輯，並交文匯出版社出版的。如其宗旨所言，「在這裡，在美國的休斯頓也有許多在白山黑水之間插過隊的知青，我們第一次見面彼此就像老朋友一樣。我們就像同見過奧斯特里茨落日的拿破崙老兵，像同鋪過枕木的保爾的戰友，我們是同喝過大碴子粥的老知青，一個富有特色的亞文化群。這些人總在計劃著下一個週年，下一次聚會，反覆品嘗人生的苦酒，其中竟有無窮的滋味」。〔註30〕在某種意義上，《三色土：旅美老知青的故事》可以作為新世紀伊始海外知青紀實文學代表性作品；《天涯憶舊時——海外知青文集》一書則是於 2008 年由美國科發出版社海外首發，2013 年由九州出版社國內再版發行，共計收錄定居於美國、加拿大、日本、澳大利亞、歐洲、馬來西亞等地共 27 位老知青的回憶散文 31 篇。此書出版年限相對臨近，作者選取地域覆蓋廣泛，且受到海外與大陸地區雙重認可，也具備一定代表意義。在海外知青新世紀以來的紀實文學書寫中，可以明顯感受到作者群體對於知青本質屬性「青春」的有意識回溯，其青春主題的書寫不僅落腳於天真、單純、善良，充滿理想等被廣泛認同的知青青春屬性，更飽含著追懷自身青春之餘，對他人青春的憐惜與慨歎，即給予「青春」本身純粹而無差別的珍視。

〔註30〕休斯頓知青聯誼會：《三色土——旅美知青的故事》，香港：文匯出版社，2001年，頁 619。

　　海外知青紀實文學對純粹青春的回溯，首先體現在對海外知青自身青春記憶的追懷。〈情同手足六姐妹〉裡美麗、單純、活潑的女知青們是歌聲、是舞蹈、是歡笑，她們充盈的青春活力不僅是自己珍藏心底的少女時代，也是鄉村難得一見的靚麗風景。由無錫插隊到蘇北，鶯鶯燕燕的小姑娘們，一下鄉就是生產隊裏的「掌上明珠」，公社認為「認為城裏來的姑娘應該住洋屋，而不能屈就在土房子」，專門給她們蓋了「村裏唯一的磚瓦房」，而「勞動的第一課」竟是為生產隊排演節目，生產隊長還「樂呵呵地說這也給記工分」。天真活潑的漂亮女知青們也「不負眾望」，「全部披掛上了陣」，「唱唱跳跳居然也賽過『仙女下凡』」，清脆歡快的歌聲與熱情洋溢的舞蹈使得「我們走到哪裏，哪裏就一片歌聲和笑聲，像過年一樣熱鬧」。她們如同天真愉快的精靈仙子般，不僅愛唱愛跳，也愛笑愛鬧，還一板一眼地「指導」農村青年排練文藝節目，「只要他們一開口，我們六個人就得趕緊把嘴捂上，既怕跟著跑調又怕不小心笑出聲來」，好一幅活蹦亂跳、歡歡笑笑的小女兒姿態。〔註31〕年輕美好的女知青們以自己靚麗動人的青春氣息，給寂靜的鄉村帶來了生氣與活力，樸實真誠的村民們也小心翼翼地守護著這些青春正好的姑娘；〈兵團的故事〉中，年輕的拖拉機手獨自一人在漫漫長夜中的思索格外亮眼，「夜是漫長的，機車拉重耙時候走得比人還慢，幾百米一條墊要走個半天。開始的時候自己還能任意遐想，最多的時候是想技術。比如說怎樣實現機車的自動駕駛、自動把墊等。再想遠一點兒造臺無限電話……在那些漫長的夜班裏，現實和幻想在腦中一遍一遍地交映，彌補著年輕而空虛的心。但我從未構想過藝術有關的問題，或構思一部小說。我只受過小學教育，讓我與宇宙起源、生命的秘密之類的大問題無緣。文化大革命使我們這一代人對哲學和宗教問題完全無知並有本能的反感。我的思想被限制在技術方面。我還常想三十年後我會變成什麼樣子，我們的連隊會變成什麼樣？我只記得我想我會變成一個七級技工，又懂機械又懂電。我們的連隊也會變得很好，比如河岸上會有些路燈，大家吃完晚飯會在河邊散步……」〔註32〕在萬籟俱寂的夜裏，面對蒼茫大地，想到的不是家鄉、不是傷痕、甚至不是心上的姑娘，而是切實的、對未來的展望，那展望裏充斥著單純、真誠與美好。在沒有話語壓力的創作

〔註31〕休斯頓知青聯誼會：《三色土——旅美知青的故事》，香港：文匯出版社，2001年，頁75～76。
〔註32〕凡草：《天涯憶舊時——海外知青文集》，北京：九州出版社，2013年，頁74。

背景中憶起這樣一段暢想，其背後真實存在過的，無疑是洋溢著青春熱情的赤子之心。

除了對知青本體青春的真誠回眸外，海外知青紀實文學敘事中也飽含著知青作為有一定教育程度與社會責任感的個體，對地位相對弱勢的農民群體的憐憫與守護，甚至是對易逝的青春慨歎及青春本質無差別的珍視。無論是〈山村回憶〉中，對農村孩子們的扶助「到了青龍寨以後，為了幫助孩子們多識幾個字，學一些簡單的算術，我們辦起了義務的夜校，讓那些家境不好，白天必須幫家裏幹活的孩子，每天晚上來學習。在暗淡的油燈下，看到那一張張天真而無憂的臉，一雙雙渴望知識的眼睛，心中會湧起一絲欣慰，一絲感動……他們將來會不會擺脫這種缺吃少穿，貧窮文盲的日子呢」〔註30〕；還是〈世間女子〉裏對村裏女子的歡惋，「村裏女子的名字大都好聽、上口：鳳娥、嫦娥、繁女……婆姨們在做閨女的時候也是都有名字的，只是出嫁後往往被成為某某家的，本來的姓名漸漸被遺忘了」〔註31〕，知青們時時在守護著孩童般的天真純潔，慨歎著青春年華的曼妙美好。知青發出「青春同等」的感慨，「當我們在為自己的命運擔憂的時候，便也會想到他們，他們的前途又會在哪裏呢？他們是不是也會重複他們父母輩，甚至祖父母輩的人生呢」，那是作為年紀稍長者對於更為年輕者、作為相對強勢者對相對弱勢著的憐惜與疼愛，飽含著知青主體對廣義青春的追溯與感歎。可以說，在以「青春」為基礎血型的知青視角下，青春是值得無差別珍視的通用屬性。

通過對海外知青紀實文學中「青春至上」敘事的簡析，可以明顯感受到海外知青對於純粹「青春」本質的獨特態度，即在追憶自身意氣風發青春年代的同時，亦慨歎年華易逝，自發自願地維繫著守護純粹「青春」的美好夙願。

可見，新世紀以來海外知青紀實文學書寫穿越了由「獵奇」到「傳奇」的迷霧，以組織化、民間化、多元化的姿態，通過回溯青春意識，續寫青春主題，使得知青群體的青春屬性被充分強調。對青春盛讚、珍視、守護的獨特青春意識，無疑是海外知青與國內知青群體青春認同共同源泉。

綜上所述，二十世紀是呼喚青春的世紀，在整個世界範圍內青春文化蔚為大觀，中國知青是世界「青春」與「革命」文化浪潮中璀璨奪目的浪花，

〔註30〕凡草：《天涯憶舊時──海外知青文集》，北京：九州出版社，2013 年，頁 225。
〔註31〕凡草：《天涯憶舊時──海外知青文集》，北京：九州出版社，2013 年，頁 288。

更是時代青春的傳火者。新世紀以來知青紀實文學的筆觸，將中國知青作為世界「青春」與「革命」文化浪潮的重要一環，不僅照亮了久被遮蔽、「為全人類解放」自發「支持世界革命」域外知青的青春去程，也鋪設著當年義無反顧踏上「洋插隊」道路、滄海漂泊海外知青們的青春歸途。

結　論

　　自二十世紀初中國社會發生現代轉型以來,「少年」、「青年」等具有「青春」屬性的概念就被作為社會現代性的特徵反覆受到強調。回顧百餘年中國文學史進程,獲此殊榮被歷史冠以「青年」之名的群體,不過「五四青年」與「知識青年」而已。「知青」之名,是知青一代永恆的「青春」名義與強大的生命背光,正是上山下鄉的知青經歷,成就了知青們最初、最持久、甚至可能是許多知青個體人生中最光輝的時代光環。本文以知青獨特的本質屬性「青春」為契機,選取知青紀實文學這一牽涉人數最多、持續時間最長、波及範圍最廣、寫作目的最為一致的知青文學現象,探討新世紀近二十年來隨著知青話題與社會實時熱點相對逐漸剝離,曾經處於年輕時代、身在年輕國度、作為年輕個體的知青一代,其內在「青春」意識復蘇覺醒,並最終完成自我「青春」之名定義的經典化歷程。

一、「青春」名義的經典化

　　新世紀是知青「青春」名義經典化的關鍵時段——當知青是現實意義上年紀尚輕的「青年」時,他們被定名為「知識青年」是毋庸置疑的;時至今日,幾與共和國同齡的知青們已經大部分步入了退休生活的階段,他們依舊被稱為「知識青年」的原因就不再單純是出自生理特質的考慮。此時,「青春」的名義是他們銘刻自我青春瞬間、開創國家青春進程、乃至順應時代青春潮流的歷史勳章。正是由於已經超越了生理意義上「青年」的時段,知青的「青春」之名才得以進入最終經典化的超越階段。

　　知青群體當之無愧冠以「青春」名義的廣泛身份認同,不僅是知青個體

間穿越時空推移、穿越具體經歷重迭、甚至穿越彼此實際聯絡的內在知青情結共鳴,更受到了國家、社會、歷史乃至學界等各個層面的共同認可。這種認同的本質是客觀上以知青經歷這一共同青春體驗為邊界,基於宏大歷史背景與個體內在情結的「知青共同體」持續想像。「知青共同體」是一個被長期、持續想像與深化的共同體,自受到「知識青年到農村去,接受貧下中農的再教育,很有必要」最高指示的號召開始,知青就開始意識到在遠在天邊、近在眼前之處,有成千上萬與自己一樣接受過系統教育的城市青年,即將被投擲到「廣闊天地」去尋求「大有作為」;上山下鄉之後,相似的背景甚至相似的苦難,使得感同身受的知青們關於「知青共同體」的想像進一步具體化;隨著大返城的來臨,之前一切的差別都在「知青共同體」強大的共同命運面前被泯滅與消除,共同的經歷與要求使得「知青」真正在命運層面融為一體;回城之後,雖然散落在天南海北、各行各業,但「知青共同體」的意義並未淡化,而是依舊刻骨銘心地存在每個知青個體心中,更通過社會化的關注、媒體化的宣傳、儀式化的活動等管道,維持、鞏固、加深著知青們關於「知青共同體」的持續想像。無論社會語境或個體心態呈現出怎樣的張力與變化,「青春」作為歷史欽定給知青一代的基本屬性,都毋庸置疑是「知青共同體」想像經典化的認同基礎。

知青文學一向是鞏固、推進「知青共同體」想像的有效途徑,進入新世紀,知青題材已然不再具備長期、強勢牽引整個社會輿論的轟動影響力,但是知青紀實文學的書寫卻始終沒有中斷,且內向地開闢了一種更加自我、更加日常、更加多元的存續方式。需要強調的是,雖然新世紀知青紀實文學的書寫、傳播、接受過程日益「邊緣化」,然而正是由於其「民間化」的廣泛參與使得知青個體進一步意識到到自己知青經歷的可貴,而「史料化」的內在自我挖掘更是使得具備史料價值的相關新資料層出不窮。可以說,知青紀實文學是新世紀以來最與時俱進、最參與廣泛、最行之有效的「知青共同體」想像方式之一,而「青春」作為知青群體為之執著、認可、盛讚的永恆主題,毋庸置疑是知青紀實文學敘事的核心主題之一。在新世紀知青紀實文學創作中,作為年輕個體、群體的知青,被與自我幾乎同齡的年輕國度所牽引,置身於在世界青年運動浪潮,「青春」主題早已不再是評價層面的觀點或是審美層面的點綴與歌頌,而是自始至終滲透於知青文本敘事的時代旋律與歷史選擇。新世紀知青紀實文學的民間書寫、廣泛傳播與認同接受,是以「青春」

為認同基礎的「知青共同體」想像經典化的重要路徑之一。

　　長期以來的文學敘事與研究，賦予了知青過多的社會歷史背景、審美表達傾向、評價體系論爭乃至意識形態標籤，這一系列附加至負荷的文化屬性在很大程度上使得「知青」一詞固化成為指代知青群體的專名概念，掩蓋了其「知識青年」的本質──「知識」是能力、是責任、是思考，「青年」是青春、是求索、是成長。歷時半個世紀再回首，「知識」賦予了知青們回眸、反思、感悟與表達的能力，「青年」則是時代授予給知青的名譽與勛章。懷著對青春盛讚、珍視、守護的獨特認同，知識青年的「青春」名義完成了跨越世紀的經典化昇華，知青紀實文學書寫圓滿於「我來過，我想過，我寫過」〔註1〕──因為「來過」，銘記著青春的真實；因為「想過」，倍感到青春的可貴；因為「寫過」，由心底到筆觸皆維護著這真實又易逝的青春。

二、文本聚焦的「盲區」

　　需要附加說明的是，本文聚焦的新世紀知青紀實文學文本，存在顯而易見的傾向性與難以避免的侷限性。鑑於新世紀知青紀實文學「民間化」的特徵，相關的文本不僅在體量數目上浩如煙海，出版或發表的管道也差異甚大，面世規模與流通範圍亦無從翔實統計，這些因素均導致關於新世紀知青紀實文學文本的搜集工作難以達到相對完善的地步。由於上述客觀原因，加之筆者自身能力與涉獵範圍有限，本文中所搜集、選取、分析的知青紀實文學作品大多呈現出「積極」、「正面」、「光明」的「禮讚青春」傾向，而欠缺與之相對的，「消極」、「負面」、「陰暗」的「傷痛青春」書寫。每一代人都有屬於自己的「艱澀青春」與「時代悲劇」，知青作為共和國同代人所經歷的「負面青春」更為慘痛，他們內在的「悲劇意識」也更為濃烈。毋庸置疑，「青春」的「疼痛」是難以被忘懷、被抹殺的記憶，知青所經歷過的「負面青春」也並未隨著千禧鐘聲的敲響就煙消雲散。有趣的是，在選取文本分析底本時，雖筆者著力避免加以過多主觀因素干預，可選取採用的文本依舊多呈現出「一邊倒」的「正面」傾向。然而，既然文本是「正面」的，後設的省思就不可或缺，下文將就新世紀知青紀實文學作品中廣泛存在的、鮮明「正面」傾向的成因，做一簡要分析：

〔註1〕感謝王力堅老師提供更的的老師（著有知青題材作品《魚掛到臭，貓叫到瘦》等）電郵專訪。

　　首先，新世紀知青紀實文學文本在被創作書寫時，顯然已經與切實的知青生活拉開了相當的時空距離。從時間角度上看，上山下鄉運動至今已逾半個世紀，知青們「出走半生」、摸爬滾打、滄海漂泊，只有在談及共同的知青經歷時，才能呈現出「歸來仍是少年」的心緒與狀態。在知青真正意義上脫離組織關係綁定在下鄉地的「知青身份」，與切實知青經歷拉開時間距離的過程中，其看待曾經知青經歷與青春歲月的心態也是持續變化的——最初得以掙脫下鄉地的「捆綁」、脫離「知青身份」的知青個體數量非常有限。如果說通過上大學、招工、當兵等正式管道離開下鄉地的知青是當時規則下的「幸運兒」，出於「感恩」的心態對知青生涯尚能保持「積極」態度的話。那麼當時通過各式非常規手段「叛逃」海外的知青們，則懷著「逃出生天」的心情與滿腔激憤，毫不諱言對知青生存狀態的「揭秘」與「暴露」，1970 年代末期在港臺地區出版的《反修樓》《芒果的滋味》等作品集都極具代表性；當大規模知青返城開始之後，隨著大批知青集體脫離「知青身份」，知青們或是滿懷期待地相信自己「青春依舊」，希望追回被「耽誤」的時光，或是在與闊別多年的城市重逢時，顯得格格不入而心生怨懟，抱怨「青春已逝」，這種心態在描述知青返城際遇的文學作品《雪城》（1988 年）等著中均有體現；脫離「知青身份」至少十年，知青們迎頭趕上了二十世紀九十年代社會經濟的大起大落，無論是將知青經歷看作「百鍊成鋼」過程的「弄潮兒」，還是受到經濟衝擊「為國接盤」的「落水者」，雖角度不同，強調知青命運共同體在青春階段備受「磨難」是這一階段知青文學表述中的情緒主題，1998 年問世的《天堂之門》等著就是這一時期的經典代表；進入新世紀之後，知青們陸續進入退休階段，縱然對知青經歷的看法依舊各持截然態度，然對青春年華無限追憶的情緒顯然是與日俱增的。作家老鬼於 1989 年與 2009 年分別發表的紀實作品《血色黃昏》與《烈火中的青春》就是非常典型的例證，兩部作品出自同一位作家之手，聚焦事件同為 1972 年錫林郭勒草原上奪走 69 名知青生命的「救火事件」，出版時間相距二十週年，其中所流露對知青所經歷青春的態度卻發生了巨大轉變。新世紀的語境下，無論是人與人之間的猜忌排擠、少年身心的壓抑苦悶、違背自然規律的錯誤指揮都被「輕輕帶過」，對「青春」的追懷在很大程度上取代了鮮血淋漓的「控訴」。相較於《血色黃昏》極具衝擊力的自敘，「我的經歷，是一代中國人的經歷。那種社會氛圍，那種生存環境，那種人與人的關係，還有我的內疚，我的懺悔，我都必須原原本本告訴世人」，

及對慘烈青春更加灼人傷痛的結論，「沒有英雄，只有苟活者」，《烈火中的青春》一著「終於使被烈火吞噬的英魂得以再生，譜寫了一曲悲壯的青春之歌」的書寫使命感，是翻騰怒火的日漸冷卻，是悲從中來的一聲歎息，更是時過境遷後獻給青春祭壇的一捧潔白花環。

　　從空間角度上看，只有當真正與下鄉地長時間分隔開相當空間距離時，知青們端詳下鄉地的目光才變得含情脈脈。除少數因為婚姻、家庭、工作等因素留在下鄉地區域的知青外，大部分知青多選擇以各種手段離開下鄉地、返回城市，與曾經經歷知青生涯的地區拉開了較大的物理距離。那些因為婚姻、家庭、工作留在下鄉地的知青，後期也通過知青政策落實，上調到了所在的鄉、縣、甚至是本省地級市，絕大部分都脫離了在原下鄉地的農業生產工作，當他們到達退休年齡時，還掀起了一波返回原生城市養老的熱潮。在知青脫離「知青身份」、與下鄉地拉開物理上的空間距離過程中，其心態的變化也是值得玩味的——剛脫離「知青身份」的「束縛」，與下鄉地第一次真正意義上進行告別時，甚至有知青「在火車上落座後，竟脫下腳上的鞋，從車窗扔了出去。嬉笑著說了一句：我的腳決不再踏這片土地」〔註2〕；離開下鄉地一段時間後，偶然提及或是路過，更表現出「近鄉情怯」的不願回憶，與「午夜夢回」的難以割捨；雖然後期知青們可能通過回訪當年下鄉地等管道，再次短暫地返回下鄉地追憶知青時代，但是他們的基本生活還是與當年下鄉的區域產生了本質層面的剝離。正是這種實質上的剝離，使得知青回訪下鄉地時會產出所謂「回家」的心態，既期待下鄉地經由他們的辛勤開發而走上發展通途，又希望尚能尋到當年痕跡，使得自我的青春足跡得以保存流傳。可見，隨著環境的脫離與距離的拉開，苦痛的感知程度與身體記憶呈現出降低趨勢，相反，隨著時間的推移，回憶還被蒙上了一層朦朧、美好的「濾鏡」。

　　其次，記憶存在一定的選擇性。「記憶」過程可以被分為輸入、存儲和重新輸出三個階段，其中每一個階段都會面臨記憶主體有意識或是潛意識的內容選擇，在某些細節被加強的同時也有細節會受到忽略，導致記憶存在「偏差」、「缺失」甚至是被「篡改」，可以說幾乎很難存在與事實完全一致的相應記憶。與此同時，由於立場不同、角度不同，即使同一事件的不同親歷者都

〔註2〕劉亞平：〈采風隨想〉，任國慶：《天蒼蒼野茫茫——赴內蒙兵團四十週年紀念》，
　　　香港：文化中國出版社，2009年，頁63。

願意傾力還原事件本來面目，其記憶也會存在不可避免的偏差。加之知青關於上山下鄉階段的記憶存儲時間過長，當將記憶重新輸出成知青紀實文學時，其記憶內容有很大概率會再發生二次篩選、過濾與取捨。尤其是一些結束知青生涯後生活並不甚如意的知青們，談及當年犧牲的知青同伴時，表現出如同戰場上幸存戰士的心態──當時的恐懼感與逃生欲已全然忘卻，只羨慕戰友得以戰死沙場，不必面對之後人生的殘忍與英雄遲暮的無力。這時定格「青春」的「犧牲」成了「寧為玉碎」，是不必被後續生活的柴米油鹽解構得一地雞毛的「清白」，更是頗具崇高感的「善終」。

更重要的是，時至今日知青脫離「知青身份」後的人生軌跡，無論是相對平順還是備受困窘，無論是不再「吃二茬苦，受二茬罪」的物質豐饒還是經歷過不同程度的生活艱辛，他們都無從切身地找回當年那種難以言說的、青春期的苦悶。進入退休階段知青們的身體記憶已經無法完全恢復、理解、感同身受，那種曾經青春時期思想的叛逆與衝動、身體的饑渴與苦悶、情感的孤獨與無力。當青年時代身體與精神上難以浸潤的乾涸感已只能歸結成「青春期」的概念，而再難追懷或回味，提及青春並非刻意掩蓋負面情緒，知青們留在心裏、憶到筆觸的，更多的就是以溫情脈脈的目光注視年輕時自己的背影，喟然對青春意猶未盡的盛讚。

最後，紀實文學文體本身也限制了「負面青春」的傾訴空間。根據前文分析的新世紀知青紀實文學組稿方式，可以得出明確的結論，即新世紀知青紀實文學的作者身份至少是半實名製的──共同插隊的知青結合一些週年紀念儀式、回訪等實體活動，以團體方式組稿，這種組稿方式是全實名製的；插隊地區或是原生城市組織知青回憶文集，以及網絡論壇組稿，則是半實名製的。同時，知青紀實文學本身強調的「非虛構性」、「紀實性」特徵，與小說等文學創作題材的「虛構性」形成鮮明的對比，如果說「小說都是真的，除了名字」，那麼紀實文學的所謂「真實」可以被認為是默認的。正是由於紀實文學文體被默認「真實」，加之作者的真實身份與社會關係也有迹可循，使得知青紀實文學的書寫顯然會從作者起筆開始，就難免「有所顧忌」，進入一種理想的「自我純化」模式。這種「自我純化」在選材層面體現得尤為明顯，規避了大量「負面」的生存狀態與「青春」時期特有的苦悶──對比與競爭所導致的等級或階層劃分是人際關係中理應存在的常態，由於意識形態的影響與資源機會的稀缺，廣闊天地裏知青間相互排擠、壓軋、競爭、孤立的「鬥

爭」狀態本應是異常嚴峻的。而在新世紀知青紀實文學「自我純化」的選材傾向下，許多政治上工於心計的考慮，負面、緊張、乃至殘忍的人際關係都受到了有意無意的規避，使得知青生活呈現出「一團和氣」的狀態；「自我純化」的選材傾向更從根本上消解了知青青春時期的重大命題，即涉及肉慾的情愛關係。敘事內容與作者身份的雙重「真實」，使得青春期的性苦悶、步入正常生活軌道無望時的性關係混亂等知青青春時期面對的真實困境，往往變得難以啟齒、無從落筆。同時，「自我純化」模式在寫作技巧層面，也體現為美化的闡釋角度、純化的敘事手法等方式。如在涉及到很多知青都參與過的「偷竊」活動時，由於「偷竊」物品一般都只是一隻雞一條狗這樣的小額財物，所解決的問題也不過就是一頓飽餐，畢竟「年輕的肚子實在太容易飢餓了」。雖不甚光彩，為解決生存問題而鬧出許多插曲的「小偷小摸」，倒不失為青年時代的一樁趣事。

綜上，新世紀知青紀實文學文本大量呈現出「積極」、「正面」、「光明」、「頌揚青春」狀態的原因，可以簡要歸結為時空距離的拉開、記憶的內在選擇與紀實文本實名化導致的「自我純化」傾向。無論新世紀知青紀實文學選擇怎樣的方式表述自我的青春，是對知青生活流露的美好回憶與嚮往，還是對青春年華的追憶與歌頌，知青的傷痛與隱晦是共同的，他們的青春記憶更是共同的。正是由於知青一代吞下了「青春」的「苦果」，不斷追憶著「青春」的「甜蜜」，他們才更以自我的青春，為百年「青春」文化塗抹上「理性」的光輝。

中國社會的青春文化百年來蔚為大觀、源遠流長，五四以來的中國文學與青春主題更有著不解之緣，而在文學不斷呼喚「青春」、塑造「青春」、闡釋「青春」的同時，「青春」的內涵也隨著時間不斷迭代與解構。從五四文學到革命文學，從左翼文學到工農兵文藝，從「十七年」文學的百花齊放到「文革」時期的紅衛兵文化，從知青文學的時代浪潮到八零九零後作家的「新概念」文學創作……「青春」主題在不同歷史環境下所表現出的，除與生俱來的青春、激情、求索、成長外，也被更廣泛地賦予了青春期的反抗與傷痕、思辨的掙扎與批評、對現實的糾結與不滿、內在的焦慮與衝動、前瞻的信念與樂觀等複雜內涵，同時更裹挾著由先鋒意識主導的偏激、破壞、狂熱、粗暴、迷亂等激烈情緒。雖然「青春」主題的書寫在新文學有記憶以來，就不斷受到鼓勵與呼喚，然其背後的推手卻經歷了由革命到獵奇的質變。

　　值得格外關注的是，「青春」主題書寫在極短時間內快速切換軌道，發生由革命傳統到獵奇新異的急劇轉變，其關鍵的轉向節點即是知青的青春年代。值得強調的是，知青一代的「青春」經歷不僅可以涵蓋傳統意義上「青春」的通用屬性，他們更難能可貴地一己之力阻擋住了狂飆半個多世紀、日趨瘋狂的「革命」潮流。自辛亥以來，中國革命形成了不可阻擋的加速度潮流，一次接一次的「革命」一波未平一波又起，呈階梯式幾何級數增加，其要求日益提升、規模日益擴大、烈度日益膨脹，在文革時期更是登峰造極。陷入「革命」狂熱的政治氛圍就像是「一個大石球在革命坡道上滾，越滾越快，不知要滾到什麼時候，滾到哪裏去」﹝註3﹞，而為「革命」的加速度提供「坡道」的正是「革命」要求日益提升的群眾力量。知青一代可以說本是「革命性最強」的一代，是本應為日益加速的中國「革命」潮流提供更為陡峭的「坡度」，貢獻更為有力的「推力」的，然而他們卻以自我的「青春」緩和、阻滯、減速了日益瘋狂的「革命」加速度。也就是說，在知青一代以自己的苦難、思考與「青春」，在半個多世紀持續加速「革命」的「坡道」上，「種滿了草，草雖柔弱，但千萬株弱草組成的草毯的摩擦阻力是不可忽略的」﹝註4﹞，「革命」的「石球」滾到知青們用理性鋪設的「草地」上，終於漸漸放慢速度、趨於平緩。知青一代是用自己寶貴的「青春」把自辛亥以來的革命潮流阻擋住，給社會意識回歸「理性」提供了一個百年未有之機會，他們以「青春」之力肩住了半個多世紀、日益瘋狂的「革命」的閘門，放後輩到「理性」的光明中去。

﹝註3﹞ 馮桐：〈「讀史使人明智」——阿姆斯特丹兄弟對談〉，任國慶：《天蒼蒼野茫茫——赴內蒙兵團四十週年紀念》，香港：文化中國出版社，2009年，頁250。
﹝註4﹞ 馮桐：〈「讀史使人明智」——阿姆斯特丹兄弟對談〉，任國慶：《天蒼蒼野茫茫——赴內蒙兵團四十週年紀念》，香港：文化中國出版社，2009年，頁251。

參考文獻

（以作者姓氏筆劃排序）

一、學術著作

1. 丁帆：《中國鄉土小說史》，北京：北京大學出版社，2007 年。

2. 丁曉禾，塵劫：《知青暢想曲》，北京：中共黨史出版社，2006 年。

3. 王力堅：《回眸青春——中國知青文學》，新北：華藝學術出版社，2013 年。

4. 史衛民、何嵐：《知青備忘錄：上山下鄉運動中的生產建設兵團》，北京：中國社會科學出版社，1996 年。

5. 本尼迪克特・安德森著，吳叡人譯：《想像的共同體》，上海：上海人民出版社，2016 年。

6. 托馬斯・伯恩斯坦著，李楓譯：《上山下鄉》，北京：警官教育出版社，1993 年。

7. 李瑞騰：《文學的出路》，臺北：九歌出版社，1994 年 9 月。

8. 定宜莊：《中國知青史：初瀾 1953～1968 年》，北京：中國社會科學出版社，1998 年。

9. 孟繁華：《眾神狂歡：世紀之交的中國文化現象》，北京：中央編譯出版社，2003 年。

10. 孟繁華：《1978——激情歲月》，濟南：山東教育出版社，1998 年。

11. 相江宇，楊韻：《知青掌握中國》，紐約：明鏡出版社，2012 年。

12. 姚新勇：《主體的塑造與變遷——中國知青文學新論（1977～1995）》，廣州：暨南大學出版社，2000 年。

13. 郭小東：《中國知青文學史稿》，北京：北京十月文藝出版社，2012 年。

14. 郭小東：《中國敘事：中國知青文學》，廣州：花城出版社，2005 年 2 月。

15. 郭小東：《中國當代知青文學史》，廣州：廣東高等教育出版社，1988 年 1 月。

16. 梁麗芳：《從紅衛兵到作家：覺醒一代的聲音》，臺北：萬象圖書公司，1993 年。

17. 埃里克森著，孫名之譯：《同一性，青少年與危機》，北京：中央編譯出版社，2015 年。

18. 莫里斯・哈布瓦赫著，畢然、郭金華譯：《論集體記憶》，上海：上海人民出版社，2002 年。

19. 許子東：《當代小說與集體記憶：敘述文革》，臺北：麥田出版社，2000 年。

20. 許子東：《為了忘卻的集體記憶——解讀 50 篇文革小說》，北京：生活・讀書・新知三聯書店，2000 年。

21. 菲利普・勒熱納著，楊國政譯：《自傳契約》，北京：三聯書店，2001 年。

22. 符杰祥：《知識與道德的糾葛：魯迅與現代中國文學者的選擇》，上海：東方出版中心，2009 年。

23. 斐迪南・滕尼斯著，林榮遠譯：《共同體與社會》，上海：商務印書館，1999 年。

24. 康德著，鄧曉芒譯：《判斷力批評》，北京：人民出版社，2002 年。

25. 賀仲明：《中國心象：20 世紀末作家文化心態考察》，北京：中央編譯出版社，2002 年。

26. 楊健：《中國知青文學史》，北京：中國工人出版社，2002 年。

27. 趙慶慶：《楓語心香——加拿大華裔作家訪談錄》，南京：南京大學出版社，2011 年。

28. 趙園：《地之子》，北京：北京大學出版社，2007 年。

29. 潘鳴嘯著，歐陽因譯：《中國的上山下鄉運動：1968～1980》，北京：中國大百科全書出版社，2010 年。

30. 劉廣濤：《二十世紀中國青春文學史研究——百年文學青春主題的文化闡釋》，濟南：齊魯書社，2007 年。

31. 劉小萌：《中國知青史：大潮：1966～1980 年》，北京：當代中國出版社，2009 年。

32. 劉小萌：《中國知青口述史》，北京：中國社會科學出版社，2004 年。

33. 劉小萌、定宜莊、史衛民、何嵐：《中國知青事典》，成都：四川人民出版社，1995 年。

34. 劉小楓：《這一代人的怕和愛》，北京：華夏出版社，2007 年。

35. 曠新年：《寫在當代文學邊上》，上海：上海教育出版社，2005 年。

二、作品

1. 凡草：《天涯憶舊時——海外知青文集》，北京：九州出版社，2013 年。
2. 王力堅：《轉眼一甲子：由大陸知青到臺灣教授》，臺北：獨立作家，2015 年。
3. 王曦：《紅飛蛾——薩爾溫江絕唱》，香港：天馬出版有限公司，2011 年。
4. 史鐵生：《我的遙遠的清平灣》，廣州：廣州出版社，2001 年。
5. 休斯頓知青聯誼會：《三色土——旅美知青的故事》，香港：文匯出版社，2001 年。
6. 老鬼：《烈火中的青春——69 位兵團烈士尋訪紀實》，北京：中國社會科學出版社，2009 年。
7. 老知青網：《知青：老知青網文集》，2010 年。
8. 池莉：《懷念聲名狼藉的日子》，南京：江蘇文藝出版社，2003 年。
9. 任國慶：《天蒼蒼野茫茫——赴內蒙兵團四十週年紀念》，香港：文化中國出版社，2009 年。
10. 林春芬：《無華歲月：我們的 1966～1976》，南寧：廣西人民出版社，2007 年。
11. 林梓：《夏天的倒立》，廣州：暨南大學出版社，2016 年。
12. 孫玫：《滄海漂泊》，北京：文化藝術出版社，2007 年。
13. 張承志：《張承志文集》，上海：上海文藝出版社，2015 年。
14. 渭水：《陝西知青紀實錄》，西安：太白文藝出版社，2015 年。
15. 鄧賢：《中國知青終結》，北京：人民文學出版社，2003 年。

三、學位論文

1. 王露：《兵團文學敘事中的文化形態研究》，新疆大學碩士論文，2014 年。
2. 艾娟：《知青集體記憶研究》，南開大學博士論文，2010 年。
3. 車紅梅：《北大荒知青文學研究》，吉林大學博士論文，2010 年。
4. 李新：《社會保障視角下退休回滬知青社會融合指標研究》，上海工程技術大學碩士論文，2014 年。
5. 李明華：《文革背景下的知青語言研究》，吉林大學碩士論文，2007 年。
6. 姚凱：《傳承與新變——論「尋根」視域下的知青鄉土小說》，南京師範大學碩士論文，2015 年。
7. 陳桃霞：《20 世紀以來中國文學中的南洋書寫》，武漢大學博士論文，2013 年。
8. 陳雪梅：《知青文學的場域書寫——兵團知青文學與插隊知青文學比較研

究》，西南大學碩士論文，2018 年。

9. 詹孟榮：《「上山下鄉」報告文學之研究》，淡江大學博士論文，2015 年。

10. 魯弘：《知青記憶的不同書寫──知青作者知青小說的差異性研究》，吉林大學博士論文，2009 年。

11. 劉瀏：《「非虛構」寫作論》，蘇州大學博士論文，2015 年。

12. 劉可可：《知青小說敘事的演變及其背後》，吉林大學博士論文，2006 年。

13. 劉廣濤：《百年青春檔案──20 世紀中國小說中的青春主題研究》，蘇州大學博士論文，2003 年。

四、期刊論文

1. 丁媛：〈知青紀實文學的歷史品格〉，《牡丹江大學學報》，2018 年第六期。

2. 上海市青年運動史研究會：〈一次還原和澄清歷史的有益探索──「2008 知青學術研討會」綜述〉，《上海青年管理幹部學院學報》，2009 年第一期。

3. 石曉楓：〈王小波小說中的身體與存在──以《黃金時代》、《革命時期的愛情》為例〉，《中山人文學報》，2013 年 1 月。

4. 石曉楓：〈苦悶年代下的性格書寫──歐陽子成長歷程小說析論〉，《中國學術年刊》第三十二期，2010 年 3 月。

5. 李頻：〈1985 年中國期刊總量增長的成因問題〉，《出版史料》，2013 年。

6. 李秀芳：〈從「下鄉上山」到「上山下鄉」──知青運動轉變探析〉，《上海青年管理幹部學院學報》，2011 年第三期。

7. 宋莊：〈知青文學，還有無超越的可能？〉，《人民日報海外版》，2014 年 1 月 14 日。

8. 洪士惠：〈動物敘事與中國崛起：姜戎《狼圖騰》和楊志軍《藏獒》裡的政治〉，《文化研究》，第二十一期，2015 年。

9. 洪士惠：〈當代藏族漢語小說中「格薩爾史詩」與「史詩說唱藝人」的民族文化意涵〉，《臺北大學中文學報》，2015 年 9 月。

10. 郭小東：〈中國敘事：知青文學流程的基本範式〉，《粵海風》，2003 年第五期。

11. 陸新和等對談：〈致敬一個年代！──五十年過去了，青年文化怎樣了？〉，《青年學報》，2018 年第四期。

12. 陳思和：〈從「少年情懷」到「中年危機」──20 世紀中國文學研究的一個視角〉，《探索與爭鳴》，2009 年五月。

13. 梁麗芳：〈記憶上山下鄉──論知青回憶錄的分類、貢獻及其他〉，《當代文壇》，2008 年第一期。

14. 梁麗芳：〈覺醒一代的聲音——與陳駿濤先生談知青作家和知青小說〉，《小說評論》，1994 年第二期。

15. 梁麗芳：〈私人經歷與集體記憶：知青一代人的文化震驚和歷史反諷〉，《海南師範學院學報（社會科學版）》，2006 年第四期。

16. 張堂錡：〈體系化和探索、建構與可能——臺灣報導文學理論研究綜述〉，《政大中文學報》，2006 年 6 月。

17. 章羅生，石海輝：〈關於紀實文學研究的思考〉，《中國文學研究》，2008 年第二期。

18. 趙慶慶：〈海外傷痕回憶錄：祛魅的身份和歷史重建〉，《華文文學》2012 年第二期。

19. 劉可可：〈知青小說研究綜述〉，《長春師範學院學報（人文社會科學版）》，2011 年第二期。

20. 劉復生：〈重新打開記憶之門——韓少功《日夜書》對青春經驗的反思〉，《創作與評論》，2013 年第一期。

21. 劉維：〈記憶的祛魅與重構——韓東知青小說的敘事策略〉，《哈爾濱學院學報》，2016 年四期。

22. 薛冰潔：〈2015 年中國現代文學研究綜述〉，《現代中國文化與文學》，2016 年第二期。

23. 謝敏干：〈十萬上海知識青年上山下鄉參加新疆建設始末〉，《青年學報》，2016 年第一期。

五、網絡資料：

1. 〈一場沒有人願意張揚的學術研討會，和一個日漸緊迫的話題〉，《好奇心日報》，網址如下：http://www.szhgh.com/Article/wsds/history/2018-07-05/174018.html，引用於 2018 年 11 月。

2. 「回眸知青 50 年」——「2018 溫哥華知青文化月」暨「首屆環球知青論壇」通知，網址如下：http://www.sohu.com/a/238517300_652725，引用於 2018 年 11 月。

3. 李敬澤：《關於非虛構答陳競》，2010 年 12 月 9 日發表於新浪微博，具體網址如下：http://blog.sina.com.cn/s/blog_474002d30100n70t.html 跡 tj=1，引用於 2019 年 1 月。

附錄：新世紀知青紀實文學作品出版情況不完全統計（2000 年～2018 年）

說明：

1. 本附錄統計「新世紀知青紀實文學作品出版情況」起始年份為 2000 年，截至年份 2018 年；

2. 由於新世紀知青紀實文學的創作主體複雜、面世平臺多樣、流通渠道多元且保存收錄措施尚不完備，本附錄之統計結果難以完全涵蓋此階段新世紀知青紀實文學全部出版作品；

3. 由於新世紀知青紀實文學作品集面世存在小規模自印情況，故本附錄收集之出版信息可能有誤或並不完整；

2000～2018 年知青紀實文學出版情況統計

2000 年

《尋找飄逝的青春：福建知青生活散文集》，謝文欽，海風出版社。

《悠悠大荒情——黑龍江生產建設兵團三師十八團五營溫州知青赴疆三十週年紀念》，朱少炎。

《悽惶的牧歌》（散文集），左岸勒。

《歸憶青春——承德知青文集》，張愛萍、閻秀峰，中國戲劇出版社。

《永遠的知青》，姚民治，內蒙古人民出版社。

《我們的故事》，湖南知青網。

《海角回波——南濱農場揭陽知青上山下鄉三十週年紀念（1969～

1999）》南濱農場知青聯誼會。

《我知道，我是一個永遠的知青》，賈岐峰，中國文聯出版公司。

《我們一起走過——鐵嶺地區知青文學》，韓國瑞，鐵嶺印刷廠。

《流浪金三角》，鄧賢，人民文學出版社。

2001 年

《夢落高原——青海建設兵團山東知青大回眸》，卞奎、魏忠勇，遠方出版社。

《上海知青在新疆》，姚勇，新疆大學出版社。

《飛龍一族：狼行如風》（散文集），續維國，中國社會出版社。

《瑞麗文史資料第二輯——無悔青春·瑞麗知青專輯》，瑞麗市政協。

《黑土戀——北京長水河農場武裝基幹民兵連知青下鄉三十週年紀念》，關少軍。

《眉山市東坡區文史資料——知青，永久的話題》，東坡區政協。

《流不走的歲月——益陽知青生活紀實》，湯熙聖，人民日報出版社。

《光陰瞬間讀人生——茅蘭河畔的知青足跡》，杜曉建。

《大荒羈旅：留在北大荒的知青》，朱曉軍，百花文藝出版社。

《無愧歲月——原茌平縣濟鐵一中下鄉知青聯誼會》。

《知青永久的話題——眉山市東坡區政協文史資料第一輯》，政協眉山市東坡區委員會。

《勐龍印跡——上海知青在西雙版納》，勐龍印跡編委會，上海新視電腦圖藝技術有限公司。

《龍山文史資料第十五輯——龍山知青》，中國政治協商會議龍山委員會。

《中國知青民間備忘文本》，第一輯，共六部：《羊油燈》（逍遙著）；《狼性高原》（劉漢太著）；《無人部落》（楊志軍著）；《落荒》（野蓮著）；《審問靈魂》（成堅著）；《泣紅傳》（吳傳之著）岳建一主編，中國工人出版社。

2002 年

《回眸——沅江知青生活紀實》，政協沅江市委員會。

《異域不歸路：亡命緬甸「知青」手稿文存》，陳與著，新疆人民出版社。

《永遠的腳印——福州知青文檔》，唐希，海風出版社。

《黑梭梭》（散文集），明輝，新疆人民出版社。

《草原思歌騰》，金錢，劉偉力，知青聯誼會。

《1963～2002 獻給江陰知青上山下鄉 40 年》（江陰知識青年上山下鄉運動四十週年，文集），黃亞。

《中國知青民間備忘文本》，第二輯，共五部：《大祈禱》（楊志軍著）；《闖蕩金三角》（曾焰著）；《守望記憶》（王子冀著）、《逃亡》（王澤恂著）、《中國知青文學史》（楊健著），岳建一主編，中國工人出版社。

2003 年

《中國知青終結》，鄧賢，人民文學出版社。

《大漠逆旅——知青歲月紀實》，陳瑞庭，香港天馬圖書有限公司。

《昭烏達尋夢》，姜寶泰，新華出版社。

《知青軼事》，何鋒，文學藝術出版社。

2004 年

《地緣——上海知青與江西》，中共江西省委黨史研究室，江西人民出版社。

《上海知青與井岡山》，江西省吉安市黨委史辦，中國文聯出版社。

《北京知青專輯——北京知青在山西忻縣》，山西忻州市政協忻府區文史資料委員會。

《知青歲月》，宗定遠，吉林文史出版社。

《那魂牽夢縈的地方（天津知青新疆回憶錄）》汪國貞、孫連奎，中國三峽出版社。

《忻州文史資料‧第 17 輯：北京知青專輯》，政協忻州文史資料委員會。

《知青風雲錄》，石肖岩，中國青年出版社。

《知青部落：黃山腳下的 10，000 個上海人》，朱政惠、金光耀，上海古籍出版社。

《知青歲月草原情——紀念瀋陽知青下鄉昭盟三十週年》，何明洲，瀋陽市渾南新區管委會。

《我們的昭盟歲月（謹以此書紀念撫順知青赴昭盟插隊 30 週年）》，姜志斌，撫順日報社。

《天山腳下的北京知青》。

《大窪文史資料第 20 輯——八萬知青在大窪》，大窪文史資料。

《知青‧陝北速寫集——一個老知青的陝北生活述寫記事》，邢儀，中國電影出版社。

《青春的迴響——靠山知青檔案》。

《呼瑪知青風雲錄續集》，劉世傑。

《蒙頂山：最後的知青部落》，高富華，中國三峽出版社。

《擁有世界紅土地知青情》，黃堯，雲南民族出版社。

《流淌的高格斯泰河——我的草原知青生活》，黃小源，民族出版社。

《定南文史資料‧第七輯——上山下鄉知青專輯》，定南縣政協教文衛體委員會。

《知青那時候》，白卓然、張漫凌，北方文藝出版社。

《中國知青口述史》，劉小萌，中國社會科學出版社。

2005 年

《勐龍記憶——西雙版納知青生活紀實》，趙凡，上海中華出版社。

《在那個年代——我們的知青生活》，青青，新疆人民出版社。

《回眸‧思考‧述評——中國知青》，李建中，國際文化出版公司。

《成都知青回顧鹽源——鹽源文史資料專輯》，政協鹽源縣委員會文史委。

《漵浦文史第十一輯——崢嶸歲月（漵浦知青回憶錄）》，政協湖南省漵浦縣委員會文史資料研究委員會。

《縈回——赴瓊三十五週年紀念冊》，揭陽赴海南西華農場知青聯誼會。

《青春如歌‧安徽知青的故事》，桂榮林。

《又見昨日七星泡》，黑龍江省七星泡農場上海知青。

《風雨青春——廣東徑口農場知青‧幹部文集》，楊智，中山大學出版社。

《難忘昭烏達》，王冬梅，內蒙古科學技術出版社。

2006 年

《詩史知青——春水嗚咽如訴》，王芃，三秦出版社。

《知青足跡》，馮訓強，雲南民族出版社。

《甘肅文史 61 知青專輯》，政協甘肅文史委。

《時間對話——中國知青史詩》，陳與，作家出版社。

《知青歲月錄——騰沖知識青年上山下鄉專輯》，騰沖縣政協，雲南民族出版社。

《知青在勐海》，中共勐海縣委。

《知青年代》，牛伯，人民文藝出版社。

《難忘知青歲月（赤壁文史·第十六輯）》，赤壁市政協文史資料委員會。

《永遠的熱土——紀念支邊新疆兵團農六師 103 團四十週年》，天津支邊新疆兵團農六師 103 團知青。

《走過青春 100 名知青的命運寫照 1966～2006》，黑明，陝西師範大學出版社。

《無悔人生——北大荒知青傳記》，王文祿，作家出版社。

《颶風刮過亞熱帶雨林——雲南國營農場知青回憶錄》，曲博，中國國際實業家出版社。

《僑鄉紅河：知青歲月——紅河縣知識青年上山下鄉回憶錄》，雲南博多圖書編輯部。

《西雙版納——勐巴拉娜西民族文化叢書·知青文化》，黃映玲，雲南教育出版社。

《革命的事兒》（北大荒軍墾回憶錄），王秋和，經濟日報出版社。

《長嶺歲月——知青憶舊》。

《永不衰落的青春——福建知青文集》，福建省知青文化促進會。

《無聲的群落：大巴山老知青回憶錄 1964～1965》，鄧鵬，重慶出版社。

2007 年

《一支難忘的歌》（回憶錄），戚發祥，吉林大學出版社。

《心靈的豐碑——湖南知青紀念文集》，戴經邦，中國文聯出版社。

《山東知青檔案資料彙編》，山東省檔案局。

《巴彥淖爾文史資料第二十輯——知青專輯》，政協巴彥淖爾市委員會文史資料委員會。

《知青年代——新政文史資料第十五》，新鄭市政協。

《知青歲月——鄭州文史資料第二十八輯》，鄭州市政協文史資料委員會。

《青春的足印》（開封知青回憶錄），耿小兵，作家出版社。

《青春安寧──昆明市下鄉安寧知青紀念冊》，安寧市延安精神研究會。

《啊！我的青春之歌》，崔正賢，吉林人民出版社。

《我曾是個知青》，葛慧賢，文化藝術出版社。

《往事只能回味》（自印本），金傳乾。

《無華歲月：我們的 1966～1976》，林春芬主編，廣西人民出版社。

《開遠知青》，政協開遠市文史資料研究會編。

《知青在清流》，福建省清流縣檔案館。

《青春寫成的故事──桂陽文史第八輯（知青專輯）》。

《大嶺情懷》（呼中知青回憶錄），閻國榮，高文祥，黑龍江人民出版社。

《青春歲月──雁北金沙灘農場·林科所知青插隊三十週年紀念文集》，山西山陰縣文聯。

《胡楊無語（上海知青新疆回憶錄）》，王祖炯。

《株洲文史第 26 輯──知青歲月》，周祥新，線裝書局。

《有個屯子叫東河》（北大荒知青回憶錄），陳新，藝術與人文科學出版社。

《橄欖回味甜·一個老知青的多彩人生回憶錄》，范德民。

《知青春秋》，羅偉志，海南出版社。

2008 年

《天涯憶舊時──海外知青文集》，凡草，美國科發出版集團公司。

《我的青春在哪裏》（朝鮮文），李潔思，延邊人民出版社。

《四川文史資料選輯第五十輯，知青──漸行漸遠的記憶》，四川人民出版社。

《永遠的情懷──粵海知青散文集》，粵海農墾（兵團）知青網，羊城晚報出版社。

《通遼市政協文史資料第十五輯·青春洗禮──通遼市知青上山下鄉 40 年文集》，通遼市政協文史委員會，內蒙古人民出版社。

《扎蘭屯文史資料──知青專輯》，朱明，遠方出版社。

《唐山知青紀事》，唐山市政協文史資料委員會編，新華出版社。

《雅安知青史料》，政協雅安市委員會。

《軍墾往事──蘭字 910 部隊知青生活紀實》，吉光安，中國廣播電視出

版社。

《永遠的胡楊・上海知青赴新疆建設四十五週年紀念大會專輯》。

《滾燙的泥土：三個上海知青的往事》，吳浩，浙江大學出版社。

《曾經的黑土地：黑龍江生產建設兵團 32 團知青回憶錄》。

《歲月留痕──打開知青塵封的記憶（崗埠農場大地上的知青戰友）》，謝光德。

《隆昌知青──文史資料專輯）》，四川省隆昌縣政協文史資料委員會，中央文獻出版社。

《知青桑梓》（紀念福州知青插隊順昌 40 週年回憶文章），順昌縣對外文化交流協會。

《枝柳歲月：枝柳鐵建長沙分指知青圖文集：1972～1975》，殷建資，湖南人民出版社。

《風雨十年知青路（1968.12～1978.12）》，朱樹松，中國世界圖書出版社。

《歲月：獻給所有的知青朋友們》，韓瑩，中國文聯出版社。

《共和國知青》，于立波，遼寧人民出版社。

《燃燒的青春・柳河五七幹校的知青生活》，星火、曉萍，黑龍江省委黨校印刷廠印刷。

《邯鄲知青紀事──知識青年上山下鄉運動四十週年紀念》，苑寶鋼。

《我和我的知青部落》，安育中，作家出版社。

《節節草兒──我的大荒軼事》，李偉，黑龍江人民出版社。

《我們的知青歲月──西安交大附中晃博文集》。

《開往扎魯特草原的 826 專列：一群北京知青的傳奇故事》，內蒙古扎魯特旗北京知青集體創作，中國新聞出版社。

《歲月名山（紀念知青赴黑龍江省名山農場四十週年）》。

《回望青春：莫旗知青插隊 40 週年紀念文集》，蘇林，林樾，中國青年出版社。

《魂牽夢繞的草原（南京知青額托克西部草原回憶錄）》，鄂爾多斯市額托克前旗人民政府。

《庫爾濱河畔的足跡》，張世民，北方文藝出版社。

《歷練人生──情系科爾沁知青》（四十週年紀念文集），內蒙古人民出版社。

《躬耕南陽——黑龍江省永豐農場南陽知青文集》。

《四子王旗文史資料・第四輯——天津知青在內蒙古》，政協四子王旗委員會。

《1079 話當年——邵陽知青回憶錄》，黃又萍、楊志剛，中國文聯出版社。

《遠方的白樺林——紀念黑龍江生產建設兵團一師六團知青下鄉四十週年文集》，陸康勤，中國少年兒童音像電子出版社。

《大漠之靈——北京學生在柴達木》，肖復華，陝西師範大學出版社。

《回望茶鋪（湖南邵陽茶鋪茶場知青文集）》，楊建新，中國文史出版。

《40 年知青們的浪漫故事》，張志新，上海大學出版社。

《魂牽夢繞的年代・40 年前的知青家書》，王田蘭。

《十年——1968～1977 一對知青的 437 封情書精選》（書信集），崔積寶，百花文藝出版社。

《知青歲月》，趙鐵民，河南文藝出版社。

《知青歲月》，劉翔，白山出版社。

《遠去的旭光》（原黑龍江生產建設兵團五師 52 團旭光農場知青下鄉四十年文集）。

《崢嶸歲月》（回憶錄），張建華，濟南。

《相信未來・北京知青山西杏花村插隊四十週年紀實》。

《六連嶺知青紀事》，廣東地方志辦公室編，嶺南美術出版社。

《烙印・南京知青與鄂爾多斯》，劉蔚林，內蒙古鄂托克前旗檔案印刷廠。

《崗埠農場・歲月留痕・打開知青塵封的記憶》。

《守望 19 連（天津知青赴甘肅回憶錄）》。

《北票文史資料・第七輯——大連知青在北票》，北票市政協。

《青春的洗禮：武岡知青回憶錄》，劉新華。

《大豐——上海知青》，大豐市上海知青紀念館。

《青春與夢想》，小寨老三屆知青，太白文藝出版社。

《情繫小河西（上山下鄉四十年紀念）》。

《親歷兵團：記住北大荒這段歷史這代人》，呂書奎，中國青年出版社。

《足跡——寧波知青網文選》，寧波知青網。

《海南黃嶺農場知青・青春影蹤（1968 年～1979 年）》，王平，海南黃嶺農場。

《我們從晁峪走來──紀念西安交大附中老三屆知青下鄉 40 週年》。

《紅土的印記 1968.11～2008.11》。

《那個年代：七十年代知青紀事》，汪武新，中國文聯出版社。

《黑龍江省蘿北歷史文化叢書‧廣闊天地‧知青文化篇》，劉德成，黑龍江人民出版社。

《西江情》（大西江天津知青赴北大荒四十週年紀念冊）。

《草原思歌騰──紀念知識青年上山下鄉四十週年》（天津知青專輯），內蒙古新巴爾虎右旗知青紀實文集。

《並不遙遠的年代》（漳州知青回憶文集），高家凌，中央文獻出版社。

2009 年

《天蒼蒼野茫茫（赴內蒙兵團四十週年紀念）》，任國慶主編，香港文化中國出版社。

《溫州知青的回憶》，溫州政協文史委員會，中國文史出版社。

《新平彝族傣族自治縣‧文史資料選輯‧第十九輯‧知青專輯》，新平縣文史資料委員會。

《蛤拉灣的流逝（邊境少數民族地區知青生活紀實）》田力，內蒙古文化出版社。

《鳥兒棲息在水庫──我的末代知青生活》，黨鵬，作家出版社。

《大埔知青（紀念文集）》，大埔知青編輯委員會。

《知青歲月──洮南農場的回憶》，孫彥平，長春出版社。

《他鄉有淚（福建閩北知青紀實小說）》，吳秋華，中國文聯出版社。

《大理知青》，大理市政協。

《新平縣文史資料選輯第十九輯──知青專輯》，新平縣文史資料委員會。

《過洞庭：爸爸給女兒講的知青故事》，黃長營，湖南文藝出版社。

《知青 40 年總得說的故事》（報告文學集），劉旦，花城出版社。

《上海兒女在新疆》，政協新疆維吾爾自治區委員會，新疆人民出版社。

《扎洛集（內蒙古錫林郭勒盟牧區插隊北京知青詩文）》李三友，內蒙古人民出版社。

《無聲的群落（續集）：文革前上山下鄉老知青回憶錄（1964～1965）》

鄧鵬，重慶出版社。

《歲月——泉州知青上山大田四十週年紀念文集》，黃大鵬，泉州岩城促進會。

《懷望遙遠的青春：山東知青檔案實述》，山東檔案局，山東人民出版社。

《美麗的科爾沁——科右中旗北京知青記憶》，賈洪震，北京。

《去新疆，到祖國最需要的地方去》，青青，新疆人民出版社。

《武鄉文史資料第七輯——京津知青在武鄉》，王建華，武鄉縣政協文史資料委員會。

《青春長歌——黑龍江八五知青憶事》，黑龍江八五五農場委員會。

《歷史的化石知青十五年》（長篇回憶錄），木齋，東方出版社。

《興和縣文史資料第五輯‧我們的知青》，政協興和縣委員會，華藝出版社。

《鹽鹼地上的青春——紀念鎮江知青下放新曹農場四十週年》。

《難忘的歲月——上海知青在延邊》，政協延邊朝鮮族自治州委員會，遼寧民族出版社。

《我們年輕的時候——記上海知青在延邊》，高夢齡，延邊人民出版社。

《那年‧那月‧那人》（長篇回憶錄），楊國英，內蒙古人民出版社。

《一路風雨（內蒙古生產建設兵團 2 師 15 團知青回憶錄）》，張繼華，內蒙古人民出版社。

《秀山文史資料：回望知青歲月》，政協秀山自治縣委員會教科文史資料委。

《礪煉》，扎蘭屯市天津知青聯誼會，百花文藝出版社。

《瀏陽知青文史》，瀏陽市政協文教衛體委員會。

《我的知青之路》，葛元仁，中國科學文化。

《一個上海知青的 223 封家書》（書信集），陸融，上海社會科學院出版社。

《回望閩西——知青情繫紅土地》，林仁芳、張惟、謝春池，鷺江出版社。

《在洮河農場度過的知青歲月》，孫彥平、閭一功，長春。

《雅安知青史料》，政協雅安市委員會。

《追尋歲月的足跡 1969～2009：溫州知青赴黑龍江兵團二師九團四十週年》。

《蒹葭蒼蒼：知青老照片帶來的回憶》，祁玉萍、黎春奇、朱碧，春風文藝出版社。

《夢裏流淌青春河——回眸鎮江知青下放臨海農場 40 週年徵文選（1969.3～2009.3）》。

《在莫力達瓦的懷抱裏：一個回鄉知青的 40 年人生經歷》，達瓦山，中國青年出版社。

《文革中的女知青》（長篇紀實文學），張寶瑞，長江文聯出版社。

《情繫大涼山》，葉維智，中國文聯出版社。

《北京知青赴延安插隊四十週年紀念冊（1969～2009）》，中共延安市委。

《有個農場叫北郊》，陳建明。

《奔騰不息的河——五圖河農場知青下鄉 40 週年紀念集》。

《浙江知青網文摘》，浙江知青網。

《溫州知青支邊七臺河四十週年紀念冊》。

《大野躬耕——福州知青插隊順昌四十週年紀念》。

《回望激情歲月·下鄉知青面面觀》，馬定海，吉林人民出版社。

《廈門知青散文選》《留守閩西的廈門知青》《廈門知青人生紀實》，謝春池，天馬出版有限公司。

《上杭知青往事——上杭文史資料第三十三輯》，上杭縣政協文史與學習宣傳委員會。

《知青史料：舞陽工區武功知青北場》，丁樹林。

《津門兒女在赤峰（天津知青）》，范郁森，作家出版社。

《崆峒區文史資料——知青專輯》，政協平涼市崆峒區委員會。

《青春的白樺林北京知青赴黑龍江生產建設兵團記事》，于彬，中國少年兒童音像電子出版社。

《用心記住的那段歲月 1969～2009（黑龍江建設兵團獨立二團塘沽知青回憶錄）》，黑龍江建設兵團獨立二團。

《晉源知青回憶錄——揮之不去的記憶》，政協太原市晉源區文史資料委員會。

《吉林市文史資料第二十六輯——青春有痕》（回憶錄），關志偉，吉林人民出版社。

《嘉善鄉邦文獻·大雲新農莊老知青下鄉四十五週年紀念》。

《知青門》（紀實小說），吳士明，中國文聯出版社。

2010 年

《衡岳知青》，衡岳知青編委會。

《知青紀實——追憶那段激情的歲月》，常德市政協文史學習委員會。

《巴山歲月‧川陝革命老區知青回憶錄》，熊開達，四川師範大學電子出版社。

《傾聽黑土地：知青 40 年》，王鐵，哈爾濱出版社。

《蒼涼的青春》（回憶錄），樊琪，吉林人民出版社。

《舒蘭文史資料第十輯‧知青歲月‧舒蘭知青生活紀實》，政協舒蘭市委員會。

《知青歲月：難忘的兵團二機廠》，紅旗音像出版社。

《情繫新疆‧上海知青返疆旅遊團紀實篇》，楊永青、郭解。

《夢縈繞的地方——相約橄欖壩（昆明知青到西雙版納橄欖壩農場五十週年紀念專輯）》，于振平。

《天津知青故事》，方兆麟，天津人民出版社。

《年華——上海知青在雲南 40 年》，雲南人民出版社。

《銅仁地區知青檔案實錄》，銅仁地區檔案局。

《磨礪是金：友誼 18 團知青回憶錄》，呂書奎、許曉東，中國青年出版社。

《綠色記憶——獻給當年知青戰友們》，純學，珠江文藝出版社。

《知青筆記》，羅丹，花城出版社。

《紅土情緣——上海知青在新幹》，江西省新幹縣檔案局編。

《難忘知青那些事》，劉海崇，天津人民出版社。

《青春‧記憶（紀念知青上山下鄉四十週年 1 師 64 團 1 連）》，原黑龍江生產建設兵團一師六十四團一連。

《光陰瞬間讀人生——茅蘭河畔的知青足跡》，杜曉建，上海三聯書店。

《他們曾經是知青》，王永剛，經濟科學出版社。

《八千子弟——北京知識青年赴雲南四十週年紀念文集》，北京赴雲南知青聯誼活動組委會。

《難忘的歲月——杭州知識青年上山下鄉運動側記》，杭州市政協文史資

料委員會，杭州出版社。

《祁連山下──原甘肅兵團農建十一師戰友文集》（天津赴甘肅知青回憶錄），原農建十一師戰友文集編委會，天津戰友文集。

《青春無悔：全國掀起知青上山下鄉運動高潮》，陳櫟宇，吉林出版集團有限責任公司。

《我和我的知青哥們兒》（紀實小說），靳元亮，東方出版社。

《志丹書庫，知青卷》，祁玉江，中國文史出版社。

《我們的青春之歌：一個北大荒連隊的知青故事》，柏冬友，中國少年兒童音像電子出版。

《湖南知青網叢書──我們的故事》，湖南知青網。

《北京知青網文集》，北京知青網。

《永恆的真情──記佛山知青赴兵團九師十一團四十週年紀念活動》。

《知青記憶‧阿榮旗政協文史數據四》，內蒙古阿榮旗政協。

《離離原上草──內蒙古知青紀實》，華文影視。

《新田文史第六輯──知青回憶錄》，政協新田縣委員會學習宣傳文史委員會。

《我們共同的名字──中建知青》，中建知青聯誼會。

《我們共同走過從前‧興凱湖十八連知青回憶錄》，彭抗。

《知青類：熱土荒情──重歸東大甸子尋夢之旅紀念文集》，重歸東大甸子尋夢之旅組委會。

《富縣北京知青文集（情繫鄜州）》，尚雁民。

《甘苦知青路──新鄉文史資料‧第十四輯》，政協新鄉市委員會。

《光明路上‧知青文集》，光明聯誼。

《安順文史資料第十輯‧蒼茫歲月──來自知青群體的歷史記憶》，貴州省安順市政協宣教文衛體委員會編。

《我們的青春歲月──嘉興知青支邊大興安嶺的記錄》。

《知青歲月》，政協資興市文史委員會。

《知青紀念碑 1969～1979》（長篇回憶錄），馬傑超。

《青春當歌──在馬壩的日子》，趙鵬秋。

《故鄉行──鎮賚縣北京知青四十週年紀念》，北京知青聯誼會。

《北京知青‧無華歲月》，北京知青網。

《呼瑪下鄉 40 週年紀念冊》，黃大信。

《知青‧七星泡農場》，胡毓梁。

2011 年

《知青歲月（政協玉溪市文史資料第十二輯）》，政協玉溪市文史委員會，雲南人民出版社。

《艱辛——100 個知青故事（南京、蘇州等知青下放連雲港市農村生活回憶錄）》，連雲港市政協文史委員會。

《青春詠歎——知青歌集》，孫偉，雲南民族出版社。

《霞浦文史資料第二十八輯‧霞浦知青春秋》，霞浦縣政協文史組編。

《青春苦旅——樂清知青歲月——樂清文史資料 21》，黃元明，中國文史出版社。

《知青歲月回眸‧瑞安知青史料彙編》，楊益豹，中國文史出版社。

《江陰知青往事錄》，卞宏，中國文聯出版社。

《甘泉文史第七輯：北京知青在甘泉》，白居愛，陝西人民出版社。

《遠去的歲月——知青生活回憶與實錄》，何英，中國作家出版社。

《知青圖錄——在新疆烏拉斯臺農場》，新疆人民出版社。

《我們這一輩——中國知青紀念文集》，龍國武、于立波、戴經邦，湖南人民出版社。

《軍墾之夢生產師——廣西榮光農場知青回憶錄》，樊克寧、周向東、麥永雄、農以寧，廣西人民出版社。

《重返部落：一個海南知青部落的口述史》，陳祖富、林育華，花城出版社。

《兵團之歌——烏海知青兵團史》《人生磨礪‧烏海知青記事》，韓琪運，內蒙古人民出版社。

《一路悠長（紀念陝西知青聯盟成立五週年）》，莫伸，西安出版社。

《延安文史第 22 輯‧回首青春：知青專輯》，延安市政協，陝西人民出版社。

《那年，那些事：一個女知青的插隊史》，朱之泓，時代文藝出版社。

《我的知青之路》，葛元仁，當代中國出版社。

《青春奉獻黃河口——墾利縣知青檔案史料彙編》，郭立泉，黃河出版社。

《北京知青在志丹》，丁常保，陝西人民出版社。

《情緣——天津市赴甘肅生產建設兵團農建十一師二團四連天津知青回憶錄》，甘肅生產建設兵團農建十一師二團四連文集編委會。

《紅飛蛾‧薩爾溫江絕唱》、《紅飛蛾‧血戰佧佤山》、《紅飛蛾‧金三角畸戀》、《紅飛蛾‧青春輓歌》（長篇紀實小說），王曦，天馬出版有限公司。

《八年：成都知青雲南支邊紀實》，成都市政協文史學習委員會，四川民族出版社。

《草原知青》，張泊寒，內蒙古人民出版社。

《寧波知青的足跡》，華長慧，寧波出版社。

《背城年華——渠縣知青回憶錄》，渠縣政協《背城年華》編委會。

《夢回縈繞的歲月：上海知青在西雙版納》，西雙版納文史委員會，雲南人民出版。

《我的知青生活》，周雅君，內蒙古人民出版社。

《知青歲月》，政協石阡縣委員會，青海人民出版社。

《知青歲月》政協東海縣學習文史委。

《屯墾戍邊‧鑒水情長：獻給紹興知青赴內蒙古生產建設兵團二師二十團四十週年紀念（1971.09～2011.09）》，四十週年紀念文集編委會。

《知青記憶：甘孜州知青回憶錄》，中國人民政治協商會議甘孜藏族自治州委員會編。

《青春無悔——知青回憶錄》，馬平安。

《一支難忘的歌——黑龍江生產建設兵團三師十八團十營知青回憶錄》，孫桂林。

《武裝連紅旗嘩啦啦飄》，黑龍江生產建設兵團獨立二團武裝連。

2012年

《永遠的記憶：長沙知青文史》，謝樹林，岳麓書社。

《竹海山下的青春歲月——知青年代回憶錄》，陳文燦，中國戲劇出版社。

《紅色移民第三十三戶——天津知青矢志建設毛家山紀實》，李敬齋，作家出版社。

《呈貢知青‧呈貢文史資料第十二輯》，政協昆明市呈貢區委員會。

《朝陽知青回憶錄》，李雁平，朝陽市政治學習宣傳和文史委員會編印。

《那一段曾經年輕的日子——70 年代知青歲月》，楊曉英，中國書籍出版社。

《回望青春走過的地方・知青圖錄》，孫學敏，新疆美術攝影出版社。

《星光滿天的青春》《七色雪》（原黑龍江生產建設兵團五十團知青叢書），上海人民出版社。

《難忘的歲月——新化知青生活實錄》，新化縣政協文史委員會編。

《西部往事・大西北知青的生命史詩》，葛建留，中國文聯出版社。

《隨記光陰》（長篇回憶錄），喬海燕，百花洲文藝出版社。

《駱英詩集——知青日記及後記》，駱英，人民文學出版社。

《紅土情懷——徐聞農墾兵團知青回憶錄》，徐聞農墾（兵團）知青回憶錄編輯部編。

《那個知青的年代：顧萬明文學作品集》，顧萬明，花城出版社。

《楓葉紅（通遼知青詩文集）》，內蒙古人民出版社。

《我們的烏力吉圖：烏力吉圖嘎查牧民暨烏力吉圖知青圖集》。

《知青記憶》，松江地方志辦公室編，上海辭書出版社。

《黑土地走出的愛情：記北大荒二十一對知青伉儷》，王青松，黑龍江人民出版社。

《知青日記（哈爾濱知青回憶錄）》，李素梅，黑龍江美術出版社。

《那魂牽夢縈的地方》，王國征，天津大學出版社。

《青春的備忘——知青往事追懷》，薛保勤，人民文學出版社。

《遠去的柞樹林：黑龍江生產建設兵團二師九團二十八連知青紀念文集》，電子工業出版社。

《芒市青春記憶》，中國人民政治協商會議雲南芒市委員會。

《星光滿天的青春》（回憶錄），王麗麗，上海人民出版社。

《諾敏河畔：邊字 511 信箱知青文選》，魯野，上海社會科學院出版社。

《知青文集・回望黑土地》，黑龍江生產建設兵團 2 師 14 團編委會。

《察哈彥知青紀事》。

《泰來文史知青專輯——激情燃燒的歲月》，王德江，齊齊哈爾報業集團。

《北大荒知青筆跡》，孫加祺，中老年時報編輯部。

《海天啟翅——沈啟鵬知青生涯》，沈啟鵬，南通市江海文化研究會。

《留在諸城的足跡・青島——諸城知青聯誼會》，青島——諸城知青聯誼

會。

《邊城盛放金達萊（上海知青的琿春情節）》，范文發、全立芳，延邊人民出版社。

《艱辛的歲月——東山峰知青紀實》。

《又夢青龍山——兵團知青軼事》，葉永平，文匯出版社。

《知青印象・鄭州郊區花園口五七青年農場一連下鄉 40 週年紀念文章選編》，鄭州市郊區花園口公社。

《我曾是一個知青》，珊伊。

《竹海山下的青春歲月——知青年代回憶錄》，陳文燦，中國戲劇出版社。

《歲月轍痕——莫力達瓦：怪勒前霍日里知青瑣憶》，怪勒・前霍日里（自印本）。

《知青：老知青網文集》（共三卷），老知青網。

《第二次下鄉黑龍江省建邊農場援建知青文集》，于德寧。

《情繫趙光——原黑龍江生產建設兵團七團知青戰友回憶錄》，黑龍江生產建設兵團七團。

《龍鳳寨——知青紀事》，陳永浩，作家出版社。

《我的後知青時代》，劉昕，內蒙古出版集團遠方出版社。

《苦樂流年嫩江水》，郭文培，吉林人民出版社。

《輝煌的足跡（雙鴨山農場知青回憶錄）》。

2013 年

《遷徙的人生：杭州知青往事》，國家圖書館出版社。

《知青年代郟縣廣闊天地知青資料選》，政府郟縣委員會，學習文史委員會編，中州古籍出版社。

《知青歲月——河南省郟縣廣闊天地知識青年擷英》，郟縣廣闊天地大有作為紀念館。

《天涯憶舊時：海外知青文集》，凡草，九州出版社。

《瀋陽知青》，瀋陽市政協學習宣傳文史委員會編，瀋陽出版社。

《鐵西文史資料知青專輯》，瀋陽市鐵西區政協文史委員會編。

《永遠的兄弟姐妹——五九七農場（19 團）知青回憶錄》。

《青春逝水——上海知青網十年文集》，樓曙光、陸亞平、寧志超，中國

文聯出版社。

《知青歲月（壽寧縣文史資料第十七輯）》，政協福建省壽寧縣委員會，寧德市文化廣電新聞出版局。

《洞港知青》，臨海市桃渚鎮洞港青年農場。

《百味雜陳話當年：延長縣原北京知青插隊生活回憶》，延長縣委員會文史資料委員會。

《坪塘印象——知青大型系列文冊》，楊村柑桔場坪塘分場。

《輪棹寄年：我的知青日記》，金晴川，學林出版社。

《知青年代》，趙鳳山，作家出版社。

《悠悠壺口情——北京知青在宜川》（政協宜川縣委員會文史資料第九輯），楊建春，中國文史出版社。

《遙指杏花村》（北京知青山西杏花村插隊四十五週年紀念），江蘇文藝出版社（汾酒集團贊助）。

《知青文庫：塔里木的上海知青》，朱根娣，新疆生產建設兵團出版社。

《知青歲月——黃岡市龍感湖農場從 1956 年到 1971 年的知青資料》，黃岡市龍感湖農場管理區檔案館。

《情繫博爾塔拉（兵團第五師上海知青進疆五十週年）》，海蔚然文化傳播。

《蘇尼特 1968——獻給曾經在蘇尼特草原插隊的知青們》，胡楊，群眾出版社。

《皖北記憶——上海知青的鄉土歲月》，皖北記憶編輯部。

《後知青時代北大荒》，春明，中國青年出版社。

《熱土——我們是知青·我們那代人的故事》，馬平安，中國青年出版社。

《腳步四年行·知青的腳步·詩文選編》，張楷。

《異鄉故鄉——長沙知青在江永》，周繼志，湖南人民出版社。

《一代知青的風雨陽光路》，喬連農場知青。

《天津知青文史集：天津知青文化十年紀事（2001～2010）》，天津知青文化研究會。

《難忘第二故鄉：雲南芒市知青歲月》中國人民政治協商會議雲南省芒市委員會人民出版社。

《夢回知青》（長篇回憶錄），金國芳，吉林人民出版社。

《銀川知青移民與上山下鄉》，市政協文史委課題組。

《五味青春：一個知青的自述》，郇中建，中央編譯出版社。

《印象馬庫力·黑龍江生產建設兵團三師三十團（現江川農場）知青畫冊》，江川農場上海知青聯誼會主辦。

《「小三屆」知青的歲月之歌：霧鎖人生》（紀實自傳），王建中，海天出版社。

《商洛文史（第九輯）知青專輯》，商洛文史委員會，三秦出版社。

《〈時報叢書〉知青年代》，中老年時報編輯部。

《五百知青一個夢》，新幹縣檔案局。

《知青往事》，段拱北。

《青春足跡：上海市海豐農場知青攝影報告集》，丁文安，立信會計出版社。

《冠豸山村的莆田知青集》。

《浦江魂·天山情——紀念上海知青赴新疆屯墾戍邊五十週年·圖文集》。

《知青的足跡——黑龍江生產建設兵團3師28團知青文集》。

《宜賓知青——特殊年代的難忘歲月》，宜賓市政協學習文史委員會。

《知青情未了·揭陽市粵海農墾知青聯誼會》。

《我們的隴川壩：紀念北京知青赴雲南隴川農場四十週年》，中央廣播電視大學出版社。

《青春的軌跡：徐州知青紀念冊》，夏毅峰。

《知青歲月不了情》，耿維明。

《雲岩河的歌》，北京知青文集。

《歲月白馬湖（鎮江知青）——鎮江文史資料第四十九輯》，鎮江市史志辦公室。

《我們的青春往事（黑龍江生產建設兵團三師三十一團四連知青回憶錄）》，尹志生，時代文藝出版社。

《福州知青文檔·插隊往事》，施曉宇、唐希，海峽出版發行集團。

《歲月留情——港埠農場知青插場50週年紀念》，港埠農場知青插場50週年紀念活動組委會。

《海淀文史選編·第十八輯·知青歲月》，海淀文史選編。

《勐遠歲月——知青記憶中的西雙版納》。

《朝花夕拾憶雲臺（雲臺農場張圩知青插場 50 年文集）》，陳國雄、蘇鴻熹。

《銀川文史 22：下鄉的青春歲月（知青專輯）》。

《寧德文史資料第 19 輯——寧德知青》。

《知青情結（邵陽知青回憶錄）》，黃又萍、楊志剛，中國文聯出版社。

2014 年

《北京知青・情繫宜君》，政協銅川市委員會學習和文史委員會編。

《土默特左旗文史資料・第九輯——北京知青在土左》，政協土默特左旗委員會。

《河南文史——開封文史資料第 25 輯・知青專輯》，開封市政協學習與文史資料委員會。

《熱土真情——南寧五塘插隊知青回憶錄》，廣西人民出版社。

《阜新文史資料二十五輯阜新知青往事》，阜新市政協文史委。

《黃岩文史資料第二十八期知青專輯》，政協浙江省黃岩區委員會。

《我們的知青生活》，鎮江市政協文史委員會，江蘇人民出版社。

《北京知青在富縣》，富縣檔案局，中國廣播影視出版社。

《蘄春知青歲月》，《蘄春知青歲月》編輯部。

《沈北知青》，政協沈北新區委員會。

《知青：紅灰黑歲月》，陳香村。

《知青記憶：那些個黃昏與黎明》，楊俊文，作家出版社。

《石河子上海人——八師上海知青進疆五十週年圖文集》，石河子綠洲聯誼會。

《我曾經的名字叫知青》，子蘊，花山文藝出版社。

《難忘的知青歲月》，黃少雄，廣西民族出版社。

《夢回知青歲月：瀋陽市第十一中學老三屆知青回憶錄》，白子明，萬卷出版公司。

《鴨子河》，老陽，九州島出版社。

《騰飛吧，知青》，張吉洪，黃河出版社。

《點力半的歲月——20 世紀 60～70 年代內蒙古知青聚落紀實》，鄉村歷史文化編寫組，文津出版社。

《遠去的歲月‧曙光農場‧三十一團‧知青回憶錄》，尹志生，新世界出版社。

《別樣的青春──北京知青在黃陵》，黃陵文史編委會。

《知青圖錄‧天津兒女在新疆》，王國征，新疆人民出版社。

《北疆知青第一村續影集》，外三道溝知青編。

《天山腳下的北京知青：五家渠文史‧第四輯（1969 年上山下鄉到新疆兵團第六師北京知青的回憶錄）》，趙燕軍，新疆生產建設兵團出版社。

《戍邊夢──1971 年～1979 年滇疆戍邊知青詩記》，黃曉斧、李忠明，天地出版社。

《我們的昭盟情結──謹以此書紀念撫順知青赴昭盟插隊 40 週年》，姜志斌，撫順日報社。

《青春印記──廣東省國營南林農場知青紀念冊》。

《尋根守望：把青春銘刻在黃土地上的北京知青》，北京華協文化發展有限公司編，河北教育出版社。

《山高人為峰──青島知青在臨朐》，臨朐青島知青編輯組。

《秋水留醉──與入墩知青一起放歌》，趙群，華齡出版社。

《夢蹉跎：情繫福安屯》，天津福安屯知青聯誼會。

《克蘭河邊的鈴聲》（回憶錄），薛少娟，新疆生產建設兵團出版社。

《2014 重慶知青原創詩集：靈魂火焰》，重慶出版社。

《回眸十八連：黑龍江生產建設兵團四師三十四團十八連知青歷史的回顧》，時代文藝出版社。

《廣雅知青陽山情》，廣東廣雅中學。

《難忘的知青歲月──紀念上山下鄉，赴內蒙古金寶屯勝利農場四十五週年》，新華出版社。

《巴山老知青》，向求緯，光明日報出版社。

《永遠的六分場──我們的知青歲月》，黑龍江省引龍河農場六分場知青聯誼會。

《長治市南垂知青插隊 40 週年活動──友誼‧健康‧我的夢》，南垂知青 40 年聚會籌備小組。

《康莊往事：一位北京知青的記憶》，趙傑兵，人民出版社。

《黃河捎走的青春（1974～2014）開封一中知青蘭考下鄉插隊紀事》開

封一中知青活動委員會。

《這些人‧那些事——黑龍江生產兵團二師十五團工業四連知青隨想錄》，傅慧芬，上海藍鳥快印有限公司。

《松陽知青》，松陽縣政協文史資料委員會。

《青春在黑土地‧知青回憶錄》，原黑龍江生產建設兵團三師二十團。

《永不衰落的青春——福建知青文集》，福建省知青文化促進會。

《從黃土地走出的北京知青》，北京延安知青聯誼會，中共黨史出版社。

《留在延安——一位北京知青的心靈隨筆》，依夫，人民出版社。

《回峰嶺下——長沙知青在回龍圩》，唐志龍，中國華僑出版社。

《相逢青麻渡》（紀實小說），柳木，山東文藝出版社。

《蘇州知青文化》，蘇州市知青文化研究會。

《雲山往事——黑龍江生產建設兵團 4 師 39 團知青紀念文集》，雲山往事續集編委會。

《我們的知青歲月——紀念四川省大竹縣張家公社林場重慶知青上山下鄉 50 週年（1964～2014）》。

《新桃花源記（長沙知青回憶錄）》，孟曉，環球出版社。

《我的名字叫知青——莆田地區鹽場五七農場知青點四十週年紀念》。

《故鄉——紀念上海知青赴疆建設 50 週年紀實》，郭解。

《我們的年代‧湖南水口山知青同學的故事》，肖健。

《一名海南知青的足跡》，曾珍山，南海出版公司。

《遼中知青‧遼中文史資料‧第十五輯》，政協遼中。

《北京知青在延川》，中共延川縣委宣傳部編。

《神與魂：難忘的知青生活》，張通和。

《艱辛的歲月——東山峰知青紀實圖文集》。

《康平知青記憶》，政協文史資料知青專輯。

《蠻老江‧洗馬河‧流淌的青春之歌——上山下鄉四十五週年紀念文集》，雲南人民出版社。

《喁望集：曲博親情‧知青尺牘 1951～1979》，《五失集：曲博雲建兵團‧農場八年知青日記》《空谷回聲：曲博自選紀實文學集》，曲博，人民中文出版社。

《斗笠嶺下故鄉情：遂川珠田大壟知青隊建隊四十週年紀念冊》。

《南昌市北郊林場知青回憶錄》。

2015 年

《知青插隊你我同在》，朱思澤，中國工人出版社。

《江永知青詩詞集》，彭崇偉，岳麓書社。

《天地留痕——重慶一中老三屆知青回憶錄》。

《湖州知青博物館藏品故事集》，朱小傑主編。

《安徽知青口述實錄》，安徽省委黨史研究室，中共黨史出版社。

《齊齊哈爾知青往事——齊齊哈爾文史資料第三十輯》，齊齊哈爾市委員會文史學宣委會。

《官渡知青二十五年（1955～1980）續編》，中共官渡區委黨史研究室。

《宜賓知青》，宜賓政協。

《知青歲月》，中國人民政治協商會議沙洋縣委員會。

《歲月如歌——我們的知青年代》，南通市知識青年歷史文化研究會海門分會。

《刻骨銘心的青春印記——知青老照片》，南通市知青歷史文化研究會。

《知青回眸引龍河》，沈國明，上海人民出版社。

《插隊落戶那些年——麻栗坡知青生活實錄（麻栗坡縣文史資料第十輯）》，中國人民政治協商會議麻栗坡縣委員會。

《知青在寧夏》，洪洋，寧夏人民出版社

《知青在長嶺》，王繼傑，吉林人民出版社。

《老插足跡——紀念北京知青插隊臨河 50 週年》。

《南國雲西域風一位老知青心中的鄉愁》，胡洪寶，華文出版社。

《情繫熱土，1965～2015，開封知青下鄉插隊正陽縣五十週年》，正陽知青系列紀念活動組委會。

《我是知青·紀念泉州知青上德化四十五週年》，陳世哲，九州出版社。

《如詩如煙的歲月·金溫江知青鄉愁》，王銀錫，寧夏人民出版社。

《那紅那綠那八年·西雙版納橄欖壩重慶知青回憶錄》，中國郵史出版社。

《圖河歲月——一位上山下鄉知青的回憶》，陳國鈞，南京師範大學出版社。

《回望深深——追思已逝去的知青歲月》，陳舒藻，湖南人民出版社。

《留在草原的足跡：內蒙古科右前旗天津知青回憶錄》，朱英梅、張洪義、蓋剛，天津社會科學院出版社。

《北大荒知青檔案》，梁江平、劉哲斌，中國文史出版社。

《建設大地的青春迴響（兵團 68 團知青回憶錄）》，建設農場編輯委員會。

《北京知青與延安叢書》（共五卷）──《青春屐痕：北京知青大事記》，《鴻書私語：我的心路歷程》（書信集）《崖畔回聲：我的故土情懷》，《苦樂年華：我的知青歲月》《黃土蘊情：我的精神家園》，北京知青與延安叢書編委會，中央編譯出版社。

《知青私人詞典插隊十年：里陂上村雜憶》，夏建豐，華東師範大學出版社。

《河洛青青──知青歲月紀事》，張南峭，河南文藝出版社（非虛構）。

《皖北記憶──上海知青的鄉土歲月》，束因立，安徽。

《喀什知青紀事·知青圖錄》，劉學虎，新疆人民出版社。

《難忘的知青歲月》，鞍山市政協。

《紮魯特文史·第十三輯──生活在扎魯特草原上的知青》，通遼市扎魯特旗政協委員會。

《陝縣知青》，政協陝縣委員會。

《海南嶺頭茶場·知青下鄉五十週年聯誼活動紀念冊》。

《烏蘇里江·綠色風──知青文學專號》。

《塞外春華：一九六五年天津市首批赴內蒙古知青插隊五十週年紀念》，張秉全，天津人民出版社。

《青海知青》，政協西寧市文史資料編輯委員會。

《延川文典北京知青卷》，劉景堂，陝西人民出版社。

《知青文化詩集：知青的情懷》，陳賢平，泉州。

《珠江記憶系列叢書：知青歲月》，現代出版社。

《知青本色》，阜陽市老知青協會編。

《風雪建邊人──黑龍江省建邊農場知青文集》，于德寧。

《山路彎彎──知青回憶錄》，左祥文（自印本）。

《榆樹文史資料第十二輯──榆樹知青》，政協榆樹市委員會。

《知青·海倫楊帆》，黑龍江影音藝術出版社。

《逐夢──青島知青文集》，青島出版社。

《我們也曾年輕——紀念安陽市首批知識青年下鄉五十週年 1965～2015》，安陽市一九六五知青聯誼會。

《知青行》，徐志強，上海。

2016 年

《洛川蘋果文化：知青卷》，王明智，太白文藝出版社。

《隆化知青》，政協隆化縣第九屆委員會編

《北京知青在安塞》，安塞縣檔案局編著，中國文史出版社。

《知青圖錄——芳草年華再回眸》，新疆人民出版社

《激情歲月：臨沭知青檔案選萃》，臨沭縣檔案局。

《知青歲月——哈爾濱市知識青年上山下鄉資料文集》，哈爾濱市知青聯誼會，中共黨史出版社。

《青春家園的歲月：回憶黑龍江生產建設兵團 2 師 9 團武裝 2 連知青生活》，劉雲普，冶金工業出版社。

《歲月如歌‧無錫上山下鄉運動知青老照片集》，無錫市檔案局，廣陵書社。

《青春的家園——我的生窪地（內蒙古生產建設兵團知青回憶錄）》，內蒙古生產建設兵團二師十二團七連，中國和平出版社。

《皖北記憶——上海知青在招工以後》，束因立，安徽。

《小白雙山不了情——一部北大荒知青裝卸工的文集》，陳積芳，天津社會科學院出版社。

《夢回延邊（上海知青在延邊的回憶錄）》，高夢齡，延邊教育出版社。

《北京知青在代縣》，政協山西省代縣委員會編。

《寧南縣政協文史資料‧第八輯‧知青專輯》，寧南縣政協學習文史委員會。

《青春歲月：黑龍江省福安農場知青紀實文選》，殷平，福安農場知青聯誼會。

《那年那月——九江知青談憶錄》，九江市潯陽區政協委員會

《杭州知青的同江歲月》，中共同江市委黨史研究室。

《龍里文史 9：龍里知青專輯》，政協龍里縣文史委。

《勝利情懷——北京北大荒勝利知青聯誼會》，北京北大荒勝利知青聯誼

會。

《黔東南知青紀實》，貴州人民出版社。

《上海知青普洱記憶（普洱文史資料：第十六輯）》，普洱市委員會文史委員會。

《凡塵天歌（巴山壯歌、蜀水戀歌、渝城放歌）》，重慶知青歷史文化研究會。

《武定知青──武定文史資料第七輯》，武定縣委員會。

《上隆情懷──羅甸上隆知青詩文集》，上隆知青寫作編輯。

《純真年代──雲建盈江十三團七十年代知青圖錄》，雲建盈江十三團。

《魂牽幸福灘──1966 年上海知青進疆五十週年》，新疆兵團第二師二十二團組委會。

《我們共同走過從前‧興凱湖十八連知青回憶錄》。

2017 年

《青龍河畔的知青們》，黑龍江生產建設兵團六師五十九團八連。

《回眸──平沙知青故事文集》，平沙鎮文化服務中心編，珠海市精彩文化傳播公司。

《普洱文史資料：第十九輯──上海知青普洱記憶續輯》，政協普洱市委員會。

《青春在廣闊天地閃光──安陽知青歲月》，安陽市政協文史委員會。

《知青在海南史料選集》（十卷），南方出版社。

《習近平的七年知青歲月》，中共中央黨校出版社。

《知青文化與廣西實踐》，李建平，廣西師範大學出版社。

《青春記憶──我的知青歲月》，河南省政協學習和文史委員會編，中州古籍出版社。

《我的知青歲月》，楊成平，讀書文化出版社。

《北京知青在五台》，五台政協資料，山西。

《陝西知青文學與知青作家》（陝西知青檔案叢書），商子秦，太白文藝出版社。

《行進在大時代──步超回眸那些年》，李步超，經濟管理出版社。

《夢縈淮海──淮海農場知青上山下鄉紀念文集》，無錫市知青文化研究

會。

《陝西知青紀實錄》，渭水，太白文藝出版社。

《風雪十年——我的北大荒知青往事》，闞治東，中信出版社。

《知青記憶——封丘文史資料》政協封丘縣委員會。

《難忘知青路》，陳維國，中國文史出版社。

《崢嶸歲月——海門知青回憶錄》，政協台州市椒江區文史資料委員會編。

《知青歲月》，陳渝民，隨州。

《內黃縣文史資料之五——難忘的知青歲月》，政協內黃縣委員會，河南人民出版社。

《黃土放歌·知青紀實文學》，胡日剛，作家出版社。

《知青在盤錦（盤錦文史資料：第二十一輯）》，盤錦市政協學習和文史委員會編，遼寧人民出版社。

《上海知青在安徽口述實錄》，中共安徽省委黨史研究室，中共黨史出版社。

《扎魯特文史——生活在扎魯特草原上的知青·第十八輯》，政協扎魯特旗委員會。

《歲月滄桑——知青風采錄》，自貢市知青文化促進會。

《紅土地上的足跡：羅牛山知青回憶錄》，王和強主編，南方出版社。

《夢蹉跎——情繫福安屯》，天津福安屯知青聯誼會。

《那一年的冬至／Winter Solstice》（中英雙語），容非，廣東教育出版社。

《寶塔文典（知青卷）》，寶塔文典編委員會，陝西人民出版社。

《騰沖歲月——昆明知青圖文集》，昆明知青歲月編委會。

2018年

《天中記憶（駐馬店文史數據：第十五輯·知青卷）》，駐馬店文史資料委員會。

《風雨人生——獻給知青上山下鄉五十週年》，吳敬平，華夏文藝出版社。

《紛彩的足跡——知青下鄉五十週年紀念》，原黑龍江生產建設兵團二師十五團十七連。

《激情歲月——商洛老三屆畢業暨知青上山下鄉五十週年》，陳再生。

《蒸陽知青——衡陽縣知識青年上山下鄉文案實錄真實回憶錄》，梁祚華，湖南衡陽縣政協。

《湖濱知青》，政協三門峽市湖濱區委員會編。

《伊和高勒知青記憶文集》，內蒙古錫盟阿巴嘎旗。

《上海知青在豐城》，中國人民政治協商會議江西豐城委員會。

《我的知青歲月》，信陽市政協學習和文史資料委員會。

《知青私人詞典：插隊十年》，夏建豐，華東師範大學出版社。

《天下知青原創歌曲集》，沈明，山東省知青文化研究中心。

《梁家河》，梁家河編寫組，陝西人民出版社。

《少女知青部落》，俞春林。

《廣闊天地——我的回鄉知青記憶》，賈章旺，人民出版社。

《扎魯特旗北京知青插隊概覽——集體戶簡史》。

《知青歲月——難忘的兵團二機廠》，紅旗音像電子出版社。

《北大荒斷簡》（散文集），肖復興，北京十月文藝出版社。

《曾在北大荒》，黎晶，九州出版社。

《北京知青在榆次——1968～2018》，周山湖。

《巍山知青》，政協巍山彝族回族自治縣。

《毋忘莒縣——莒縣知青》，宋君、唐正立，經濟日報出版社。

《大國糧倉：北大荒留守知青口述實錄》，朱曉軍、楊麗萍，江蘇文藝出版社、鳳凰出版傳媒集團。

《陝北往事——我的知青歲月》（自傳體回憶錄）朱學夫，陝西師範大學出版社。